Résumé du premier tome

Après leur réveil dans un cimetière londonien, Amber et Luna Wilcox doivent affronter une série de révélations particulièrement déplaisantes. Un : leur père est mort. Deux : elles sont devenues des vampires. Trois : le comte Dracula et ses sbires règnent en secret sur la ville.

Recueillies par la Société secrète des Invisibles, qui travaille officieusement pour la Couronne d'Angleterre et lutte depuis des siècles contre la menace des Drakul, les deux jeunes sœurs apprennent peu à peu à composer avec leur nouvelle condition sous la houlette de Sherlock Holmes et de son ami le docteur Watson. Hélas ! Leur répit est de courte durée : Watson est assassiné, les valets de Dracula complotent avec ardeur et un certain Jack l'Éventreur laisse derrière lui un sillage de cadavres.

Lorsque se termine le premier volet des *Étranges Sœurs Wilcox*, l'ignoble meurtrier a été mis hors d'état de nuire. Mais Abraham Stoker, qui a trahi ses anciens complices de la Golden Dawn, apporte aux Invisibles de bien sombres nouvelles. Le comte Dracula, en effet, a envoyé à New York l'une de ses recrues les plus prometteuses pour récupérer un fragment du Venefactor, artefact magique d'une puissance colossale censé lui permettre d'asservir le monde.

Le nom de cette recrue ? Rebecca. Le même que celui de la mère adoptive des deux sœurs que l'on croyait disparue.

Prologue

Telle une ancre sondant les ténèbres, la nacelle du dirigeable se balançait au-dessus des champs, fauchant le blé d'hiver plus sûrement que la mort elle-même.

Une lune rongée de nuages trônait, clouée à la nuit cendreuse. Engoncé dans son pardessus à col de fourrure, Lord Ciceley ne sentait pas le froid mais frissonnait chaque fois qu'il levait les yeux au ciel. Rajustant le bandeau qui masquait son œil gauche, il se tourna vers la forêt et, d'un geste, invita ses acolytes à le rejoindre au centre de la plaine. Trois hommes émergèrent des sous-bois. Vêtus de noir, ils avançaient à pas rapides en levant haut leurs lanternes. L'un d'eux, qui s'était approché de la nacelle du *Béhémoth*, l'attrapa au vol et la stabilisa. Le deuxième en ouvrit le portail.

– Aidez-moi à grimper, souffla le lord au troisième.

L'homme lui offrit son bras tandis qu'il se hissait puis verrouilla derrière lui. La nacelle fut relâchée. Agrippé aux barreaux, son occupant se sentit partir en arrière. Éparpillés dans la plaine, ses serviteurs le suivaient du regard tandis qu'elle s'éloignait.

Un ample mouvement de balancier le fit bientôt revenir à leurs côtés. Peu après, le puissant treuil du dirigeable fut activé, et la nacelle, fixée à sa lourde chaîne, commença à remonter.

Lord Ciceley tordit le cou. Au-dessus de lui, à plus de cent pieds de la plaine, la masse bombée du *Béhémoth* dérivait tel un monstre placide.

Une trappe s'était ouverte. Rapidement hissée, la nacelle s'y engouffra; un claquement métallique salua sa disparition.

L'endroit était sombre, sentait la ferraille. Le lord ouvrit le portail de son habitacle et posa pied à terre. Une créature voûtée, aux bras rasant le sol, grogna sur son passage en abaissant un levier. Au bout de la coursive, une porte était ouverte. Coiffé d'un haut-de-forme, un majordome sans âge patientait.

– Bonsoir, Albert.

– Mes respects, monsieur. Sa Grâce vous attend.

Le vieil homme désigna un escalier de fer, que Ciceley emprunta sans attendre. Un second majordome se raidit à son approche, puis le précéda. Une autre porte donnait sur un boudoir au plafond étoilé décoré de portraits et de tentures de soie, lequel débouchait sur une salle beaucoup plus vaste. Le majordome attendit.

Garni de stucs et de dorures, le grand salon n'était éclairé que de quelques chandelles hautes. Assis sur un confident dont le dossier formait un S, le maître des lieux fumait en feuilletant un roman. À la vue du visiteur, il posa son livre sur un guéridon voisin et, agitant mollement les doigts, congédia son domestique. La porte se referma sans bruit.

Lord Ciceley contempla les lieux. Indéniablement, le rouge était la couleur dominante. Rouge sang et onctueux des tapis de cachemire, carmin velouté des rideaux retroussés, pourpre flamboyant des tapisseries murales, sans oublier le bordeaux profond des fauteuils capitonnés, l'acajou brillant des meubles et des consoles, la touche vivace, presque incongrue, des pivoines dans leurs vases : toutes ces teintes se mêlaient, dans la pénombre, en un tableau mélancolique auquel d'étroites glaces en pied, postées aux angles stratégiques, conféraient de faux airs de scène théâtrale.

– Votre Grâce ?

– Assieds-toi, Ciceley.

L'interpellé s'installa au bord du fauteuil que lui indiquait son hôte. Sur une table en bois de rose, un plateau d'échecs marbré garni de pièces d'ivoire semblait attendre le premier geste. Le lord connaissait l'appétit dévorant du comte pour ce passe-temps, et la redoutable efficacité de sa technique, affinée par des siècles de pratique. En son for intérieur, il priait pour qu'une partie ne lui soit pas imposée. Soufflé du canapé, un rond de fumée monta vers le lustre.

– J'imagine que tu es prêt.

– Si fait, Votre Grâce. Nous réglons actuellement les derniers détails.

Un silence désagréable accueillit la réponse.

– Comment se portent nos amis de la Golden Dawn ?

Le lord retint un soupir. Deux ans auparavant, il avait trahi le prince des Drakul en rejoignant les rangs de la mystérieuse société secrète. Comment le comte l'avait-il appris ? Le mystère restait entier. Une chose, cependant, était certaine. S'il se trouvait encore en vie aujourd'hui, et s'il n'avait perdu qu'un œil, c'était grâce à une promesse : celle de tromper la Golden Dawn à son tour.

– La situation demeure inchangée, Votre Grâce.

– Ne se doutent-ils toujours de rien ?

– De rien.

Une lueur fugitive s'alluma dans le regard du comte. Se levant soudain, il marcha jusqu'à son secrétaire et fit tinter une clochette argentée. Le second majordome, celui qui avait accompagné Ciceley, se présenta derechef.

– Votre Grâce ?

– Le lord et moi allons nous accorder une brève partie d'échecs, Hector. Il prend les noirs, et le premier coup est pour moi : f4, comme d'habitude.

– Entendu, Votre Grâce.

Se postant devant la table en bois, le majordome saisit un pion blanc au pied de feutrine et l'avança de deux cases. Après quoi, menton relevé, bras le long du corps, il attendit. Ciceley grimaça.

– Je ne suis pas sûr...

– Allons. Tu ne me refuseras pas ce plaisir.

Ébouriffant sa tignasse rousse, le lord plissa le front et contempla le plateau. Chacune de ces pièces devait valoir une véritable fortune. Ciceley réfléchit un instant, puis avança un pion de deux cases et se renfonça dans son fauteuil tandis que le majordome, à l'intention du comte, traduisait son premier coup d'un geste : quatre doigts levés, puis cinq, ce qui signifiait d5.

– e3, répliqua immédiatement Dracula.

Le majordome déplaça un nouveau pion blanc. Lord Ciceley savait que l'issue de la partie était inéluctable ; il savait aussi que le comte exécrait au plus haut point la faiblesse et la résignation. Déterminé à jouer crânement sa chance, il avança un cavalier en f6.

– Voilà qui est audacieux.

Les mains jointes sous le menton, son fume-cigarette posé en fragile équilibre sur le rebord du canapé, le comte réfléchissait sans regarder le plateau. Sa prodigieuse mémoire était entrée en action. « Dracula n'oublie rien, songea brièvement Lord Ciceley en attendant le coup suivant, surtout pas les traîtres. »

– b3, annonça le comte sans tarder. (Puis, tandis que le majordome procédait au déplacement :) Venons-en au fait. Nous sommes toujours sans nouvelles de notre chère Rebecca. Certes, mon cœur saigne à la pensée que nous puissions perdre une recrue de sa valeur, aussi jeune et prometteuse. Si je te disais, Ciceley, quels joyaux de perversité reposent déjà au creux de cette âme aux apparences si innocentes... Mais baste ! Zedoch n'a reçu d'elle que deux câbles, peu de temps après son arrivée. Dans le second, elle nous informait que le duc de Manhattan était parti en voyage et qu'il allait nous falloir patienter. Les jours ont passé, puis les semaines, et notre adorable petite peste n'a plus donné signe de vie. Cette attente devient pour le moins problématique. Je veux savoir ce qui se passe à New York.

Lord Ciceley avança un pion noir.

– Il en sera fait selon votre volonté, Votre Grâce. Nous partons pour Liverpool dans deux nuits.

– Parfait, fit Dracula en tirant sur son fume-cigarette de plus belle. Fou en b2. Mais tu es contrarié. Me trompé-je ?

– C'est qu'une question reste en suspens, Votre Grâce.

– Laquelle ?

Lord Ciceley hésita un instant, puis déplaça son propre fou d'une case.

– Nous ignorons encore sur laquelle des jeunes filles doit se porter notre choix. Rebecca, qui les croit mortes toutes deux, leur était, pour ce que nous en savons, pareillement attachée. Abraham Stoker préférerait la petite aux cheveux noirs.

– Je vois. Second fou en d3, Hector.

Délaissant à nouveau son canapé, il traversa le salon et ouvrit un tiroir de la commode en ébène qui trônait dans le fond. Quand il se retourna, deux portraits en médaillon reposaient au creux de sa main. D'un geste, il les lança à son hôte, qui n'eut que le temps de les attraper.

– Récapitulons. Amber est le nom de l'aînée. Mèches folles, d'après les photographies conservées par sa belle-mère, et tempérament rebelle : une tigresse à dompter. De ses pouvoirs, nous ne savons pas grand-chose. Nous avons toutes les raisons de croire qu'à l'instar de sa sœur, elle maîtrise à des degrés partiels les trois Arts Sombres primaires.

Son adversaire hocha la tête et avança prudemment un autre pion.

– Abraham Stoker nous a…

– J'ai entendu, cingla le comte en reprenant sa place sur le canapé, fume-cigarette à bout de doigts. Son point de vue est limpide. La cadette, Luna, serait évidemment plus facile à maîtriser : enfant douce et sensible, notoirement impressionnable. Mais il nourrit des sentiments pour l'aînée, dois-je te le rappeler ? Cela fait nos affaires. Si nous nous attachons par la suite les services de l'une de ces deux petites démones, autant que ce soit ceux de la plus valeureuse.

– Je dois me rendre à la justesse de votre raisonnement, Votre Grâce.

– Et tous les fleuves se jettent à la mer Hector ?

– Votre Grâce ?

– Cavalier en f3, je vous prie.

Le majordome obtempéra. Ciceley observa un instant les deux médaillons. Le plan était risqué, mais sa logique inattaquable. Sans l'admettre ouvertement, le comte se méfiait de Rebecca et désirait placer toutes les chances de son côté. Si, comme il semblait en être convaincu, le duc de Manhattan possédait bel et bien le troisième fragment du Venefactor, l'enjeu était considérable. Pas nécessairement, d'ailleurs, dans le sens où…

Se reprenant *in extremis*, le lord chassa ces réflexions de son esprit et avança son fou en b7, ce que le majordome traduisit immédiatement en gestes.

– Te voilà nerveux, commenta le comte en feignant d'inspecter son fume-cigarette. Tes pensées sont troublées. Pourquoi? Cavalier en c3, Hector.

Lord Ciceley tressaillit. Il avait beau connaître son hôte, la puissance de l'esprit du comte et sa force de pénétration ne laissaient pas de le surprendre. Littéralement, il lisait en lui. À grand-peine, il se retint de visualiser l'aura du maître des lieux. La sienne devait être violette : signe de peur.

– Les incertitudes sont nombreuses, Votre Grâce. Je crains…

– De ne pas être à la hauteur ? À d'autres, mon ami ! Cette mission est censée sceller ta rédemption définitive. Je suis certain, quant à moi, que tu sauras faire preuve de tout le discernement nécessaire.

Avec douceur, le lord posa les médaillons sur le coin de la table et avança une pièce. Entre les deux Drakul, le silence s'étendait comme une brume. Pendant quelques minutes, ils se contentèrent de jouer. Les coups étaient rapides, précis, impitoyables. Au dixième tour, Ciceley comprit qu'il avait commis une erreur. Le sacrifice du cavalier blanc, peu de temps auparavant, aurait dû l'alerter. Dracula déployait ses troupes avec sûreté ; le lord ne devinait plus rien. Bientôt, son roi se retrouva en position de vulnérabilité. Ses forces étaient en surnombre mais ses pions, mal placés, l'empêchaient d'avancer. Il lui fallait parer au plus pressé. Au moins parvenait-il à ne plus *penser.*

– Tu me crains, lâcha Dracula, tandis que ses prises, effectuées par le majordome, s'alignaient le long du plateau. Qui t'en blâmerait ?

Le ton du maître était devenu pressant, presque insistant. On pouvait y discerner une pointe de joie vicieuse.

– Tu m'as trahi une fois, Ciceley. Par Zedoch, et Thadeus, c'est une partie de mon sang qui coule dans tes veines. Mais ne crois pas que cela te protège. J'ai traversé les siècles en me méfiant de tous : vassaux et alliés. Seuls tes anciens états de service et l'intervention de tes cousins m'ont conduit à t'accorder une seconde chance. J'aimerais ne pas regretter cette décision, mon ami. J'aimerais ne pas avoir à te détruire. Dame en b7, Hector : la charge est sonnée.

Éberlué, le lord regardait ses pièces disparaître les unes après les autres. Sa défaite, inéluctable, s'annonçait massive.

Déposant son fume-cigarette près de son livre, le comte Dracula se dirigea vers la baie vitrée dont il écarta un rideau. Le *Béhémoth*, qui survolait la campagne anglaise, pointait doucement vers les lumières de Londres.

– De retour en ville, murmura le maître des lieux. Avec l'orage et la tempête, comme toujours.

Laissant le rideau retomber, il s'approcha de la table et poussa lui-même sa dame sur le plateau.

– Ton échec est proche, Ciceley. Mais n'y vois pas nécessairement un présage : tant que tu te battras à mes côtés, le champ des opportunités demeure ouvert.

– Je…

Le majordome, discrètement, s'était écarté. Les mains du comte se posèrent de chaque côté du plateau. Il dominait son vassal de toute sa hauteur.

– As-tu la moindre idée des prodiges que recèle le Venefactor, mon ami ?

– Votre Grâce…

Les lèvres du comte se retroussèrent sur un rictus féroce. Ses canines avaient jailli. Le lord tremblait.

– Le pouvoir, Ciceley ! Le pouvoir, l'hypnose totale sur les hommes et leurs armées dérisoires ! Nous serons les maîtres du monde, alors, les chasseurs ultimes, et l'humanité redeviendra le troupeau soumis qu'elle n'aurait jamais dû cesser d'être.

Les yeux du comte s'étaient réduits à deux fentes. D'un geste brusque, il balaya le plateau, envoyant voler les pièces. Avant d'avoir pu comprendre ce qui lui arrivait, Lord Ciceley se sentit soulevé du sol. Ses pieds battaient l'air, il étouffait : le poing de son maître s'était refermé sur sa chemise.

– Votre… Grâce…

– Je n'aime pas ce que je sens chez toi, Ciceley. Tes hésitations, tes réflexions opaques et embrouillées… J'ose espérer que cette confusion n'est que le fruit de tes inquiétudes quant à la mission qui t'attend.

– Je vous assure…, commença le lord, qui agitait désespérément les bras.

– Laisse-moi te préciser quelques points, siffla Dracula : je me fiche que Stoker disparaisse, et le sort des sœurs Wilcox me laisse froid. Ramène-moi Rebecca si elle est encore en vie. Mais, surtout, rapporte-moi le fragment en mains propres. Sans quoi ce n'est pas ton œil que j'arracherai la prochaine fois.

Ses doigts s'ouvrirent. Ciceley retomba au sol comme un sac de sable et se releva promptement en brossant ses vêtements.

– Je suis votre serviteur, Votre Grâce. Maintenant, et à jamais.

Déjà, le comte s'était détourné.

– Bien sûr que tu l'es.

Le lord porta une main à son bandeau. Il lui avait fallu déployer des trésors de volonté pour contrôler ses réactions, et il se félicitait d'y être parvenu. Sans quoi, il le savait, l'affrontement aurait été plus rapide que la partie d'échecs qu'il venait de perdre. Et son issue plus fatale encore.

– Tu peux disposer. Hector va te reconduire.

Le comte avait repris une pose contemplative et faisait tourner son fume-cigarette entre ses doigts. Le lord salua à reculons.

Déjà, le majordome tenait la porte du boudoir ouverte. Ciceley rajusta son bandeau.

– En… En quel endroit nous trouvons-nous, Votre Grâce ?

– Moi, répondit le maître des lieux, je suis partout, et surtout là où on ne m'attend pas. Toi, tu es déjà ailleurs.

Ayant ponctué sa dernière phrase d'un geste d'impatience, il faisait maintenant défiler les pages de son livre à toute allure.

Traversant le boudoir, Hector à sa suite, le lord redescendit les marches et prit place dans la nacelle que le deuxième majordome tenait à sa disposition. Fidèle à son poste, la goule appuya sur son levier et la descente commença, accompagnée par le grincement caractéristique du treuil.

Le ciel était plus clair, désormais, le froid plus vif. L'armée des nuages s'était déplacée en direction de Londres et une lune pâlie, plus dédaigneuse que jamais, guettait à l'horizon les premières déchirures de l'aube. Fermement accroché à ses barreaux, Ciceley lorgna la campagne que survolait le *Béhémoth*; elle ne lui rappelait rien de connu.

Selon toute probabilité, ses serviteurs avaient renoncé à le suivre. Il serait seul, à son arrivée. Il allait devoir rentrer à pied et se cacher en attendant la nuit suivante. En cet instant pourtant, cette perspective lui était indifférente. Une peur grandiose, mêlée d'une inévitable excitation, faisait trembler ses membres. Il était en vie. Il était en vie, il avait passé la première épreuve, et il s'apprêtait à trahir son maître pour la seconde et dernière fois. Quelle que soit l'issue du périlleux voyage qu'il s'apprêtait à entreprendre, dorénavant, il était peu probable qu'il revît jamais l'Angleterre.

Ré mineur

La plainte se mêlait à son sommeil ; un morceau si beau et déchirant qu'il semblait avoir été composé pour son rêve. En l'esprit de la jeune fille, des images prenaient vie. Un lac gelé sous un soleil d'hiver. La silhouette d'une mère partie sans se retourner. Un vol d'oies sauvages au-dessus de la lande. Avait-elle vécu ces moments ?

Au cœur de la pénombre, elle ouvrit les yeux. La musique provenait du rez-de-chaussée mais ses accents mélancoliques emplissaient la demeure tout entière. Sa sœur Amber les entendait-elle, elle aussi ?

Luna Wilcox se frotta les paupières et le petit chat noir enroulé à ses pieds sauta à terre. Se baissant pour le caresser, elle alluma la lumière.

– Vous entendez ça, Watson ?

Avec un ronronnement, le matou lui fila entre les jambes. Depuis qu'elle avait saisi la nature de l'esprit qui habitait son compagnon, la jeune fille avait cessé de s'adresser à lui comme à un animal. Et le félin lui-même, rasséréné sans doute par la certitude que sa maîtresse savait désormais qui il était, avait renoncé, de son côté, à s'exprimer en humain. Tout au plus se contentait-il, quand il y pensait, de lui indiquer en miaulant qu'il la comprenait.

Luna sortit dans le couloir. La porte de sa sœur était entrouverte, la lumière de la chambre allumée mais il n'y avait personne à l'intérieur. Elle descendit donc tandis que le violon continuait de gémir.

Vêtu d'une robe de chambre gris souris, une pipe en merisier serrée au coin de ses lèvres, Sherlock Holmes, affalé dans un fauteuil, martyrisait son stradivarius paupières mi-closes. Luna savait ce que signifiait cette attitude : l'homme réfléchissait.

– Hum.

Sherlock Holmes ne s'arrêta pas. Les yeux toujours fermés, il se redressa, inclinant son archet avec ostentation.

Elle posa une main sur le manche de l'instrument.

– J'ai dit : hum.

Le détective ouvrit les yeux.

– *Concerto pour violon dans la manière hongroise*, de Joseph Joachim : certains ont comparé son exécution à un marathon, d'autres à la quête du Graal.

– Bonsoir, Sherlock.

L'homme se remit à jouer.

– Joseph Joachim est un ami personnel. Tu t'en moques ? Il a fréquenté Mendelssohn, Liszt, et le grand Brahms. Un Hongrois. Incurable romantique.

– Où est Amber ?

– La première de ce concerto a été donnée il y a trente ans

à Hanovre. Joseph lui-même n'était même pas entré dans sa quatrième décennie et...

– Sherlock !

Cette fois, le détective s'arrêta net. Observant la nouvelle venue avec étonnement, il ôta sa pipe de sa bouche.

– Inutile de hurler. Je suis là. Et fort déçu de constater que tu ne t'intéresses pas à la musique.

– Votre pipe est éteinte.

Il reposa violon et archet sur son fauteuil.

– Brillante observation, trésor. Oh, bien le bonjour, Watson.

Le chat fila vers la cuisine où, comme chaque soir, l'attendait une coupelle de lait frais. Le détective se passa une main dans les cheveux. Son visage était celui d'un homme qui n'a pas dormi depuis un bon moment.

– Je vous ai demandé où était Amber.

– Je suis content que tu soulèves le problème.

– Comment cela ?

Le détective se renfonça dans son fauteuil. Luna tiqua ; un désagréable pressentiment se faisait jour en elle.

– Pour commencer, douce enfant, je t'implore de ne pas hausser le ton : je suis affligé d'une migraine épouvantable.

La cadette des sœurs Wilcox croisa les bras.

– J'aimerais savoir ce qui se passe.

– Moi, j'aimerais *comprendre* ce qui se passe, voilà ce qui fait de moi un être si spécial. Les faits sont les suivants : je me suis réveillé ce matin à huit heures et quarante minutes avec – ainsi que je l'ai déjà mentionné – le mal de crâne le plus spectaculaire de toute mon existence. J'ai été endormi, Luna. La dernière chose dont je me souviens, c'est que quelqu'un a plaqué sur mon nez un mouchoir imbibé de laudanum. À peine si j'ai eu le temps de regarder la pendule : sept heures vingt-cinq. Naturellement, j'ai bondi sur mes pieds dès mon réveil. Tous les rideaux du rez-de-chaussée avaient été fermés.

– Et Bram ?

Le détective arqua un sourcil. Il avait du mal à s'habituer à un surnom aussi familier mais Stoker lui-même, semblait-il, avait insisté. Il poursuivit :

– Deux minutes environ avant mon agression, Stoker était allé à la cuisine. Je l'ai appelé dès mon réveil. Aucune réponse. Je suis monté à l'étage et j'ai ouvert vos portes. Tu dormais paisiblement. Ta sœur avait disparu.

– Elle avait quoi ?

L'homme cligna des yeux.

– Tu n'aurais pas vu mes allumettes ?

La jeune fille se frictionna les épaules. Sa chemise de nuit lui paraissait bien légère.

– Vous voulez dire qu'ils sont partis tous les deux ?

– En quelque sorte.

– Mais où ?

– Je n'en suis pas encore à ce point de mon enquête.

Luna se laissa tomber sur le sofa. Son ami ouvrait des tiroirs au hasard.

– J'ai téléphoné à Blackwood, qui est arrivé une demi-heure plus tard. Entre-temps, j'ai commencé à réfléchir. Notre porte n'était pas fracturée, mais pas fermée à clé non plus. Ta sœur dormait. Pas Stoker : il est donc sorti de lui-même. Est-il allé chercher Amber dans sa chambre ? L'a-t-il portée ? La position des draps de son lit semble plaider en faveur de cette dernière hypothèse, ainsi que certaines traces de pas. J'ai jeté un œil à la penderie de ton aînée. Des vêtements manquaient : robes, manteaux, gants, bottines, pour plusieurs jours, et pas ses préférés.

La cadette se rongeait un ongle.

– Donc ? Bram aurait… enlevé ma sœur ?

Il leva une main.

– Calme et mesure, trésor. La situation est grave mais pas critique encore. Je me suis rendu chez Stoker. James était chargé de te garder. Depuis qu'il a rejoint nos troupes, Abraham n'est revenu que deux fois chez lui, et toujours sous escorte : nous savons que ses anciens amis de la Golden Dawn le surveillent. Pas de lumière. La porte était fermée à clé, clé qu'il était seul à posséder. J'ai appliqué la méthode habituelle.

– À savoir ?

Le chat Watson était revenu. Il sauta sur le divan aux côtés de sa maîtresse.

– Détour par le jardin. Carreau cassé. Poignée de porte.

– Bon.

– Une malle avait disparu récemment – la marque était encore visible au bas du placard de sa chambre. Des vêtements avaient été décrochés aussi, dans la même proportion que ceux de ta sœur, corrigée par le ratio homme / jeune fille. Cela ne prouve pas formellement que Stoker ait enlevé Amber, je te l'accorde. Mais il y a plus.

– Pour l'amour du ciel, Sherlock…

– Point un : le laudanum.

– Eh bien ?

– Stoker en détenait chez lui. Nous en avions parlé quelques jours auparavant, lorsque j'avais suggéré d'endormir ton chat.

Il montra Watson de sa pipe ; l'animal cracha avec mépris.

– Ne m'en voulez pas, mon vieux. Mais vos miaulements à sept heures du matin, franchement…

– Sherlock !

– Hum ? Ah oui, le laudanum. Donc, Stoker avait mentionné un jour le fait qu'il en possédait un flacon. Que je n'ai trouvé nulle part.

La jeune fille souleva le chat et le posa sur ses genoux. Le sang battait à ses tempes.

– Un rapt…

– Ma raison penchait pour cette explication mais mon cœur s'y refusait, trésor. Cela te rassure ? Jusqu'à ce que l'indice final me soit délivré. Un indice qui, s'il avait été soumis plus tôt à ma sagacité, m'aurait évité une demi-journée d'enquête laborieuse.

– Lequel ?

– Un mot. Glissé dans mon portefeuille.

– Un mot ?

– « Pardon. » Et c'était bien l'écriture d'Abraham.

Luna accusa le coup ; Watson émit un miaulement. Elle flatta sa petite tête.

– Pourquoi aurait-il fait une chose pareille ?

– J'en ai parlé avec James. Il n'existe que trois possibilités. Soit il nous a trahis en son âme et conscience, soit il y a été forcé.

– Et la troisième ?

– Une mise en scène.

Écartant le matou, la jeune fille alla se poster à la fenêtre. Les trottoirs de Holland Park Avenue luisaient de pluie. Depuis la veille au soir, le climat s'était radouci sur Londres. Elle se retourna.

– Avez-vous interrogé les voisins ?

– Ils prétendent n'avoir rien vu. Mais cela ne nous avance guère ; ils ne passent pas non plus leur temps à nous épier.

– Que... Que devons-nous faire ?

– Continuer à enquêter. L'horloge tourne. Le « pardon » de Stoker exclut une trahison pure et simple. Si notre nouvel ami avait décidé de nous nuire sans réserve, il ne se serait pas donné la peine de rédiger une note. Et il aurait pu aisément faire en sorte que je ne me réveille jamais.

– Je n'y avais même pas songé.

– J'étais détective, dans le temps. (Il rit.) En revanche, Abraham n'a pas jugé utile de me lancer sur une piste. Je pense qu'il a agi sous la contrainte. Ses commanditaires ne voulaient pas non plus tuer Amber. Sans quoi ils se seraient contentés de lui enfoncer un pieu dans le cœur. Non, ils avaient besoin d'elle.

– Comme monnaie d'échange ?

– Ou pour accomplir quelque chose, quelque chose qu'elle serait la seule à pouvoir faire. Pour être franc, je ne m'attends pas à ce que nous recevions une demande de rançon. D'abord parce que tu aurais été enlevée aussi. Ensuite parce que ta sœur et toi valez bien plus que de l'argent.

– Seigneur...

Luna lissait sa longue chevelure de jais. Savoir sa sœur en danger était douloureux. Ne pouvoir lui venir en aide était insupportable.

– Il faudrait capturer des membres de la Golden Dawn.

Holmes esquissa un sourire.

– Objection un : ce ne sont peut-être pas eux. Objection deux : si ce sont eux, tout le monde n'est sans doute pas au courant. Objection trois : à supposer que les deux premières objections ne tiennent pas, comment ferions-nous parler notre prisonnier ?

Le regard de Luna se fit plus sombre.

– Je m'y emploierais.

– Tant que je travaillerai aux côtés des Invisibles, personne ne torturera personne, trésor.

– Mais c'est ma sœur !

– Je sais. Et je l'aime comme ma propre fille. Mais tout porte à croire qu'elle est en vie. Et quelle que soit la situation dans laquelle elle se trouve, nous devons lui faire confiance pour en sortir indemne. Avec ou sans notre aide.

Luna remonta dans sa chambre et s'allongea sur son lit. Watson, qui la suivait telle son ombre, se pelotonna contre elle.

Les Invisibles allaient bientôt revenir pour discuter des dispositions à prendre. Fallait-il alerter Scotland Yard ? Holmes paraissait dubitatif. Pour lui, Amber et Stoker ne se trouvaient plus à Londres. Toute la journée, on avait enquêté du côté des cochers, sans résultat. Et il y avait ces vêtements emportés.

Amber.

La cadette des Wilcox se redressa. S'était-elle assoupie ? Le chat avait-il... *miaulé* le nom de sa sœur ? Elle retomba sur le dos. « Je suis en train de devenir folle. Il faut que je réagisse. » Se levant de nouveau, elle choisit un livre dans la bibliothèque, le feuilleta distraitement, le reposa, saisit une robe dans sa penderie, l'enfila, se rassit, prit un autre livre, l'abandonna sur son lit et redescendit au salon. James Blackwood et ses acolytes, qui venaient d'arriver, étaient réunis autour de la table. Luna se rendit à la cuisine et réapparut, une bouteille de sang frais à la main. Elle en avala une rasade.

– Trésor, ne pourrais-tu pas... ?

Le regard réprobateur de Sherlock se mua en sourire navré lorsqu'il s'aperçut qu'elle était en larmes. Il lui fit signe d'approcher.

– Allons, murmura-t-il en la prenant dans ses bras, il n'y a aucune raison de pleurer ainsi.

Plus tard, une fois les Invisibles repartis et tandis que les nuages commençaient à blanchir, la jeune fille le retrouva dans le bureau, occupé à noircir une grande feuille de son écriture nerveuse.

Elle s'approcha. Il y avait là des flèches, des noms, des dates et plusieurs lieux rapidement cerclés. Elle n'essaya pas de les lire.

– Sherlock ?

Il releva la tête, sa pipe toujours coincée entre ses lèvres. Elle lui tendait une boîte d'allumettes.

– Grand merci. Que puis-je pour toi ?

Rêveusement, elle faisait tourner le globe lunaire posé près de la banquette de cuir.

– Avez-vous trouvé de nouvelles informations sur notre père ?

Le détective disposa sa plume le long de sa feuille. Il prit le temps d'allumer sa pipe et de tirer dessus avant de répondre. Depuis la résolution du cas Jack l'Éventreur, il s'était employé à éclaircir une affaire beaucoup plus personnelle : le mystère des sœurs Wilcox. Qui avait fait d'elles ce qu'elles étaient devenues ? Et pour quelle raison ?

– Je ne sais rien de plus que ce que je t'ai déjà dit, trésor. Son nom est John Wilcox. Et vous étiez déjà décédées lorsqu'il vous a mordues. Si vous vous trouvez parmi nous aujourd'hui, c'est grâce à lui.

– Mais comment sommes-nous mortes ?

– Une chute.

– Vous en semblez si sûr…

– J'ai lu les rapports d'autopsie dix fois. Commotion cérébrale. Fractures multiples.

– Nous n'avions rien de tout cela quand nous nous sommes réveillées.

Le détective tira encore sur sa pipe.

– Luna, nom d'un chien, combien de fois avons-nous déjà abordé ce sujet ? Votre nature vampirique a permis au sang de se remettre à circuler et à vos fractures de se résorber spontanément. Savoir si vous avez été poussées ou si vous êtes tombées est une autre histoire. Il y a eu un incendie, voilà ce que nous pouvons affirmer. Très probablement criminel. La logique me pousse à croire que vous avez tenté d'échapper aux flammes.

– Et avant cela ?

Le globe s'était arrêté de tourner. Sherlock Holmes soupira.

– Pourquoi Dracula a-t-il mordu ton père ? Quel rôle jouait Rebecca dans cette affaire ? Que savait le vieux Henry ? Je travaille sur ces questions, trésor. Fais preuve de patience. Aucun mystère ne reste éternellement dans l'ombre.

Lorsque Luna s'endormit, ce matin-là, ses yeux étaient tout embués de larmes. Malgré la prévenance et la douceur dont l'entouraient Sherlock et ses amis, malgré les tendres ronronnements du chat Watson, elle demeurait douloureusement consciente d'un fait : Amber était sa seule famille.

Une dernière fois, elle renifla. Rester ici une nuit de plus était inenvisageable. Il fallait qu'elle prenne les choses en main. Comment aurait-elle pu le savoir ? À quelques miles de là, quelqu'un caressait des projets similaires. Quelqu'un qui n'avait pas vu la lumière du soleil depuis près de trois siècles.

Mer ignorée

Cette lumière électrique n'était pas celle de sa chambre. Et cette chambre *tanguait*. Interloquée, Amber se redressa sur son séant.

Le lit sur lequel elle avait dormi, orné de décorations en fer, trônait au milieu d'une pièce aux dimensions spacieuses tapissée de mousseline. Assis sur un fauteuil d'angle, Abraham Stoker replia son journal.

– Enfin ! Jamais je ne t'ai vue autant dormir.

Clignant des yeux, la jeune fille observa les lieux. Elle hésitait à sourire. Une commode Empire et un secrétaire de bois sombre complétaient l'ameublement. Plus loin, un vestibule semblait mener à l'autre partie des appartements.

– Allez-vous m'expliquer ?

Un lointain ronronnement emplissait le silence. Abraham Stoker se leva, posa son journal sur son siège et défroissa sa redingote sans quitter sa protégée des yeux.

– Cela risque d'être compliqué à entendre.

– Commencez toujours.

L'homme soupira.

– Nous nous trouvons à bord d'un navire.

– Nous…

– Le *Teutonic*. Fleuron de la White Star Line. En route pour Boston.

L'aînée des Wilcox porta une main à son front. La nuit précédente, elle l'avait passée chez elle, dans la maison de Holland Park.

– Où est ma sœur ? Où se trouvent Holmes et les autres ?

– À Londres.

– C'est une plaisanterie.

– Non.

Rajustant sa chemise de nuit, Amber posa un pied à terre. Le sol était couvert d'un épais tapis moelleux. D'un pas mal assuré, elle gagna l'autre pièce *via* le vestibule. Un second lit y était disposé, en tout point semblable au sien.

– Notre suite, expliqua Abraham sur ses talons. Première classe, et j'ai laissé les portes ouvertes. Mais j'ai bien peur que nous devions partager le cabinet de toilette.

Un hublot serti de cuivre surmontait le secrétaire de Stoker. Amber se jucha sur la chaise et écarta le rideau. Un frisson la saisit. Sous la nuit piquetée d'étoiles, l'océan s'étendait sans limites.

– Je ne comprends pas, lâcha finalement la jeune fille en se dirigeant vers la porte. Quel genre de tour me jouez-vous ?

Elle abaissa la poignée : en vain. Stoker se tenait dans son dos. Il agita la clé.

– Désolé.

– Vous m'empêchez de sortir ?

– Il vaut mieux que nous parlions ici pour l'instant. Assieds-toi.

Il lui montra son fauteuil.

– Je n'apprécie pas beaucoup votre ton, grogna Amber en s'exécutant. Vous avez intérêt à être convaincant.

Debout près du pied de son lit, Abraham Stoker se caressait la barbe. Son regard était perdu en des contrées lointaines.

– Alors ?

– Je t'ai enlevée, Amber.

Elle accusa le coup.

– Vous vous moquez de moi ?

L'homme se décida à s'asseoir. Le sommier grinça.

– Je t'ai enlevée ce matin même aux premières heures de l'aube. J'étais chargé de ta garde, avec Holmes. J'ai... Je me suis occupé de lui.

– *Quoi ?*

Stoker leva une main apaisante.

– Tranquillise-toi. Je n'ai fait que l'endormir. Pas d'autre choix. Il s'agissait de t'emmener dans ton sommeil. Bien sûr, nous aurions pu tenter de procéder comme le firent les Invisibles en leur temps : à coups d'aiguilles empoisonnées. Mais je crains que ton sang ne soit trop pur, trop résistant à présent. Aucune substance ne saurait te maintenir longtemps endormie. (Il sourit malgré lui.) Nous t'avons emmenée et nous t'avons installée dans un cercueil capitonné. Un fiacre des pompes funèbres nous attendait, qui nous a conduits jusqu'à la gare. De là, nous avons pris un train pour Liverpool. Arrivés ici, nous t'avons chargée à bord du *Teutonic*.

– Nous ?

Abraham Stoker leva les yeux sur la jeune fille.

– Navré. Il m'est impossible de t'en révéler davantage. Tout ce dont je puis t'assurer, c'est que je ne te veux aucun mal. Une mission m'a été assignée, pour laquelle j'ai besoin de ton aide.

Amber soupira.

– Je veux sortir d'ici.

– Je ne t'en empêcherai pas. Je désirais simplement prendre le temps de t'expliquer les choses.

– Vous ne m'avez rien expliqué du tout.

– Je t'ai dit tout ce que je pouvais te dire compte tenu des circonstances.

– Qui allons-nous rencontrer à Boston ? Boston, mon Dieu ! Je n'arrive pas à croire que je suis en train de dire ça.

Stoker demeurait silencieux. La jeune fille se releva et tendit la main.

– Donnez-moi la clé. J'ai besoin de prendre l'air. Si vous n'obtempérez pas, je défonce cette porte. Vous savez que j'en suis capable.

Une lueur de défi brillait dans ses yeux. Avec un regard triste, son ami – mais l'était-il encore ? Elle aurait bien été en peine de l'affirmer – sortit la clé de sa poche et la posa sur le lit.

– Essaie de ne pas trop m'en vouloir. Quand tu sauras pourquoi j'ai agi ainsi, tu comprendras que je n'avais pas le choix.

– On a toujours le choix, maugréa Amber en venant rafler la clé.

Elle ouvrit la porte.

– Attends !

Stoker s'était levé à son tour. La jeune fille s'arrêta sur le seuil.

– Il faut que je te mette en garde. Nous ne sommes pas seuls sur ce navire.

– Quelle surprise !

– Non, tu n'as pas saisi ; quelqu'un me surveille. Quelqu'un *nous* surveille. Nous ne sommes pas libres de nos mouvements.

– Nous verrons cela, fit la jeune fille en refermant la porte.

Resté seul, Stoker avait baissé la tête. Tel un boxeur groggy, il chancela puis se posta à son tour devant le hublot. L'océan était calme, la nuit impénétrable. Six jours de traversée s'annonçaient. Se retournant vers son lit, il posa un poing sur sa bouche, comme s'il se retenait de frapper quelqu'un. Puis, pris d'une inspiration subite, il marcha jusqu'à la porte et l'ouvrit à la volée. Amber se tenait juste derrière, déconfite.

– Je ne peux pas sortir en chemise de nuit.

Long de presque six cents pieds, jaugeant dix mille tonneaux, le *Teutonic* n'était sorti des chantiers Harland & Wolff de Belfast que peu de temps auparavant. Avec son quasi-jumeau le *Majestic*, il s'agissait du plus moderne et du plus rapide des paquebots de la White Star Line. Ses premières traversées, expliqua Stoker à sa jeune amie au fumoir dans lequel ils avaient trouvé refuge, s'étaient toutes déroulées sans accroc. Elles incluaient un crochet par Queenstown, en Irlande, pour embarquer quelques passagers supplémentaires. L'aînée des Wilcox croisa les bras.

Contrairement à ses prédécesseurs, le *Teutonic* fonctionnait sur un système de trois classes. La première, sur le pont supérieur, était destinée aux voyageurs fortunés. La deuxième s'étendait vers l'arrière. La troisième, ou entrepont, était destinée aux simples immigrants : mille passagers s'y entassaient, répartis entre l'avant, pour les hommes célibataires, et la poupe, pour les femmes seules et les familles.

La salle à manger de première classe, coiffée d'une élégante verrière, se trouvait au milieu du navire, là où le roulis se faisait le moins sentir. Stoker, qui avait l'intention d'y prendre ses repas, l'avait déjà montrée à sa protégée. Il lui avait également fait visiter la bibliothèque, le pont-promenade et le grand escalier central.

Le fumoir, quant à lui, était une pièce impressionnante, aux murs lambrissés et décorés de tableaux de marine. Assis sur un sofa aux côtés de la jeune fille, Abraham Stoker laissait son regard se perdre dans les motifs de la coupole. Tout, des lampes ornementales aux boiseries fines et aux lambris d'appui, respirait le luxe et le confort.

– Je m'ennuie.

Jambes croisées, vêtue d'une robe de taffetas légèrement trop courte pour elle, Amber tortillait ses cheveux en étudiant les autres passagers d'un air boudeur.

– Mm, fit Abraham Stoker, en sortant sa pipe.

– Je m'ennuie, et vous n'avez pas pris mes bonnes robes.

– Je t'en achèterai de nouvelles.

– C'est un conseil.

L'homme la considéra un instant avec hauteur.

– Es-tu capable de faire la distinction entre un ami et un domestique ?

– Oui. Et vous n'êtes ni l'un ni l'autre.

– Oh.

L'aînée des Wilcox laissa ses boucles en paix. Sans doute cette dernière salve était-elle un peu disproportionnée. Mais n'avait-elle pas une réputation à tenir ?

– Vous vous servez de moi, vous trahissez ceux qui vous ont accueilli ; pensiez-vous que j'allais vous remercier ?

Stoker soupira.

– Les apparences ne plaident pas en ma faveur, je l'admets. Je ne vais pas essayer de te prouver cette nuit que tu te trompes sur mon compte. Mais dans la mesure où il nous reste deux mille milles de haute mer à parcourir, je te suggère de t'en tenir à mon endroit à une réserve de principe.

– Vos sermons risquent de rendre cette traversée plus ennuyeuse encore.

– Plains-toi. Tu es sur le plus beau paquebot du monde.

– Formidable.

Quatre heures du matin, indiquait maintenant la pendule murale du boudoir. La salle s'était presque complètement vidée.

Debout, mains croisées dans le dos, Stoker examinait les tableaux accrochés au mur.

– « *Christophe Colomb en vue de l'Amérique* », déchiffra-t-il sur le cadre. Toujours Frank Murray. Décidément, je ne m'y entends guère en peinture.

– Bram ?

– Lui-même.

– Ne vous donnez pas la peine de faire la conversation. Je préfère encore entendre mes propres pensées.

L'homme voulut répliquer mais s'abstint, et passa à la place au tableau suivant. Dans sa mémoire, les récents événements ne cessaient de se bousculer, comme extirpés trop hâtivement des ténèbres. Ce coup de téléphone, d'abord. Le Grand Hégémon ! Et cet homme qu'il ne connaissait pas, ce personnage si calme et si menaçant qui l'avait attendu dans sa propre maison. « Nous vous laissons une dernière chance, Stoker. » Il avait cru pouvoir quitter la Golden Dawn ; il s'était trompé, et lourdement. À présent, il devait s'armer de patience. Ciceley était là, quelque part, sur le navire. Qui sait s'il ne les voyait pas, en cette heure. Qui sait s'il n'entendait pas leurs conversations. Du coin de l'œil, l'homme tâcha de voir ce que faisait Amber.

Pelotonnée sur le sofa, ses jambes repliées contre elle, la jeune fille se rongeait les ongles en pensant à sa sœur et à tous ceux qu'elle avait quittés contre son gré. Plusieurs semaines s'étaient écoulées depuis l'affaire de Jack l'Éventreur, un laps de temps qui lui paraissait considérable désormais. Des résolutions avaient été prises dans l'intervalle, des plans étudiés. Outre la poursuite de leur combat contre les vampires de Londres, les Invisibles avaient projeté de rechercher Rebecca à New York : l'envoyée de Dracula, que tout désignait comme la mère adoptive des jeunes filles. Mais ils manquaient cruellement de contacts en Amérique.

Sans parler d'un plan d'action.

Amber allait poser une question à son ami lorsque la porte s'entrouvrit. La tête d'un homme d'équipage apparut.

– Désolé. Je pensais qu'il n'y avait plus personne.

– Ne vous inquiétez pas, répondit Stoker, nous allions partir.

– Excusez-moi…

L'aînée des Wilcox s'était levée.

– Mademoiselle ?

– N'y a-t-il pas une chance que nous arrivions plus tôt que prévu à Boston ?

– Boston ? Vous voulez dire New York ! Hélas, mademoiselle, peut-être rejoindrons-nous le port avec une heure ou deux d'avance, mais pas plus. Notre temps de parcours est calculé avec précision. En attendant, s'il est quoi que ce soit que nous puissions faire pour vous rendre cette traversée plus agréable...

La jeune fille secoua la tête.

– Merci.

La porte s'était refermée. Lentement, Amber se tourna vers Abraham.

– New York, hein ? Et vous pensiez que je ne l'apprendrais pas ?

Stoker se gratta l'arrière du crâne.

– Le plus tard possible.

– Venez vous asseoir ici, je vous prie.

Elle tapota la place à ses côtés. L'interpellé s'exécuta, non sans appréhension. À certains moments, Amber évoquait à ses yeux l'image de ce que sa propre fille aurait pu devenir. À d'autres, plus sombres, il ne voyait plus que la vampire en elle : une créature imprévisible et ambiguë, volontiers cruelle. Ce soir, plus que jamais, il était incapable de choisir.

– En vérité, commença-t-il, tu as raison, j'aurais dû te le dire tout de suite.

– New York ! La ville où est allée Rebecca. Maintenant, Bram, vous devez tout me raconter. Parce que si jamais il s'avère...

L'homme leva une main et posa un doigt sur ses lèvres.

– Écoute-moi. Rien qu'une minute. (Sa voix s'était faite chuchotis.) Cesse de me poser des questions. Je t'en conjure. Nous sommes écoutés.

– Par qui ?

Stoker s'impatientait.

– Si je te dis ce que je n'ai pas le droit de te dire, je cours un grand danger, et toi aussi. Contentons-nous d'obéir à nos commanditaires et nous aurons de bonnes chances de nous tirer de cette aventure sans dommage.

– De bonnes chances ?

– C'est une façon de parler. Je t'en prie.

La jeune fille fit la moue.

– Très bien.

– Plus de questions avant New York à moins que quelqu'un n'en décide autrement, d'accord ?

– Comme vous préférez. Seulement, quand nous rentrerons à Londres, ne comptez pas sur moi pour prendre votre défense auprès des autres.

Stoker ferma les yeux.

– Je ne te demande rien.

Tout était silence. Dans la pénombre du fumoir, Stoker s'était assoupi et ronflait, bouche entrouverte. Longtemps, Amber se contenta de contempler son visage fatigué. Puis, sur la pointe des pieds, elle rejoignit un hublot.

La nuit était pleine encore, et pâle la lune se mirant dans les flots noirs mais d'ici peu, elle le sentait, l'aube poindrait à l'horizon.

Dépitée, elle alla se rasseoir. Rebecca ! Elle l'entendait rire, elle la revoyait, ramassant des feuilles mortes sous le porche. Les images se troublaient, néanmoins. Les souvenirs de l'époque heureuse où son père se trouvait encore parmi eux s'étiolaient – papillons blanchâtres égarés dans l'obscurité. Plus tard, bien plus tard, il y avait eu l'incendie, les morsures, les révélations et le sang.

Inexorablement, une ombre menaçante s'étendait sur le monde.

– Amber ?

Stoker se redressa en se frottant les yeux. Il était affolé.

– Je suis là, fit la jeune fille en agitant les doigts.

L'homme inspira avec force.

– Quel imbécile. Je me suis assoupi. Quelle heure est-il ?

Amber désigna la pendule.

– L'heure de rentrer.

Sur le pont supérieur, le vent leur coupait le souffle. Abraham et la jeune fille regagnèrent leur cabine au pas de course. Propulsé par ses énormes hélices, ses deux cheminées ocre et noir crachant leur vapeur, le navire fendait l'océan à une allure de vingt nœuds.

– J'ai faim, gémit Amber une fois qu'elle eut regagné son lit. Évidemment, vous, vous avez dîné.

– Si tu le souhaites, nous souperons ensemble demain soir, répondit son accompagnateur depuis l'autre pièce, où il dénouait sa cravate. En attendant...

Il apparut dans le vestibule, un plateau à la main. Un verre y était déposé, rempli à ras bord d'un liquide carmin. L'aînée des Wilcox marqua sa surprise.

– Je...

– Sang de bœuf. Bois sans crainte.

La jeune fille porta le verre à ses lèvres et ferma les yeux lorsqu'elle sentit couler les premières goulées. Stoker, qui l'observait avec fascination, esquissa un sourire lorsqu'elle reposa son verre.

– Merci, fit-elle. Je préfère ne pas savoir comment vous vous êtes procuré ça.

– Je te l'ai dit. Quelqu'un se trouve avec nous, ici.

– Quelqu'un que vous connaissez ?

– Amber ? Il me semblait que nous avions conclu un accord.

– J'ai du mal à m'y faire. Vous m'en voulez ?

– Bien sûr.

Amber ouvrit le tiroir de sa commode et y trouva sa chemise de nuit soigneusement repliée. Elle se rassit sur sa couche.

– Je me sens à bout de forces.

– Le voyage diurne que tu as subi y est pour beaucoup, fit Abraham, qui s'apprêtait à fermer la première porte séparant les deux chambres. Repose-toi. Je resterai à tes côtés toute la journée.

– Et vous pensez que cela me rassure ?

Abraham Stoker s'éclipsa sans répondre. D'un geste leste, l'aînée des sœurs Wilcox se débarrassa de sa robe.

Sous la terre

Luna se redressa sur sa couche en étouffant un cri. La femme qui lui avait parlé en rêve lui avait paru si réelle qu'elle s'était attendue à la trouver dans sa chambre à son réveil.

Le chat Watson sauta à bas du lit avec des miaulements de protestation. Sans un bruit, la jeune fille alluma sa lampe et regarda la pendule. Neuf heures du soir : une journée de plus s'était écoulée.

Ouvrant sa penderie, elle sortit la valise de cuir que Blackwood lui avait achetée en prévision de voyages futurs et y fourra autant de robes et de chemisiers qu'elle pouvait en contenir. Puis elle s'apprêta rapidement en surveillant son reflet. Ses traits étaient tirés, ses yeux cernés de noir. C'était de la folie mais l'ordre était impérieux et l'enjeu colossal : à y bien réfléchir, elle n'avait pas le choix.

Elle posa son front contre la vitre. La scène qu'elle venait de vivre était encore très nette dans son esprit : elle ne s'estompait pas comme s'estompent les songes ordinaires.

Elle se tourna vers son chat.

– Je m'en vais. Venez-vous avec moi ?

Watson miaula faiblement avant de se faufiler entre ses jambes. Elle le souleva du sol et lui prodigua une caresse.

– Mon Dieu. Qu'est-ce qui m'arrive ?

Sitôt endormie, elle s'était sentie aspirée le long d'un sombre tunnel. Puis une voix avait murmuré. Et la pénombre s'était dissipée.

Luna.

Elle avait ouvert les yeux. Assise dans une pièce obscure, sur une chaise à dossier violoné et à jambes galbées, une femme lui faisait face, vêtue d'une ample robe rouge à décolleté carré qui remontait en collerette sur sa nuque, une femme qu'elle connaissait sans l'avoir jamais vue, sinon en portrait : Elizabeth Báthory.

– Êtes-vous… réelle ?

Tout dépend du sens que l'on donne à ce mot.

Quelle impression singulière ! La voix résonnait à l'intérieur de son esprit.

Écoute-moi, s'il te plaît ; le temps m'est compté. À plusieurs reprises, j'ai essayé de te retrouver ; la présence de ta sœur m'en empêchait. Nos sangs sont bel et bien analogues, Luna. Ni toi ni moi ne nous sommes choisies – c'est ainsi. Une première fois, tu es venue à moi après que je t'ai appelée, et je te remercie pour cela. Aujourd'hui, j'ai besoin de toi encore. Tu es la seule à pouvoir m'aider.

La jeune fille avait senti sa gorge se serrer.

– Que voulez-vous que je fasse ?

D'abord, que tu viennes me libérer.

– Comment ?

Je t'expliquerai. Ensuite, nous partirons pour Liverpool.

Luna secoua la tête.

– Je ne comprends pas...

Je sais. C'est pourquoi tu dois écouter attentivement mes instructions.

La jeune fille leva sa fenêtre et glissa la tête au-dehors. Sherlock et les autres avaient renoncé à faire poser des barreaux, tant une telle précaution paraissait dérisoire face aux pouvoirs des deux sœurs. En échange, ces dernières s'étaient engagées à ne jamais quitter le quartier général de Holland Park Avenue sans les avertir. Amber partie, Luna s'apprêtait à rompre le pacte. De toute façon, elle ne la retrouverait pas en demeurant ici.

Empoignant sa valise, elle fit signe au chat d'approcher. L'animal se coula vers elle.

– Je suis une personne horrible, Watson, l'affaire est entendue. Mais c'est Elizabeth qui m'appelle et les Invisibles lui doivent obéissance, non ? Il me semble que ce n'est pas désobéir à nos amis que d'obéir à leur chef.

Le chat cracha. Elle le happa au passage et, indifférente à ses protestations, le coinça sous son bras. Puis, se retenant au châssis supérieur, elle passa une jambe dehors. Watson miaula avec fureur.

La jeune fille sauta. Presque un vol ; là où d'autres se seraient rompu les os, elle se rétablit sans effort. En quelques semaines à peine, elle et sa sœur avaient progressé de façon spectaculaire dans la maîtrise de leurs aptitudes physiques.

– Vous voyez ? Plus de peur que de mal.

Elle déposa l'animal à terre, ouvrit précautionneusement la grille et, sa valise à la main, s'éloigna en clopinant.

Elle se retourna. Les lumières du rez-de-chaussée étaient allumées, mais les rideaux fermés encore. Elle avait pris soin d'éteindre sa propre lampe et de laisser sa porte close. Peut-être cela pourrait-il lui faire gagner une heure ?

L'adresse qu'Elizabeth lui avait donnée était sise à Cavendish Square, non loin d'Oxford Circus. Il lui fallut moins d'une demi-heure pour y parvenir.

Devant une maison de trois étages à façade de brique brune, elle arrêta sa course. Tout était éteint, ici. La partie gauche était protégée par un arc de grilles noires ; l'autre section, équipée d'un volet de fer, ressemblait à un hangar de caserne. Une plaque en étain avait été clouée au-dessus du porche.

GARRISON & FILS
CABS, FIACRES, VOITURES
RÉPARATIONS EN TOUS GENRES

Luna hésita un instant puis monta les marches, son chat serré contre elle. Une sonnette électrique était enchâssée dans le mur ; elle appuya sur le bouton.

Une lumière se fit au premier étage. Une face rougeaude apparut à la fenêtre, coiffée d'un bonnet de nuit.

– Tu sais quelle heure il est ?

Luna n'en avait qu'une vague idée. Elle risqua un sourire.

– Je dois vous parler, monsieur Garrison. Une affaire très importante.

Une femme aux cheveux gris l'avait rejoint. Elle plissa les yeux.

– Qui est-ce, Perry ?

– Comment est-ce que je le saurais ?

– Tu n'as rien à faire toute seule dans la rue à cette heure, ma fille.

Luna hocha la tête.

– Je sais, mais...

Elle se sentait ridicule, perdue. Le dénommé Perry grogna en s'éloignant.

– Attendez !

– Tu ferais mieux de déguerpir, renchérit la femme. Tu vas t'attirer des ennuis.

La jeune fille prit une inspiration.

– « Main en main, à pas incertains et lents, ils prirent à travers Éden leur chemin solitaire. »

La femme ne bougeait plus.

– Répète un peu ça ?

– « Main en main... », recommença Luna.

La fenêtre fut refermée. La jeune fille examina les environs. Il s'était remis à pleuvoir ; les cabs défilaient le long de Cavendish Square dans des giclements d'eau boueuse. Dans quel pétrin était-elle allée se fourrer ? Les paroles de la comtesse trottaient encore dans son esprit. Un sésame : la toute dernière phrase du *Paradis perdu* de Milton. Mais comment ces gens, les Garrison, auraient-ils pu seulement connaître... ?

– Répète ce que tu viens de dire à ma femme.

La porte s'était ouverte. Au bas des escaliers, Perry Garrison resserrait sa robe de chambre avec vigueur. Il avait fourré son bonnet de nuit dans sa poche.

Luna se frictionna. Le chat avait sauté à terre et se tenait prudemment derrière elle.

– Je…

– La phrase. Répète-la.

– « Main en main, à pas incertains et lents, ils prirent à travers Éden leur chemin solitaire. »

– Qui t'a dit de te rendre à cette adresse ?

Luna se mordit les lèvres. Après avoir scruté les alentours, l'homme descendit vers elle.

– Tu n'es pas venue ici par hasard.

– C'est la comtesse.

– La comtesse ?

– Elizabeth Báthory.

Perry Garrison renifla bruyamment.

– Bon Dieu, fit-il en lui livrant le passage, ça devait bien finir par arriver. Entre tout de suite.

Le vestibule était encombré de pelles et de cartons. Un bâtard à poil gris, dérangé dans son demi-sommeil, grogna au passage de la jeune fille. Perry Garrison ouvrit la porte de droite et alluma une lumière.

– Attends-moi là-dedans.

Se dirigeant vers les escaliers, il posa un pied sur la première marche et plaça ses mains en porte-voix.

– Wilfred ! Horace !

Son chat entre les jambes, Luna considéra les lieux. Murs nus et grisâtres, sol couvert de sciure, elle se trouvait dans un vaste hangar encombré de roues, d'essieux, de courroies – une ahurissante collection de pièces de rechange et d'outils, rangés au petit bonheur sur des étagères murales. Au centre, une voiture à cheval à moitié démantelée en train d'être repeinte.

– C'est comment, votre nom ?

La jeune fille avait sursauté. Un petit rouquin au visage criblé de son la dévisageait d'un air curieux. Il s'appuyait sur des béquilles.

– Luna. Et toi ?

– Christopher. Vous êtes une amie de mon père ?

– Pas exactement. Enfin…

– Vous êtes quoi, alors ?

Luna s'apprêtait à répondre lorsque Perry Garrison réapparut. Il fusilla son fils du regard.

– Qu'est-ce que tu fabriques ici, toi ? Ce sont tes frères que j'ai appelés. Retourne au lit, tu veux ?

Le garçonnet s'en retourna sans mot dire. Ses jambes étaient totalement inertes, remarqua la jeune fille. Ses pieds traînaient au sol. Le père s'éclaircit la voix.

– Que les choses soient bien claires. Je travaille pour la comtesse mais je n'ai rien à voir avec ses histoires. Tu es l'une de ces suceuses de sang, pas vrai ?

Luna ne savait que répondre.

– Ça ne me pose pas de problème, reprit l'homme. Si la comtesse t'a donné le mot de passe, nous devons agir en conséquence. Quand t'a-t-elle parlé ?

– En fait…

– Dis-moi juste quand.

– Hier. Je veux dire, aujourd'hui. Enfin, dans la journée.

Elle sentait le rouge lui monter aux joues.

– Perry ?

La femme venait de descendre à son tour, inquiète.

– Tu es sûr de ce que tu fais ?

– Ne sois pas ridicule. Tu te souviens de ce que la comtesse nous avait dit? Eh bien voilà: nous y sommes. Par la peste, où sont passés ces deux bons à rien?

Comme en réponse, un bruit de cavalcade se fit entendre dans les escaliers. Vêtu d'un veston de cuir, une balafre en travers de la joue, un grand gaillard au crâne rasé passa devant sa mère. Adressant un salut à Luna, il alla se poster à l'autre bout de la pièce.

– Eh bien, grogna son père. Tu en auras mis, du temps! Où est ton crétin de frère?

– Présent!

Le deuxième fils de Perry, plus courtaud que son aîné, arborait des cheveux jaune paille coiffés en catogan; ses yeux pétillaient de malice. Flora Garrison s'écarta.

– Alors, ça y est? s'exclama le cadet. C'est le grand soir?

Le chef de famille hocha le menton vers Luna.

– À en croire cette demoiselle. La comtesse a-t-elle ajouté quelque chose, petite?

Luna avait posé sa valise. Elle reprit son chat et secoua la tête.

– Elle m'a dit que je devais aller vous trouver. Elle m'a donné l'adresse et le mot de passe, et elle m'a certifié que vous sauriez quoi faire. Mais je ne suis pas sûre...

Perry Garrison frappa dans ses mains.

– Vous avez entendu? Au travail, fainéants!

Aussitôt, les deux garçons ôtèrent les cales qui maintenaient la voiture à cheval et, ahanant, s'employèrent à la pousser à l'écart. Leur père empoigna un balai et nettoya l'emplacement, dévoilant une trappe qu'il souleva et fit retomber bruyamment sur le sol.

– Perry Garrison ! protesta sa femme, poings sur les hanches. Tiens-tu réellement à ameuter tout le voisinage ?

Ignorant la question, l'intéressé se tourna vers son cadet.

– Wilfred. Prends-nous une lampe.

– Tout de suite, p'pa.

Le cadet des Perry souriait tout le temps. Il adressa un clin d'œil à Luna et désigna Watson.

– Il t'aime beaucoup, ce chat. Ou alors c'est un froussard.

La jeune fille eut un geste évasif de la main. Cette famille semblait gentille, mais ses manières tranchaient avec la distinction supposée des habitants du quartier. Comment Perry Garrison avait-il pu faire l'acquisition d'une telle demeure en plein cœur de la ville ?

– Horace. Tu sais ce que tu as à faire.

Du fatras qui encombrait le fond du hangar, l'aîné avait extirpé un brancard de toile. Il coinça un cigare entre ses lèvres.

– Sûr.

Perry désigna à Wilfred la volée de marches qui s'enfonçaient dans les ténèbres.

– Après toi, imbécile.

Le garçon descendit en levant haut sa lanterne. Flora Garrison avait ramené ses bras contre elle.

– Soyez prudents. Et toi, fit-elle en s'adressant à Luna, tu ferais mieux de me laisser ta valise et ton chat.

Luna hésita avant de lui tendre l'animal, qui cracha pour la forme. Perry le considéra avec perplexité puis renifla.

– Bon, je vais me passer des vêtements. Suis mes garçons. Ils ne te feront aucun mal. Ils ne sont pas bêtes à ce point.

Luna avait compté quatre-vingt-six marches. Le tunnel qui reliait Cavendish Square à la crypte secrète de Buckingham Palace, en passant par Regent Street et Trafalgar Square, s'étirait sur plus de deux miles. Il avait été creusé dans le plus grand secret vingt ans auparavant par les hommes de main de la comtesse Elizabeth Báthory, après que cette dernière avait failli entrer en torpeur suite à une embuscade des sbires de Dracula. Le sol était sablonneux ; les murs, irréguliers, suintaient.

Wilfred menait sa petite troupe, lanterne levée. Parfois, il sortait un plan fripé de sa poche et réfléchissait en se grattant le menton. Puis, plein d'entrain, il repartait. Luna était coincée entre Horace, qui portait le brancard replié sous le bras, et Perry, qui fermait la marche.

– C'est la comtesse qui nous a fait cadeau de la maison, déclara bientôt ce dernier. Je possédais une affaire à la sortie de Whitechapel, pas très florissante. Une nuit d'hiver, les garçons étaient petits, ma femme a été agressée par... une créature.

– Une créature ?

– Ouais, je ne suis pas censé te raconter tout ça.

– Rien ne vous y oblige.

– Une créature, comme je disais. Longs bras, grisâtre, pas de cheveux, en haillons. Ma femme a couru, la chose l'a rattrapée, elle a hurlé et... Il y a eu une sorte d'éclair. Quelqu'un l'a sauvée. Quelqu'un a jailli et a tué la créature. Nous, bien sûr, on ne savait pas qui elle était. Mais on lui était redevables. Elle avait sauvé notre famille. Plus tard, six mois après, elle est revenue nous voir et nous a dit son nom : la comtesse Báthory, une amie personnelle de la reine. Elle voulait nous proposer un marché. La maison de Cavendish Square, avec tout ce dont j'avais besoin pour monter une nouvelle affaire, contre un service à vie.

– Un service ?

– Elle craignait pour sa peau. Elle avait peur que ses ennemis l'attaquent par surprise, peur de tomber endormie ou je ne sais quoi…

Wilfred se retourna.

– En torpeur, p'pa.

Le père cracha dans le sable.

– Qui te demande l'heure, à toi ? Elle craignait de tomber en torpeur. Et elle a prononcé ces mots : « Si un jour il m'arrive malheur, je transmettrai des instructions. Quelqu'un viendra vous trouver, quelqu'un que j'aurai chargé de cette mission et dont vous ne devrez rien essayer de savoir. »

– Moi, fit Luna.

– On dirait bien, marmonna Perry. Elle a ajouté : « Il faudra venir chercher mon corps dans la crypte de Buckingham et le ramener chez vous le plus vite possible, puis le placer à l'intérieur du Pneumonaute. »

La jeune fille cligna des yeux. Peut-être était-elle supposée savoir déjà tout cela ; dans le doute, elle jugea préférable de ne pas poser de questions.

Le reste de la traversée se déroula en silence. De temps à autre, le tunnel croisait des égouts aux surfaces étales, dont les odeurs méphitiques poursuivaient les voyageurs bien après qu'ils avaient quitté leur voisinage. Puis c'étaient des carrières abandonnées, de vastes cavernes voûtées au sol terreux qui semblaient exister depuis toujours. Des rats trottaient le long des murs. La lanterne de Wilfred jetait des ombres fantasques.

Luna se rappela son premier voyage sous la terre et se demanda si tous ces souterrains communiquaient. Par association d'idées, ses pensées revinrent à sa sœur. Le manque la torturait, l'angoisse de la savoir sans défense.

– Nous sommes arrivés, s'exclama Wilfred en faisant halte devant une porte de fer, au bord d'un canal où clapotait une eau saumâtre.

Il appuya sur la poignée ; le verrou était fermé.

– Voilà qui est un peu fort ! tempêta Perry Garrison en s'approchant.

Furieux, il frappa la serrure du pied.

Rien ne broncha.

Se présentant à son tour, Luna donna un puissant coup d'épaule... et manqua tomber à la renverse : la porte avait cédé immédiatement.

Elle se trouvait au pied d'un escalier de pierre en colimaçon. Les autres la dévisageaient, bouche bée.

– Coincée, murmura-t-elle. Cette porte était juste, euh, coincée.

Perry poussa ses garçons en avant.

– Remuez-vous, vous autres ! Ne restez pas plantés là.

L'escalier tournait vers les hauteurs, hérissé de lampes électriques en ferraille. Wilfred, qui menait toujours la marche, éteignit sa lanterne. Une nouvelle porte se présenta.

Elle ouvrait sur une immense salle octogonale et voûtée, ornée de colonnes à chapiteau. Baigné d'une lumière dorée, l'endroit sentait la poussière, le renfermé, et autre chose aussi : un mélange de métal et de pourriture. Wilfred éternua.

– Silence ! fit son père.

Le regard du jeune homme croisa celui de Luna. Timidement, elle lui rendit son sourire. Il se glissa à ses côtés.

– La crypte du palais de Buckingham. Parole! C'est marqué là-dessus (il secouait son plan). Tu te rends compte? La reine dort juste au-dessus de nous. Enfin, si elle dort.

Luna sourit encore. Au milieu des doutes et de la solitude, l'enthousiasme juvénile du cadet des Garrison lui réchauffait le cœur.

Couvert par un puissant auvent de bronze décoré de bas-reliefs, un tombeau se dressait au centre de la salle. Trois marches permettaient d'y accéder. Les Garrison s'approchèrent. Un corps reposait là, parfaitement conservé sous un dôme de verre duquel montaient tubes et tuyaux de métal. Luna s'avança. Robe écarlate, chignon strict, décolleté carré: c'était bien l'Elizabeth Báthory de ses rêves, nimbée d'une aura vaporeuse.

– À quoi servent ces appareils?

Elle avait chuchoté en tapotant le mécanisme. Horace se passa une main sur la nuque.

– Aucune idée.

Redescendant, il déplia le brancard sur le sol dallé. Son père ôta les deux attaches qui maintenaient le couvercle de verre. Un chuintement se fit entendre. De l'air passait dans les tuyaux. De l'air, ou autre chose. Luna, qui suivait la manœuvre, n'était guère versée dans les subtilités de la «science magique» dont les Invisibles lui avaient si ardemment vanté les mérites, mais elle savait que son fonctionnement reposait en partie sur l'utilisation de l'eth'r – cette énergie providentielle aux mystérieuses origines.

– Wilfred? Qu'est-ce que tu attends?

Électrisé, le cadet des Garrison se précipita pour venir en aide à son père et à son frère, lesquels avaient déjà commencé à soulever le corps.

Elizabeth Báthory fut déposée sur le brancard. Les deux fils attrapèrent les poignées et bandèrent leurs muscles.

Ils avancèrent de quelques pas.

– Ça va, fit Wilfred à Luna. Elle n'est pas si lourde.

Horace hocha la tête. Après avoir refermé le couvercle le plus doucement possible, leur père s'empara de la lampe restée sur les dalles, et le quatuor prit le chemin du retour.

Nuit blanche

Sur le miroir de l'océan, le *Teutonic* poursuivait sa course. Deux nuits, déjà, s'étaient succédé. Amber avait refusé de quitter sa cabine, opposant à Abraham un chantage obstiné : dites-moi ce que nous allons faire à New York et je consentirai à vous rendre l'existence plus facile.

Mais son ami – puisqu'il continuait à prétendre qu'il l'était – ne paraissait nullement disposé à céder. Il en allait, prétendait-il, de leur survie à tous deux. En ce qui le concernait, il pouvait bien rester cloîtré six jours. Il y avait des choses plus graves dans la vie.

Au soir de la troisième nuit, Amber soupira.

– Je n'en peux plus.

Assis à son secrétaire, Abraham Stoker dégustait un onctueux potage de légumes, qu'il avait fait monter dans sa chambre. Il reposa sa cuillère.

– Je ne soupçonnais pas, poursuivit la jeune fille, qu'il fût possible de périr d'ennui. Tête lourde, gestes lents, pensées vides : je pourrais décrire chaque symptôme.

– Que préconises-tu ?

Elle avait déjà revêtu une jaquette en laine. Elle tira vainement sur ses manches.

– Sortons. Allons dîner. Ce que vous voudrez.

Réprimant un sourire, Stoker repoussa son assiette et attrapa sa veste. Sa montre à gousset indiquait neuf heures. Il referma le clapet avec un sourire satisfait.

– En route.

Dans la coursive de première classe, le long de la rampe du grand escalier central aussi, et à l'approche de la salle à manger, Amber Wilcox marchait devant, tête haute, telle une parfaite demoiselle du monde.

Armé d'un registre à couverture de cuir, un maître d'hôtel plus maigre qu'une allumette s'anima à leur approche. La jeune fille laissa Abraham parlementer avec lui puis ils lui emboîtèrent le pas.

La salle à manger était titanesque. Surmontée d'une coupole vitrée, elle déployait au-dessus des convives une armée de miroirs. Aux murs, des marqueteries teintées rehaussées d'incrustations d'ivoire et d'or figuraient tritons, nymphes et autres créatures marines. Les décorateurs avaient opté pour un style Renaissance : de longues tables boisées aux motifs bombés s'alignaient symétriquement.

Le plafond, lui, était soutenu par d'épaisses colonnes. Abraham, qui désirait manifestement faire profiter le serveur de ses connaissances architecturales, les identifia comme « corinthiennes ». L'homme se contenta d'opiner.

– Si mademoiselle et monsieur veulent bien se donner la peine...

L'éclairage électrique dispensait une lumière tamisée. Assis sur des chaises tournantes, les passagers de première classe savouraient, pour la plupart, de puissants digestifs.

On avait épargné à Abraham et à Amber la partie centrale pour les installer dans un coin, à une table reculée où, seule, une vieille dame à la mise excentrique terminait son assiette.

Amber salua poliment. Assise en face d'eux, l'étrange personnage présenta une main à Abraham, qui l'effleura de ses lèvres.

– Madame…

– Duchesse de Rasmussen. Vous êtes ?

– Abraham Stoker, fit-il. (Il évitait son regard.) Et voici…

– Sarah, enchaîna l'aînée des Wilcox en écrasant le pied de son accompagnateur sans cesser de sourire. Sarah Stoker : sa fille unique. Nous allons rendre visite à une amie qui habite à New York.

– Comme c'est fascinant !

Vêtue d'une robe de bal criarde à manches bouffantes, la vieille dame s'exprimait avec une pointe d'accent germanique et agitait ses longs doigts arachnéens telle une montreuse de marionnettes. Elle avait vécu au Danemark, expliqua-t-elle, à Copenhague. Son dernier mari, un riche capitaine d'industrie avec qui elle avait conclu un mariage de raison, avait fermé les yeux dix ans auparavant.

– Cela nous fait au moins un point commun, déclara Sarah / Amber en hélant un serveur : ma mère à moi nous a quittés l'année dernière.

– Doux Jésus ! Pauvre petite !

Légèrement sonné, Abraham attrapa un menu cependant qu'un serveur se présentait à leur table.

– Mademoiselle ?

– Je désirerais un verre d'eau. Un grand, avec de la glace. Ah, et aussi, euh… (Elle avait arraché le menu des mains de Stoker et le détaillait en plissant le front.) Oh, un steak ! Le plus saignant possible, s'il vous plaît.

Le serveur prenait note. Il releva la tête.

– Puis-je suggérer à mademoiselle un accompagnement de légumes ?

– Vous pouvez. Mais je n'y toucherai pas.

Elle rendit le menu à Stoker, qui s'efforça de retrouver une contenance sous le regard attendri de la duchesse.

– Je prendrai…

– Donnez-lui le consommé printanière, suggéra la vieille dame. Et le veau farci aux épinards. Je présume que vous ne prisez pas la joue de porc ?

– En fait…

– Veau farci, confirma la duchesse. Avec votre fameuse écrasée de pommes de terre – vous verrez, déclara-t-elle à Stoker, ils la préparent comme personne ! – et un thé au jasmin pour moi. Si vous pouviez avoir également la bonté de m'apporter quelques-uns de ces délicieux chocolats…

Le serveur reprit le menu et claqua des talons de façon un brin théâtrale.

– Très bien, madame.

– Pas de chichis, voyons, appelez-moi Lucy.

Le jeune homme s'éloigna sans relever. Radieuse, la duchesse souriait. Amber était aux anges.

– Vous semblez bien vous connaître, tous les deux !

– Oh, c'est Ashley. Un véritable amour. Je sais tout de sa vie.

Ses parents possèdent une exploitation agricole en Floride. La Floride, vous connaissez ? Si je n'étais pas si laide et fripée, je ferais bien mon quatre heures de ce jeune godelureau.

Stoker toussota. Sa voisine lui tapota le dos.

– Vous n'êtes pas si vieille que ça, répondit-elle. Et pas si fripée non plus. Laissez-moi deviner votre âge. Cinquante ans ?

La duchesse sortit un éventail de ses jupes froissées, qu'elle déplia d'un claquement.

– Vous êtes charmante, ma chère, définitivement. Vous me rappelez mon arrière-petite-nièce qui vit à Paris. Je ne l'ai vue qu'une fois, et elle avait deux ans alors, mais je connais son père, croyez-moi, et je suis sûre qu'elle ne manque ni de malice ni de curiosité. Non, je n'ai pas cinquante ans, Dieu merci, je serais bien trop loin de la mort ! Mais laissons cela. Monsieur votre père paraît bien abattu. Quelle est donc cette amie que vous allez voir à New York ?

Amber poussa Stoker du coude.

– Eh bien, dites-lui !

Désemparé, l'homme cherchait de l'aide. Hélas ! Tous les serveurs paraissaient occupés. À la va-vite, il inventa une histoire abracadabrante de cousine par adoption, rencontrée par le plus grand des hasards à une vente aux enchères londonienne… et s'arrêta finalement en constatant que la duchesse, occupée à chantonner, détaillait une table lointaine et ne l'écoutait pas.

– Vous voyez cet homme, là-bas ? Celui avec le chihuahua ?

Elle s'adressait à Amber.

– C'est John Davison Rockefeller, le patron de la Standard Oil. Rockefeller, vous savez ? Les pétroles !

Méfiante, la jeune fille opina.

– Vous le connaissez personnellement ?

La duchesse de Rasmussen cessa d'agiter son éventail.

– Non, ma chère : c'est *lui* qui me connaît. Dernière mesquinerie en date ? Il a essayé de s'attacher les services de mon majordome.

– J'ignorais que vous aviez un domestique, fit Stoker sur un ton bizarrement caustique.

– Je suis en train de l'oublier aussi. Ce pauvre Herbert est cloué au lit avec la grippe. La grippe, vous vous rendez compte ! Il va sans doute passer *ad patres*. Doux Jésus, pourquoi est-ce que tout le monde meurt autour de moi ?

– Vous vous posez sérieusement la question ?

On apporta les plats. Stoker se jeta sur son veau farci comme s'il n'avait rien mangé depuis huit jours. L'aînée des Wilcox, elle, empoigna sa fourchette et entreprit de faire jaillir le sang de son steak. La duchesse et Stoker l'intriguaient. À quel jeu jouaient-ils ? Deux fines rigoles sinuèrent dans l'assiette de porcelaine blanche.

– Ainsi, vous n'aimez pas les légumes.

Amber secoua la tête et humecta son index de sang.

– Moi non plus, déclara la duchesse. Ma mère me disait toujours : « Mange, tu ne sais pas qui te mangera. »

– Ah, oui ?

– Non. Mais elle aurait pu le dire. Et c'est un conseil que je me suis efforcée de suivre à la lettre. Pourquoi Dieu aurait-Il inventé des créatures aussi tendres et soumises que les veaux s'Il ne tenait pas à ce que nous consommions leur chair tendre et soumise ?

Abraham Stoker, qui comprit que la remarque s'adressait à lui, releva la tête.

– Nous sommes des carnivores, madame, j'en conviens.

– Des vampires ! précisa Amber, doigt levé.

La vieille femme battit des mains.

– Oh, les vampires ! J'adore ces histoires de meurtre et de saccage insensé ! Un bon ami à moi prétend qu'ils existent.

– Il a raison, fit Amber qui souleva son assiette à deux mains pour en boire le jus, ignorant la mine désapprobatrice d'Abraham. Ils sont partout.

– Qu'est-ce qui t'a pris ?

La salle à manger, peu à peu, se vidait de ses derniers convives. La duchesse elle-même, visiblement ravie, avait regagné ses quartiers.

– Amber ? Je te parle.

– Eh bien quoi ? soupira la jeune fille en délaissant sa serviette. Nous nous sommes bien amusés, non ? Et je crois que je viens de me faire une amie. Vous pourriez me remercier. Elle nous invite à Copenhague.

– Ainsi que dans son appartement new-yorkais, oui, je ne suis pas sourd. Il n'empêche que tu t'es montrée formidablement imprudente. Tu ne sais pas à qui tu parles, à qui tu confies tes secrets...

– Je n'ai confié aucun secret.

– ... sans parler de ton incorrection chronique, poursuivit l'autre. Sarah Stoker, vraiment ? Tu m'as brisé le cœur.

La jeune fille poussa un soupir.

– C'est vous qui avez insisté pour que je sorte.

– Pas du tout.

Elle lui adressa un clin d'œil. Renfrogné, Abraham Stoker croisa les bras.

– N'y a-t-il donc aucune place pour la gravité dans ton existence ?

Elle le foudroya du regard.

– D'accord, reconnut-il, c'était déplacé.

Pendant quelques minutes, ils cessèrent de parler. Puis Abraham posa une main sur l'épaule de sa jeune amie.

– Ces heures ne sont pas faciles pour toi, pas faciles du tout ; crois bien que j'en ai conscience. Et sois sûre d'une chose...

– Laissez-moi deviner : quand je saurai tout, je vous remercierai.

– Ce n'est pas ce que je voulais dire.

– N'en parlons plus. Quittons cet endroit, voulez-vous ? Toute cette nourriture me donne la nausée. Quant à ce verre d'eau... (Elle réprima un hoquet.) Je n'aurais pas dû.

Stoker, qui s'était levé, déposa sa serviette sur un coin de la table. Machinalement, il l'avait pliée en forme de cygne. Amber écarquilla les yeux.

– Où avez-vous appris à faire ça ?

– C'est un secret.

Ils quittèrent la salle à manger entre deux rangées de serveurs et dirigèrent leurs pas vers la bibliothèque. L'endroit respirait le calme et la nuit. Hormis une paire de gentlemen en redingote, occupés à discuter à voix basse autour de la grande table centrale, il n'y avait personne.

Abraham Stoker choisit un fauteuil et s'y laissa tomber : le charme discret des alcôves incitait plus à la rêverie qu'à l'étude. Debout devant les rayonnages, Amber hésita longuement avant de se décider pour *Un chant de Noël* de Charles Dickens, roman qu'elle avait essayé de lire enfant, croyait-elle se souvenir, mais dont elle n'était jamais parvenue à dépasser les trois premières pages. Elle s'installa à son tour sur un canapé et jeta un œil à son ami. Mains dans les poches et traits tirés, Stoker laissait son imagination divaguer. «Dieu seul sait à quoi il réfléchit, songea la jeune fille en ouvrant son livre. Me déteste-t-il? Repense-t-il, comme moi, à ce que nous avons déjà vécu?» Elle s'attaqua à l'ouverture du roman. «Marley était mort, pour commencer. Là-dessus, pas l'ombre d'un doute. Le registre mortuaire était signé par le ministre, le clerc, l'entrepreneur de pompes funèbres et celui qui avait mené le deuil.»

Elle s'arrêta dans sa lecture; deux pensées concomitantes venaient de la frapper. La première était pour son père. «Je t'ai dit qu'il pouvait être encore en vie; je ne t'ai pas dit qu'il n'était pas mort», avait expliqué Sherlock Holmes le soir de leur premier souper. Peu à peu, Amber et sa sœur s'étaient faites à cette idée: tout vampire qu'il fût, John Wilcox n'était plus de ce monde. Son sourire était un miracle à jamais perdu.

La seconde pensée concernait le texte lui-même. Non, elle n'avait jamais *essayé* de le lire. Elle n'en connaissait pas moins cette introduction. Quelqu'un avait déjà prononcé ces phrases pour elle, ces mots exacts. Elle ferma les yeux. Sa mère! Sa véritable mère, quelques semaines avant de mourir. Il était facile de comprendre, à présent, pourquoi elle avait tant rechigné à sortir le mince volume de sa cachette et pourquoi, malgré tout, elle s'y était résolue. Comme elle regrettait, désormais, que son père ne leur ait pas raconté davantage de choses sur sa femme!

L'aînée des Wilcox fronça les sourcils. Elle persistait à s'accrocher à un passé révolu, un âge d'or qui ne lui serait jamais rendu.

Pouvait-on être folle, et cruelle, téméraire et immortelle, pouvait-on aussi être une toute petite fille en manque de baisers, suffoquant soudain au souvenir d'un parfum maternel ? À présent, Amber songeait à sa sœur, sa chère Luna, qui devait se consumer d'inquiétude. Du coin de sa manche, elle essuya une larme puis referma *Un chant de Noël*. Son destin provisoire était scellé. Elle ne devait pas laisser ses sentiments prendre le dessus.

Elle se leva. On lui avait parlé d'un certain Alexandre Dumas, quelques mois auparavant, et elle avait vu son nom sur le dos d'un livre. Il s'agissait, pensait-elle avoir compris, d'une histoire de mousquetaires, de destins contrariés, d'honneur et de duels. Exactement ce dont elle avait besoin.

Le soir suivant, le pont supérieur était noir de monde. L'hiver, malgré les apparences, avait été clément dans les régions septentrionales, et le capitaine avait évoqué la possible apparition d'icebergs.

La nuit était tombée depuis peu mais, déjà, Amber et Abraham se mêlaient à la foule. Pressés contre le bastingage, ils regardaient les passagers de première classe jouer des coudes pour obtenir les meilleurs emplacements.

Des exclamations enjouées fusaient de toutes parts :

– Dix dollars que nous en croiserions un avant demain matin, Marty ! Eh bien quoi, vous avez peur de vous ridiculiser encore ?

– J'en mets vingt de plus dans la balance, mon vieux. Prévenez votre femme : terminée la belle vie à Manhattan !

Amber sourit. Le brouhaha la rassurait. L'océan était calme et les passagers d'excellente humeur.

Ôtant son haut-de-forme, Stoker s'ébouriffa les cheveux.

– Un de ces jours, fit son voisin, un petit homme chauve au pardessus élimé, ces histoires d'iceberg finiront mal.

– Je vous demande pardon ?

L'individu tira une pipe de sa poche.

– Imaginez que nous en heurtions un.

– La coque est solide.

– Pff.

Sous le couvert de sa paume, l'homme essaya d'allumer sa pipe. Le vent lui compliquait la tâche.

– Laissez-moi vous aider.

De ses mains repliées, Abraham Stoker joignit ses efforts à ceux de son voisin. Le mélange finit par prendre. Avec un grognement de satisfaction, l'individu tira une première bouffée et leva sa pipe vers la nuit illuminée d'étoiles.

– Merci, monsieur Stoker.

L'autre le dévisagea, ébahi.

– Vous connaissez mon nom ?

Le vieil homme toussota dans son poing.

– On vous attend au fumoir.

– Quoi ?

– Seul, précisa le mystérieux fumeur. Mais ne vous inquiétez pas, précisa-t-il en tapotant l'épaule d'Amber, je surveille la petite.

Abraham Stoker plissa les yeux, essayant de sonder l'âme de son interlocuteur. Celui-ci se détourna.

– Vous feriez mieux de vous dépêcher : ça a l'air important.

L'aînée des Wilcox était désappointée. L'odeur de ce tabac lui déplaisait souverainement, et plus encore la familiarité dont l'homme avait fait preuve. Mais Stoker ne paraissait guère décidé à discuter. Une ombre de résignation était tombée sur son visage – une ombre que la jeune fille ne connaissait que trop bien.

– Reste ici, d'accord ? Avec monsieur…

– Smith, précisa l'autre.

– Avec ce M. Smith. Je reviens tout de suite.

Déjà, il s'éloignait, se frayant un passage à travers la cohue. Rapidement, il disparut à sa vue.

Coincée contre le bastingage, Amber se frictionna, comme elle en avait l'habitude. Son garde-chiourme se tourna vers elle. Son sourire ne présageait rien de bon.

– Je dois te laisser. J'ai été enchanté.

L'aînée des Wilcox voulut répliquer. Le vieil homme ne lui en laissa pas le temps. Avec une vivacité surprenante, il se faufila entre deux couples et, en un clin d'œil, s'évanouit au cœur de la foule.

Amber demeura bouche bée.

– Bonsoir.

Elle pirouetta, apeurée. Un passager entre deux âges, aux cheveux roux en bataille, s'était installé à ses côtés face au large. Bras croisés sur la rambarde, il lui offrait son profil. Un bandeau noir masquait son œil gauche.

– C'est la première fois que tu viens à New York, n'est-ce pas ?

Amber hocha la tête, désemparée. Que lui avait recommandé Abraham en pareil cas ? « Rien, songea-t-elle avec une pointe de colère, rien, parce qu'il n'était pas censé me quitter d'une semelle. »

– Tu n'as pas à avoir peur, poursuivit l'homme. C'est une ville accueillante, si on sait s'y prendre avec elle.

– Je… Je ne devrais pas vous parler.

– Regarde.

Il montrait une forme à l'horizon : une chose si ténue et lointaine que personne, sur le pont supérieur, ne l'avait encore aperçue. « Personne, comprit Amber avec un frisson, à part lui et moi. »

L'homme observait sa réaction.

– Dans quelques minutes, dit-il, nos chers passagers de première classe pointeront leurs jumelles dans cette direction, et l'un d'eux poussera un cri perçant. Il sera temps de rentrer, alors. En attendant, savourons le spectacle. Un iceberg rien que pour nous.

Amber voulut s'éloigner. La prise de son interlocuteur se referma sur son poignet : aussi ferme qu'un serment.

– Les icebergs sont comme les gens, poursuivit-il alors qu'il n'avait même pas pris la peine de se présenter : immergés à plus de quatre-vingt-dix pour cent. On croit les connaître mais on se trompe. Quiconque refuse d'explorer les profondeurs ne saura jamais qui ils sont.

La jeune fille voulut se dégager.

– Vous me faites mal.

– Je pourrais te faire beaucoup plus mal encore, Amber.

Cette voix ! Il y avait quelque chose, dans la tranquille assurance du personnage, qui glaçait jusqu'à la moelle de ses os. Elle plissa les yeux. Malgré tous ses efforts, elle ne parvenait pas à percevoir son aura : ni le gris pâle des humains, ni une autre couleur. Et pourtant, sa force était réelle.

– Je ne suis pas seule.

– Je sais. Ton ami se trouve au fumoir. Par qui penses-tu qu'il ait été appelé ? (Il rapprocha son visage, lui adressa un sourire féroce.)

Je veux croire que je connais tout de toi, mon enfant. Je veux croire que tu n'es pas encore l'iceberg que tu pourrais devenir.

– Qui êtes-vous?

Le sourire s'effaça d'un coup.

– Je suis celui qui te surveille. Fais ce qui t'est demandé, et tu vivras. Tente autre chose, et toute cette belle complexité en devenir (il tapota son front de l'index) ne trouvera jamais le temps de s'épanouir.

– J'ai dit: vous me faites mal.

D'un geste, il écarta les doigts et fit un pas en arrière. Un léger rictus déformait sa lèvre supérieure. Amber y lut un mélange d'admiration et de condescendance. Elle se sentait beaucoup trop vulnérable.

L'homme enfouit les mains dans les poches de son manteau. À l'avant du *Teutonic*, les premières exclamations de surprise commençaient à retentir. Des jumelles passaient de main en main.

– Un iceberg! Un iceberg!

Au milieu du vacarme, l'inconnu au bandeau battit en retraite. Il chuchotait, mais la laissait lire sur ses lèvres. «Fasse le ciel, Amber, que nous ne nous revoyions qu'une fois ta mission accomplie.»

En surface

La nuit, sur Londres, gagnait en épaisseur, mais Luna n'en savait rien. Il leur avait suffi d'une heure, aux Garrison et à elle, pour rallier les souterrains de Buckingham Palace. Il leur en fallut deux de plus pour retourner à Cavendish Square : un périple interminable, ponctué par les grognements des deux frères et les récriminations de leur père.

Toutes les cinq minutes, le convoi faisait halte. Horace se plaignait de son dos ; la lampe donnait des signes de faiblesse. Parfois, il semblait à la cadette des Wilcox percevoir des échos lointains – des cris, des grondements, le signe d'une présence étrangère. Les conversations qu'elle avait eues avec Abraham Stoker au sujet des Nosferatu la tourmentaient encore. Elle priait pour que ces répugnants vampires ne se trouvassent pas à leurs trousses. Car qu'auraient-ils pu faire alors ?

– Bon sang ! Attention, vous autres !

À plusieurs reprises, le corps de la comtesse avait failli glisser de son brancard et verser dans le sable. Luna avait fermé la marche cette fois, jetant de fréquents coups d'œil par-dessus son épaule.

Enfin, au détour d'un étroit corridor, les marches de l'escalier furent en vue; Luna ne put retenir un soupir de soulagement.

La trappe était fermée. Perry la souleva bras tendus et prépara le passage pour ses deux fils. Soulagés, ces derniers laissèrent choir leur fardeau. Leur mère apparut bientôt, alertée par le vacarme. Elle contempla la dépouille de la comtesse.

– Dieu nous protège, murmura-t-elle.

Le chat Watson, qui la suivait, sauta dans les bras de sa maîtresse.

– Bon, fit Perry en crachant à ses pieds, maintenant, nous sommes presque quittes.

Se dirigeant vers le fond du hangar, il ouvrit une porte.

– Je vais préparer l'appareil.

Horace fila vers la maison; il avait clamé son intention de se confectionner un en-cas. Sa mère disparut à son tour. Luna restait seule avec Wilfred. Près du corps sans vie d'Elizabeth Báthory, la lanterne rougeoyait à leurs pieds.

Serrant le chat contre son sein, la jeune fille s'agenouilla. La comtesse était telle qu'en son rêve, exactement: la même grâce sévère, le même maintien altier au plus profond de la torpeur. Retenant son souffle, elle passa un doigt sur l'étoffe écarlate qui soulignait la gorge. Imperceptiblement, une veine bleutée palpitait.

– Tu la connais?

Luna haussa les épaules. Watson ronronnait.

– Pas très bien. Enfin, je sais qui elle est.

– Et qui est-elle?

Luna arrangea son manteau. Le regard du jeune Wilfred brillait d'une curiosité naïve. Il buvait ses paroles.

– Quelqu'un de très puissant, lâcha-t-elle.

Le garçon hocha la tête.

– Alors, tu vas partir avec elle.

Luna réfléchit. Elle était incapable de dire ce qui allait se passer maintenant. Oui, elles devaient se rendre à Liverpool. Mais de quelle façon ? On ne lui avait communiqué aucune autre instruction.

– Je suppose.

– Tu as l'air perdue.

La jeune fille grimaça. D'une main, elle écarta une mèche de cheveux. Wilfred la dévisageait avec intensité.

– Quoi ?

– Rien, fit le jeune garçon en souriant.

– Je suis une vampire, déclara Luna, regrettant ses paroles au moment même où elle les prononçait.

Le jeune Garrison fit mine de ne pas avoir entendu. Il montra la porte cochère.

– Une drôle de machine que ce Pneumonaute.

– Tu l'as vue ?

– Plusieurs fois. Mon père ne veut pas que nous entrions, mais je sais crocheter une serrure. On dirait, je ne sais pas, une carriole de cirque ambulant. Ça ne doit pas être facile à faire fonctionner. N'empêche que je t'envie.

De toute évidence, ce garçon ne savait pas de quoi il parlait. Luna renifla.

– Personnellement, j'envie ceux qui mènent une existence normale. C'est ce que je faisais, avant. J'étais une fille comme les autres.

– Existence normale ? Bah. C'est ennuyeux. Moi, je travaille avec mon père et mon frère. La mécanique ne me déplaît pas mais j'aimerais essayer autre chose.

– Autre chose ?

Elle s'était relevée, feignant d'inspecter les détails du cab. Watson prenait plaisir à rester entre ses jambes.

– Voyager. Voir la mer. J'ai un cousin à Manchester.

– Ce n'est pas la mer.

Ils rirent tous deux, brièvement. Puis le visage de Wilfred redevint sérieux.

– Tu aimes écrire ?

– Eh bien…

– Moi, je sais lire mais je n'écris pas correctement. Tu as dû aller dans une bonne école, non ?

– Je crois.

– Attends-moi un instant.

Il s'engouffra dans la maison sans plus d'explication. Luna se baissa vers Watson pour le caresser. Elle essaya d'imaginer ce que serait la réaction de Blackwood et des autres s'ils apprenaient ce qu'elle avait fait. Peut-être était-elle en train de commettre une gigantesque erreur. Elle soupira. Pouvait-on être bannie des Invisibles ? Pouvait-on être rejetée à cause d'une faute si grave qu'elle effaçait toutes vos bonnes actions passées ?

– Hé…

Le père des garçons avait réapparu, un chiffon à la main. Luna se rendit compte qu'elle ne lui avait jamais révélé son nom et qu'il ne le lui avait jamais demandé.

– J'espère que mon imbécile de Wilfred ne t'a pas trop embêtée.

– Pas du tout.

– Bon. Viens avec moi.

Elle le suivit docilement. Juxtaposé au premier hangar, un deuxième se dévoilait à ses yeux, plus exigu, et vide de tout outillage.

Seul un véhicule y était entreposé : une machine aux allures baroques, flanquée de quatre énormes roues. Perry Garrison laissa son invitée en faire le tour.

À l'arrière, maintenu par des arceaux, un harmonium à double clavier reposait sous une housse de toile caoutchoutée. L'homme tira cette dernière et joua quelques notes sur les touches d'ivoire.

Luna porta une main à son cœur. Elle avait pris des leçons de chant dans son enfance ; l'air lui rappelait quelque chose.

– Qu'est-ce que c'est ? demanda-t-elle, émue.

– Purcell, répondit Perry. *The Fairy Queen.* Je n'entends rien à la musique, mais c'est ce que la comtesse m'a dit, et j'ai appris le morceau par cœur.

Paupières mi-closes, la jeune fille chantonnait malgré elle.

– *Come, come, come, let us leave the town, And in some lonely place, Where clouds and Noise were never known, Resolve to spend our...*

Elle s'arrêta. L'instrument, une antique merveille de bois sombre, venait de s'ouvrir en deux en son milieu, dévoilant un réceptacle rebondi. L'homme se pencha sur les attaches et ouvrit le couvercle.

– Cinq pieds de long. Juste la place pour elle.

Luna s'avança, dévorée de curiosité. L'intérieur en bois de palissandre était garni d'un matelas de cuir noir. Pareils à ceux qu'elle avait observés dans la crypte, six tuyaux symétriquement disposés reliaient l'habitacle à un globe cuivré pourvu d'un œilleton circulaire, situé sous l'harmonium.

Accroupie, la jeune fille colla un œil à l'ouverture. Un nuage de gaz multicolore se dilatait : bouillonnement d'auras mêlées, aux humeurs sans cesse changeantes. Eth'r ? Accolé au globe, un ornement hétéroclite de pistons et tuyères complétait l'étonnant assemblage.

– Le moteur, indiqua Perry.

Luna se redressa. L'avant de l'appareil était tout aussi intrigant. Le poste de pilotage, bordé d'un système de roues dentelées situées devant les roues motrices, était harmonieusement profilé, et flanqué de deux tuyaux évasés. Sur la peinture noire, de fines lignes dorées soulignaient la présence de minuscules mécanismes horlogers. Le fauteuil, du même cuir que celui de l'habitacle, surmonté d'une capote souple, ne pouvait accueillir qu'un pilote. Il donnait accès à un tableau de bord garni d'un frein, d'une manette directionnelle, de plusieurs autres leviers aux usages obscurs et d'un assortiment de compteurs cuivrés.

– Pardon.

La cadette des Wilcox se retourna. Perry Garrison avait réapparu, portant le corps de la comtesse contre lui.

– Je vais avoir besoin d'espace.

Luna s'écarta en hâte. Avec toute la douceur dont il était capable, l'homme déposa Elizabeth à l'intérieur de son cercueil. Après quoi, il disposa ses bras croisés sur sa poitrine, referma le couvercle de l'habitacle, tourna la molette d'un compteur latéral, et poussa l'un des tirants de registre en porcelaine qui surmontaient le clavier. Contournant l'instrument, il se posta devant l'autre clavier et joua un nouvel air, dans lequel la jeune fille reconnut la suite de l'ouverture de Purcell. L'harmonium se referma sur son secret avec un soupir boisé. Perry montra le premier clavier.

– À toi.

De mémoire, la jeune fille enfonça les touches à son tour. Elle commit quelques erreurs. Perry Garrison guida ses gestes avec patience, jusqu'à ce que l'instrument s'ouvre de nouveau. Elle le referma elle-même du premier coup en pianotant sur le clavier d'en face.

– Et voilà ! fit Perry. Maintenant, tu sais tout. J'ai mis la machine en route. Le corps de la comtesse est relié à la réserve d'eth'r. Le reste t'appartient.

Il remit la housse en place. Luna était interloquée.

– Que dois-je faire ?

Perry la fixa avec perplexité.

– Du diable si j'en ai la moindre idée.

Luna se frotta les joues. Cette histoire commençait à prendre une tournure des plus inhabituelles. Le corps d'une redoutable vampire en torpeur, un être dont la nature intrinsèque avait été en partie gommée par la science, reposait dans le hangar d'une maison de Cavendish Square, et personne ne paraissait savoir dans quel dessein.

– J'ai besoin de réfléchir, déclara la jeune fille après un silence. Peut-être qu'il va me falloir… dormir un peu.

Perry Garrison s'abstint de tout commentaire. C'était un homme pragmatique, doté d'un sens du devoir à toute épreuve. Il savait que la jeune fille était différente. À quel point ? Au fond, rien ne servait d'y réfléchir. Quelques heures encore, et il aurait payé sa dette à Elizabeth Báthory. Il soupira.

– Il y a une chambre, au dernier étage, réservée aux invités. Ma femme te montrera. Bonne nuit.

Il tourna les talons.

– Bonne nuit, murmura Luna, mais ses mots étaient comme des pierres jetées au fond d'un puits.

Elle fit le tour du Pneumonaute en se mordillant les lèvres. Son unique espoir résidait dans ses rêves : l'endroit où la comtesse pouvait lui communiquer d'autres instructions.

Considérant le marchepied, elle y posa le bout de sa bottine. Une fragile intuition guidait ses gestes. Après tout, pourquoi pas ?

Se hissant à l'intérieur, elle se laissa glisser sur le siège de cuir. Watson, qui avait suivi la manœuvre, sauta à son tour et se lova sur ses genoux. La jeune fille s'empara du levier directionnel. Presque aussitôt, une voix familière résonna dans son esprit.

Te voilà enfin.

– E… Elizabeth ?

Qui d'autre, mon enfant ? Installe-toi confortablement. À présent, nous sommes liées.

À VOS RISQUES ET PÉRILS

– Il a quoi ?

La jeune fille renifla. Le *Teutonic* venait de passer au large de l'iceberg, mais ils s'en moquaient tous les deux. Ses yeux à elle lançaient des éclairs.

– Vous aviez promis de ne pas me laisser seule.

Abraham Stoker se gratta la barbe.

– Je suis…

Il la serra contre elle sans terminer sa phrase. Elle était sur le point de pleurer, il le savait. Dans quelle funeste aventure l'avait-il entraînée ?

– Je suis descendu au fumoir, reprit-il. Il y avait là un responsable d'équipage. Il m'a raconté quelque chose à propos du chauffage de notre suite. Je suis allé vérifier avec lui. Arrivé sur place, il m'a dit qu'il s'était trompé. Il s'est excusé, et m'a laissé seul. J'ai compris, alors, qu'on m'avait appelé uniquement pour m'éloigner de toi. Je suis mortifié, Amber. Tu n'imagines pas à quel point.

Elle se détacha de lui.

– Cet homme, qui est-il ? Est-ce pour lui que vous travaillez ?

– Viens.

La tirant par le bras, il la guida à travers la foule. L'apparition de l'iceberg avait déclenché un torrent d'enthousiasme parmi les passagers de première classe. Au sommet de l'escalier, Abraham se heurta à la duchesse de Rasmussen, emmitouflée dans un manteau de fourrure crémeux.

– Abraham ! Et la petite Sarah ! Vous m'avez manqué, ce soir. Mon thé au jasmin avait un goût amer. Où donc courez-vous ?

– Nous rentrons. Ma fille est fatiguée.

– Allons donc !

La vieille femme scrutait le visage d'Amber.

– Est-ce là une excuse de votre vieux père pour échapper aux contingences sociales qui l'accablent, ma chérie ?

L'aînée des Wilcox lui adressa un regard las.

– Non, il dit la vérité. J'ai sommeil.

– Comme c'est dommage. Demain, alors ? Demain soir à ma table ?

– Nous y serons, promit Abraham.

Derrière la duchesse, des passagers protestaient : elle les empêchait de rejoindre le pont. Sortant son éventail, la vieille femme en assena un coup sur la tête d'un jeune homme en pardessus. Une altercation s'ensuivit. Stoker entraîna sa protégée dans l'escalier.

Quelques minutes plus tard, ils avaient regagné leur suite. Allongé sur son lit, les mains derrière la tête, l'homme feignait de s'intéresser aux motifs du plafond. Recroquevillée dans le fauteuil d'angle, Amber attendait qu'il se décide à parler. À bout de patience, elle finit par prendre la parole elle-même :

– Quel est son nom ?

– Ciceley.

Abraham Stoker avait craché le patronyme comme on profère une insulte. En vérité, rien de ce qui se passait désormais ne devait le surprendre. Son supérieur s'était montré à lui ce matin. *En plein jour.*

– *Lord* Ciceley, précisa-t-il.

Aux premières heures de l'aube, il était sorti sur le pont arrière armé d'un appareil photographique. Il avait voulu offrir cette surprise à la jeune fille. À force de l'entendre parler de sa nostalgie du jour – de la lumière inimitable et poudrée des matins d'hiver –, il avait décidé de l'immortaliser pour elle. Une aube calme et vide, un ciel immaculé, l'océan plus sombre : deux rectangles parfaits accolés l'un à l'autre.

– Lord ? Un noble ?

– À dire vrai, j'ignore d'où lui vient ce titre.

Le vampire avait surgi derrière lui sans un bruit, engoncé dans un pardessus au col relevé, coiffé d'un bonnet de laine noir. Une écharpe épaisse cachait la moitié de son visage ; des lunettes de pilote couvraient le reste en grande partie.

Stoker avait pivoté, effaré. Cette rencontre n'avait jamais été prévue.

– Bien le bonjour, frater Zelator.

Les mots l'avaient frappé, vibrant d'une ironie mauvaise. Frater ! Comme s'il avait pu oublier ses engagements envers la Golden Dawn ! Comme s'il avait pu oublier qu'il n'en représentait qu'un rouage dérisoire.

– Que savez-vous de lui ? demanda Amber, arrachant Stoker à ses pensées. J'ai essayé de lire son aura, sans résultat. Est-il... ?

L'homme opina tristement.

– Il descend du comte, oui. Par un certain Thadeus, lui-même suzerain de Zedoch. C'est un Drakul.

La discussion ne s'était guère éternisée. Stoker était incapable de s'imaginer quels tourments la lumière du soleil infligeait aux vampires, mais ce que lui en avait raconté Amber lui suffisait à s'en faire une idée : même les plus vieux spécimens souffraient le martyre.

– Comment réagit notre jeune pensionnaire ? avait demandé Ciceley.

Stoker avait dégluti.

– Elle se méfie. Mais elle se tient tranquille.

– Vous pouvez lui parler.

– Pardon ?

– Vous pouvez lui dire qui je suis. Nous nous trouvons à mi-parcours, je veux qu'elle ait le temps de se faire à l'idée. Qu'elle réfléchisse à ce qui va se passer.

Abraham Stoker avait opiné. Ce qui allait se passer ? Les données du problème étaient claires. Si Amber refusait de coopérer, elle mettait sa vie en danger. Si elle se montrait docile, en revanche...

– Si elle se montre docile, avait repris Lord Ciceley, qui fouillait sans vergogne les recoins de son esprit, nous la garderons à notre service.

– En Angleterre ?

Le vampire avait ricané.

– Oubliez l'Angleterre pour un temps, voulez-vous ? Ni vous ni moi ne serons les bienvenus là-bas – pas avant, en tout cas, que nous ayons atteint nos objectifs. Mais qu'importe. Le Nouveau Monde nous attend. Votre jeune amie s'y fera très bien.

– Bram ?

Un claquement de doigts tira l'homme de ses souvenirs. Amber s'impatientait.

– Où donc êtes-vous parti ? Je pourrais lire dans vos pensées, si je le voulais.

Elle mentait, mais il le savait.

– Je réfléchissais.

– Lord Ciceley, hein. À présent, il me semble que j'ai déjà entendu James Blackwood évoquer ce nom.

Abraham Stoker se massait les tempes du bout des doigts. Il avait tenté de repousser ce moment. De préserver ce qui restait entre eux d'innocence et d'amitié.

– Il veut que tu l'aides. Je ne suis qu'un intermédiaire. Ils ont sans doute pensé que…

– Que quoi ?

Abraham trouva le courage de la regarder dans les yeux.

– Que je saurais te convaincre d'être raisonnable.

– Je vois.

L'aînée des Wilcox demeura pensive. Puis, subitement levée, elle arrangea ses cheveux et se posta devant le lit.

– Quelle est la nature de la mission ? Autant me le dire tout de suite.

Les joues de Stoker se gonflèrent. Il se lança :

– Le duc de Manhattan passe pour être le vampire le plus puissant de New York. Selon toute vraisemblance, il possède l'un des fragments du Venefactor, cet objet magique aux pouvoirs incommensurables que convoite Dracula. Celui-ci a envoyé l'une de ses vassales le chercher : Rebecca.

– Notre mère adoptive…

L'homme opina.

Amber sentait un frisson glacé parcourir ses épaules.

– Continuez.

– Dracula se trouve sans nouvelles de Rebecca. Il a chargé Ciceley de s'enquérir de la situation. S'il s'avère que ta… que cette jeune…

– Vampire.

– S'il s'avère que cette jeune vampire, reprit Stoker, s'est approprié le fragment mais ne veut pas rentrer à Londres pour une raison ou pour une autre, Ciceley est supposé la, disons, ramener à la raison.

Amber ferma les yeux.

– Et je serais…

– Un moyen de pression, oui. Rebecca ignore manifestement ce qui vous est arrivé, à toi et à ta sœur. Comme vous ignoriez ce qui lui était arrivé à elle.

Adossée au mur, la jeune fille se laissa glisser. Elle cacha sa tête entre ses genoux et essaya de réfléchir.

Rebecca. La seconde femme de son père. Celle qu'elles en étaient venues tant bien que mal, Luna et elle, à accepter comme l'une des leurs. Oh, bien sûr, rien n'aurait jamais pu remplacer le sourire de leur mère, rien n'aurait jamais pu effacer la douleur de la perte. Mais leur belle-mère, si elles n'avaient jamais éprouvé pour elle de véritable amour, avait toujours fait montre à leur égard d'une bienveillante neutralité. Par quel maléfique sortilège avait-elle pu tomber sous l'emprise du comte Dracula?

– Amber…

L'aînée des Wilcox releva la tête. Stoker était au bord des larmes.

– Je déteste Dracula autant que toi, crois-moi. Mais dans notre intérêt à tous deux, il est nécessaire que tu fasses ce que Ciceley te dira.

– Vous m'avez déjà dit cela. Et c'est uniquement parce que je veux croire que vous n'êtes pas un homme mauvais, parce que je veux croire que vos intentions sont louables, malgré tout, que je ne me retourne pas contre vous, Bram. Notre ancienne amitié, en quelque sorte. Mais après ? Même en imaginant que votre... que votre ami récupère le fragment qui l'intéresse ? Qu'adviendra-t-il de nous ?

L'homme esquissa un pâle sourire.

– Tu l'as dit : je prendrai soin de toi.

– Comme vous prenez soin de moi maintenant ?

Elle se releva, poings serrés. Stoker l'avait piégée ; peu importaient ses raisons. Il avait trahi sa confiance et l'avait arrachée aux siens.

– Ils m'ont forcé, lâcha Stoker, qui devinait quels troubles l'habitaient. Après que j'ai rallié les Invisibles, ils se sont comportés comme si de rien n'était. Ils savaient que je les avais trompés. Mais ils s'en moquaient.

– Je devrais m'en moquer aussi.

– Ils m'avaient promis...

Ses yeux s'étaient emplis de larmes. Il lui adressait un regard implorant.

– Quoi ?

– Ils m'avaient promis qu'ils m'aideraient à retrouver ma fille.

La jeune fille secoua la tête.

– Amber !

Regagnant sa chambre, elle claqua la porte dans son dos et

bloqua la poignée en coinçant une chaise dessous. Puis, de tout son long, elle se laissa tomber sur sa couche, et ses doigts chiffonnèrent le dessus-de-lit. Le tissu étouffa son cri.

Plus tard, un peu calmée, elle se redressa et arrangea ses boucles avant de se tourner vers la cloison qui séparait sa chambre du vestibule.

Sarah Stoker était morte, oui, mais son père n'avait jamais abandonné l'espoir de la retrouver. C'était pour cette raison qu'il avait rejoint la Golden Dawn. C'était pour cette raison, encore, qu'il se servait d'elle aujourd'hui. Pouvait-elle essayer de le comprendre ? Bien sûr qu'elle le pouvait. Seulement, décida-t-elle en ôtant la chaise de sous la porte, cela ne servait plus à rien désormais.

Au soir de la sixième nuit, le *Teutonic* approcha des côtes américaines. L'homme chargé de mener le paquebot à bon port était monté à bord, accueilli par une délégation de passagers de première classe et le capitaine en personne. Un crépuscule grisâtre embrumait la baie de l'Hudson. De l'avis général, la traversée avait été idyllique.

Le pilote, corpulent et vêtu d'un ciré à moitié déchiré, apportait une liasse de journaux du jour. Des mains se tendirent. Tout le monde était avide de prendre contact avec la terre ferme, de humer les odeurs de la ville.

Accoudé au bastingage, sa pipe éteinte à la main, Abraham Stoker levait les yeux vers le soir en inspirant à pleins poumons. Les deux derniers jours avaient été épuisants, à leur façon tragicomique. Il avait poursuivi Amber dans les coursives du navire avant de la retrouver au fumoir, en train de discuter avec la duchesse; l'un des cuisiniers, un remplaçant, avait refusé de lui donner le verre de sang qu'il destinait à sa protégée, l'obligeant à se fendre d'un billet de cinq dollars et à inventer une excuse absurde.

Partout, dans la bibliothèque, dans la salle à manger, sur le pont, qu'il fasse jour ou que s'étendent les ténèbres, il lui semblait apercevoir la silhouette de Ciceley. Les aiguilles de l'horloge poursuivaient leur œuvre silencieuse.

– Intéressé?

Un jeune gentleman en duffle-coat lui tendait un exemplaire du *Herald* qu'il venait de feuilleter. Stoker acquiesça. «La grippe est là!» prévenait un grand titre en première page. Il parcourut le journal en hâte. Une longue enquête, dans les dernières pages, était consacrée aux quartiers pauvres de New York et à leurs habitants. Agrémenté de photographies nocturnes prises avec une poudre éclairante, le dossier révélait un univers d'ateliers crasseux et de galetas sordides d'où surgissaient, fantomatiques, de jeunes enfants à demi nus; plus loin, contre des murs grêlés, des vieillards en haillons rassemblaient contre eux leurs guenilles en prévision d'une énième vague de froid. Stoker replia le journal. Tout comme Londres, cette ville était sans doute un paradis pour les vampires. Qui enquêterait sur les corps de miséreux oubliés dans les bas-fonds? Qui réclamerait les nourrissons enlevés, les jeunes orphelines mystérieusement disparues?

– Affaires?

Le gentleman venait de porter une cigarette à ses lèvres.

– Je... Je vous demande pardon?

– La raison de votre venue. Vous êtes ici pour affaires?

– Oh. Si l'on veut.

L'homme hocha la tête, songeur.

– New York est un piège. Mais on y revient toujours. C'est votre première fois ?

Stoker opina.

– Évitez de sortir seul, c'est mon conseil. Pardonnez-moi. (Il reprit le *Herald* des mains de son interlocuteur et en fit tourner rapidement les pages.) Tenez, écoutez ça : « Nouveau cadavre retrouvé aux abords de Central Park. La victime, un jeune homme de vingt-sept ans, était inconnue des services de police. Les lacérations couvrant son corps plaident en faveur d'un règlement de compte. Le commissaire principal Flankers évoque un nouvel épisode de la guerre des gangs. »

– Fichtre…, hasarda Stoker.

L'autre replia le journal et en tapota le bastingage.

– Guerre des gangs ? Non, non. Il y a autre chose à New York. Cette terre appartenait aux Indiens autrefois, vous savez.

– Où voulez-vous en venir ?

– Nous ne sommes pas seuls. Ne l'oubliez pas. (Il décrivit la baie d'un geste large.) Nous n'avons jamais été seuls.

Le soir venu, et tandis que le pilote conduisait adroitement le paquebot vers le quai de la White Star Line, longeant les buildings illuminés, des officiers de la douane montèrent à bord et installèrent leurs quartiers dans la salle à manger.

En tant que passagers de première classe, Abraham et Amber furent parmi les premiers convoqués. Assis derrière une table de cuisine, les officiers prenaient des notes.

– Nom, prénom, lieu de résidence ?

– Stoker, Abraham. J'habite à Londres.

– Mademoiselle est votre fille ?

– Vous permettez ?

Stoker recula, stupéfait. Il n'avait pas eu le temps de répondre ; l'individu qui venait de passer devant eux était Ciceley en personne. Les mains dans les poches de son manteau, il s'arrêta devant les officiers.

– Vous n'avez pas besoin de contrôler ces passagers.

L'un des deux hommes hocha benoîtement la tête.

– En… effet…

– Vous ne vérifierez pas leurs bagages, ajouta-t-il à voix basse en se penchant vers eux. Vous ne leur poserez pas de questions et ne leur causerez aucune difficulté.

– Pas… la moindre, répondit un second officier, qui buvait ses paroles. Veuillez accepter les excuses du service de…

– Ce sera tout.

Il se retourna brièvement vers les deux autres.

– Disparaissez. Stoker, vous savez ce que vous avez à faire. Attendez mon signal. Nous nous retrouverons bientôt.

L'homme acquiesça, gorge serrée. Ciceley rajusta le bandeau sur son œil et s'adressa de nouveau aux deux officiers :

– Il va sans dire, gentlemen, que vous ne m'avez jamais vu.

Il s'éclipsa sans attendre leur réponse. Les intéressés s'abstinrent de réagir.

– Vu qui ?

Amber et son ami étaient retournés sur le pont avec les passagers de deuxième classe. Tout le monde regardait New York approcher : tentaculaire, la légendaire cité semblait flotter parmi les brumes de l'Hudson.

Ses buildings noirs criblés de lumières se dressaient face à la baie. Le pont de Brooklyn, monumental, suscitait les commentaires les plus impressionnés. Des enfants trépignaient, vociféraient; leurs parents les hissaient afin de les aider à mieux voir. Le majestueux paquebot obliqua, laissant Bedloe's Island et sa fameuse statue de la Liberté, dont le flambeau volontaire perçait à grand-peine la grisaille, sur son bâbord, avant de s'engager dans la partie nord de l'estuaire où quatre remorqueurs se portaient déjà à sa rencontre.

Stoker serra la main de sa protégée. «Je prendrai soin de toi.» Quoi qu'il lui en coûte, il était résolu, désormais, à tenir sa promesse.

Les premiers passagers descendirent la passerelle peu avant dix heures du soir. Amber et Stoker se trouvaient parmi eux. Ciceley avait disparu.

Un froid polaire régnait sur la ville. Du *Teutonic*, une marée humaine se déversait maintenant.

La jeune fille se retourna. Elle avait trouvé le temps de faire ses adieux à la duchesse de Rasmussen. Était-il utile d'en parler à son ami? À en juger par son regard dur et ses mâchoires serrées, il était probable que non.

Stoker marchait trop vite. Un jeune matelot les suivait péniblement, qui tenait leur malle sur son dos. Un crachin glacé leur piquetait les yeux. Alors, c'était cela, New York? Arrivé aux abords de Christopher Street, Stoker héla un cab de sa main gantée. Au cocher descendu pour charger leur bagage, il communiqua l'adresse d'un hôtel aux abords de Union Square. Après quoi, il remit un pourboire au matelot tandis que le conducteur leur tenait la porte ouverte. Le marin s'éloigna en agitant son béret. « Cette fois, songea Amber, nous sommes livrés à nous-mêmes. Mais nous pourrions nous enfuir, pourquoi pas ? Disparaître ici. »

Elle secoua la tête et se concentra sur Stoker qui, assis en face d'elle, rangeait des billets dans son portefeuille.

– Cinq dollars, lut-elle en se tordant le cou. C'est Ciceley qui vous les a donnés ?

L'attelage s'ébranla en douceur. Stoker posa ses mains sur ses cuisses et prit une inspiration profonde.

– S'il te plaît. Je suis fatigué.

Amber ricana. La fatigue ? Elle ne savait plus vraiment ce que cela voulait dire. Ses jours étaient des traversées trop longues aux couleurs de la mort. Les nuits étaient son territoire : son univers et sa vie.

Par la fenêtre, elle s'efforça de suivre le spectacle du dehors. Le fiacre venait de rejoindre la Sixième Avenue et des dizaines de voitures à cheval arpentaient le pavé. Les roues crissaient follement, les cuivres des harnais tintaient en cadence et, tandis qu'ils avançaient au rythme sourd des sabots, les immeubles se dévoilaient, rivalisant de majesté : façades classiques, élégantes, surannées, façades de brique ou de pierre blanche hérissées de pignons et de tourelles, vitrines des grands magasins aux intérieurs de ténèbres, fenêtres illuminées jusqu'aux sommets vertigineux... Un monde de lumières s'offrait à sa curiosité d'enfant, et une sorte d'affolement heureux s'emparait de son âme, que les hasards brinquebalants de la course rendaient plus excitant encore.

– Quinze étages ! s'exclamait-elle, nez collé à la vitre. Et celui-ci, dix-neuf ; vous avez vu ça, Bram ?

Stoker essaya de sourire. Comme cette ville lui paraissait menaçante, désormais ! Combien lui manquaient la douce courbure de Regent Street et les calmes allées de Chelsea, les sentiers d'ombre de Holland Park !

– Incroyable, souffla Amber qui venait de se plaquer sur sa banquette. Gigantesque. Jamais je n'aurais imaginé ça.

Le cab descendait vers le sud. L'hôtel, comme le lieu de rendez-vous, avait été choisi par les soins de Stoker. Il prétendait connaître New York. C'était grandement exagéré. Il ouvrit la trappe qui permettait de communiquer avec le cocher.

– Sommes-nous encore loin, mon ami ?

– Faut voir.

Les gens ici s'exprimaient avec un accent nasillard et traînant. Où étaient passées l'élégance et la distinction britanniques ? Où étaient passés le flegme légendaire, l'humour à froid et les cannes en merisier ?

Stoker ruminait de sinistres pensées. Après ce qui lui parut une éternité, l'attelage ralentit enfin. La portière fut ouverte et le vent s'engouffra dans l'habitacle. Amber, qui avait passé l'essentiel du voyage à observer le paysage, tourna vers son ami une figure ravie.

– J'espère que Luna verra ça un jour !

Abraham hocha la tête. Lui espérait le contraire. Posant un pied à terre, il ressortit son portefeuille et régla la course d'un billet en recommandant au cocher de garder la monnaie, faveur que ce dernier accueillit d'un sifflement admiratif. La malle avait été descendue. L'homme remonta sur sa banquette et s'empara des rênes.

Amber regarda le cab faire demi-tour et remonter vers le nord. Une large façade se dressait de l'autre côté de la rue. Le porche à colonnade surmonté d'un balcon arborait en lettres dorées l'inscription *Everett House*. Il s'agissait d'un immeuble de cinq étages, d'une tenue plus qu'honorable, sur lequel flottait un drapeau américain. Non loin de là, un petit parc entouré de grilles noires agitait ses arbres décharnés sous la pluie. Abraham souleva la malle et fit signe à la jeune fille d'avancer. Trente secondes plus tard, tous deux pénétraient dans le hall. Un Noir se précipita pour débarrasser Stoker de son bagage et leur indiqua le comptoir. Le clerc en faction, consultant un long cahier à couverture molletonnée, décrocha une clé de son tableau.

– Chambre 375, troisième étage, deux lits. Le règlement de l'hôtel est affiché à l'intérieur. Petit déjeuner de sept à neuf, déjeuner de une heure à trois heures, souper à partir de six heures et jusqu'à huit uniquement. Questions ?

Stoker secoua la tête, ahuri.

– Mon registre indique que votre séjour est « illimité », poursuivit le clerc. Veuillez avoir la bonté de nous informer de votre départ le moment venu.

– Bien sûr.

– Il ne me reste qu'à vous souhaiter une bonne nuit, *sir*, ainsi qu'à mademoiselle.

Amber se fendit d'une révérence. L'homme arqua un sourcil hautain puis se décala vers un autre client.

Abraham entraîna la jeune fille vers l'ascenseur où la malle attendait déjà. Le liftier, un Noir lui aussi, jeta un œil à sa clé et actionna le système de mise en route. L'appareil s'éleva avec un grondement inquiétant.

– Ne craignez rien, fit le Noir d'une voix très douce en avisant la mine apeurée de ses passagers. C'est un système breveté.

L'ascenseur se stabilisa. Abraham et sa protégée se propulsèrent dans le couloir en respirant enfin. On leur ouvrit la porte et on leur alluma la lumière électrique. Bientôt, ils se retrouvèrent seuls.

La chambre était petite, sommairement meublée : deux lits simples, une grande armoire à glace, un bureau et deux chaises. Nul tableau ne décorait les murs tapissés de gris, nul ornement n'apportait la moindre fantaisie à l'ordonnancement spartiate de l'intérieur. Abraham se laissa choir sur le lit ; les ressorts protestèrent.

L'aînée des Wilcox, pour sa part, avait entrepris une rapide exploration. Une pancarte explicite était punaisée sur la porte.

NE LAISSEZ VOS CHAUSSURES DEHORS
QU'À VOS RISQUES ET PÉRILS.

Sur le rebord de la fenêtre, une corde gisait enroulée dans une coupelle de métal. Une note l'accompagnait.

EN CAS D'INCENDIE,
FIXER AU CROCHET EXTÉRIEUR.

Une sonnette électrique avait été installée près de l'entrée. Les instructions indiquaient le nombre de coups à sonner.

– « Quatre pour la femme de chambre, lut la jeune fille à voix haute, cinq pour de l'eau chaude, six pour de l'encre ou du papier, sept pour les bagages, huit pour un message et… neuf pour les pompiers ? »

– Je voudrais dormir, fit Stoker sur son lit. N'as-tu pas un livre ou quelque chose pour t'occuper ?

Sans répliquer, Amber s'assit devant le secrétaire. Une autre feuille semblait avoir été déposée à leur intention, à côté d'une petite boîte.

– « Instructions pour la grippe. Avis à tous les résidants. L'épidémie fait rage à New York. Traitement préventif : cinq comprimés de quinine journaliers, deux tablettes d'antipyrine. Rappel : la grippe peut être une maladie mortelle. » Oh, ils fournissent même la quinine, nous sommes sauvés. (Un petit rire lui échappa.) Mais quelque chose me dit que je suis déjà immunisée. Et vous, Bram ? *Bram ?*

Elle se leva. L'homme qui se disait son protecteur s'était endormi tout habillé. Avec mille précautions, elle lui ôta ses chaussures et alla s'asseoir sur son lit. Longuement, elle se consacra à ses pensées. Puis elle se remit debout. La malle avait été poussée entre les deux lits.

Abraham ronflait paisiblement. Accroupie, la jeune fille sortit ses vêtements pliés et le livre que la duchesse de Rasmussen avait volé – volé, oui ! – pour elle à la bibliothèque, et dont la page de garde était subtilement cornée. Une adresse y figurait, notée en pattes de mouche, suivie d'une dédicace aux lettres plus déliées :

À ma jeune et tendre
lumière,
Sarah Stoker,
De la part de
sa vieille amie indigne,

L. de Rasmussen.

Déposant le livre sur sa table de nuit, elle retourna à la malle. Ses propres affaires étaient placées sur le dessus. Elle souleva les costumes de Stoker. N'oubliait-elle rien ? Soudain, elle s'arrêta. Il y avait là une robe qui ne lui appartenait pas : une merveille de coton aux broderies légères. Se redressant, elle la déplia et la plaça devant elle. Puis elle se mira dans la glace de l'armoire.

– Sarah…

Chiffonnant le vêtement, Amber pirouetta. Abraham, qui s'était assis, se frottait les yeux.

– Amber. Qu'est-ce que… ?

Il baissa les yeux sur la robe qu'elle tenait entre ses doigts.

– Qui t'a permis ?

Il se leva, lui arracha le vêtement des mains. Elle recula contre l'armoire.

– Qui t'a donné l'autorisation, hein ?

Il jeta la robe sur la malle et attrapa la jeune fille par les épaules.

– Hé !

– Tu n'as pas le droit de fouiller ainsi. Qu'est-ce que tu veux ? Qu'est-ce que tu cherches, à la fin ?

Il la secouait sans ménagement. Elle le regardait avec de grands yeux apeurés. Se rendant compte de ce qu'il faisait, il recula d'un pas, une main sur le front.

– Je…, commença Amber, confuse.

– Non. (Il s'était rassis sur le rebord de son lit et détournait la tête, guignant la robe d'un œil vide.) Non, c'est moi qui suis désolé. Je n'aurais pas dû te… Pardonne-moi.

La jeune fille se frottait les bras.

– C'est la robe de Sarah, hein ? Une manière de talisman.

Stoker ferma les paupières.

– Une robe de théâtre. Je l'avais achetée à une costumière en prévision de ses quinze ans, pour le jour où... Ne la porte plus, d'accord ? Sarah est morte et toi...

Amber savait qu'il ne terminerait pas sa phrase. Avec une sorte de gémissement, il s'était laissé retomber sur son lit. À quoi pensait-il, à présent ? Amber se sentait malheureuse, solitaire, coupable d'un crime qu'elle n'avait pas commis.

Sans un mot, elle s'avança à la fenêtre. D'énormes flocons en forme d'étoiles venaient mourir sur la vitre glacée. Déjà, la rue et le parc attenant avaient été blanchis. Un silence cotonneux tombait sur New York. La nuit s'offrait à l'hiver.

En route !

Luna secoua la tête pour reprendre ses esprits. Tout à sa conversation avec la comtesse à bord du Pneumonaute, elle en avait complètement oublié le monde réel.

Wilfred lui tendait une main calleuse. Prenant appui sur le marchepied, elle sauta à terre avec un « merci » inaudible. Le garçon sourit, puis désigna l'appareil du menton.

– Alors ?

– Je pense que je devrais y arriver.

Il se frotta les mains.

– Tant mieux. Mon père a dit que tu voulais dormir ici avant de partir.

– Si c'est possible, évidemment.

– Pourquoi ne le serait-ce pas ? Viens, je vais te montrer ta chambre.

– Ton père a dit que ta mère s'en chargerait.

Il la considéra avec gravité.

– Tu peux me faire confiance, tu sais.

Elle accepta son offre. Ils quittèrent les hangars, rejoignirent le vestibule et empruntèrent l'escalier qui menait vers les hauteurs. Wilfred portait la valise. De nouveau, la maison était plongée dans la pénombre. Suivis par le chat, ils passèrent les deux premiers étages pour s'arrêter au troisième. Un étroit couloir distribuait quatre portes. Le garçon ouvrit la dernière et alluma la lumière. C'était une petite chambre modeste avec un lit en fer, une armoire et une chaise.

La jeune fille montra la fenêtre.

– Pas de rideaux ?

– Est-ce que ça pose un problème ?

Elle hocha la tête, contrariée.

– Je dors souvent très tard. Et il se peut que la lumière me gêne.

Il se frappa le front du plat de la main.

– Crénom, qu'est-ce que je suis bête ! Désolé.

Ils ressortirent, et il la conduisit à une seconde chambre, plus exiguë encore et tout aussi sommairement meublée mais dont la fenêtre, elle, était pourvue de rideaux. Watson sauta sur le lit. Luna s'inclina.

– Merci.

Le jeune homme avait déposé la valise ; il dansait d'un pied sur l'autre.

– Bon, fit-il, je crois que… Ah, oui, je suis allé chercher ceci pour toi.

Il lui tendit un calepin, un encrier et une plume. Elle hésita.

– Merci. Qu'est-ce que tu veux que j'en fasse ?

– Les feuilles se détachent !

Il lui montra. Elle persistait à ne pas comprendre.

– Tu pourrais m'écrire.

– T'écrire ?

– Des lettres. Pour me dire où tu es, ce que tu fais, à quoi tu penses…

Adossée au chambranle, elle ferma les yeux. La demande lui paraissait si incongrue qu'elle faillit en rire. Une seule personne lui manquait, et c'était sa sœur.

– Wilfred…

– Quoi ?

Elle prit le calepin et le reste, puis plongea son regard dans le sien. Quelque chose en ce garçon la désarmait.

– Sais-tu qui je suis ?

– Tu l'as dit. Une vampire.

La jeune fille gardait son calme.

– Et qu'est-ce qu'une vampire, pour toi ?

– Je sais ce qu'on raconte. J'ai des amis qui sont restés à Whitechapel et… (il lui offrit une moue complice) je sais que les vampires boivent du sang. Mais je n'ai pas peur de toi, Luna. Je pense que tu es une bonne personne, une âme douce et sincère…

Elle le dévisageait, incrédule.

– Les vampires sont des monstres.

– Nous le sommes tous.

– Non.

Il ne baissa pas les yeux.

– Laisse-moi te raconter une histoire. À propos de Christopher.

– Ton frère avec les béquilles ?

– C'était il y a deux hivers. Il venait d'avoir cinq ans.

Luna sentit sa gorge se nouer.

– Nous revenions d'une ferraillerie, mes frères et moi. C'était un soir de décembre. Nous avions fait une course pour notre père et nous étions très en retard. Nous avions décidé de traverser une voie de chemin de fer, peu avant Saint-Pancras. Une locomotive arrivait, lancée à faible vitesse. Moi, j'avais déjà franchi les rails et j'étais persuadé que Christopher aurait le temps lui aussi. Je l'ai encouragé : « Allez, vas-y ! » Mais Horace a agité les bras : « Non ! » Christopher a tergiversé. Finalement, il s'est lancé. Trop tard. Il a voulu reculer, et… la locomotive l'a percuté. Dans son malheur, il a eu de la chance… (Il toussa nerveusement.) Son corps a été traîné sur près d'un demi-mile mais il n'est pas mort. Aujourd'hui, ses jambes ne répondent plus, ainsi que tu l'as remarqué. À cause de moi, bien sûr. Et mon père ne m'a jamais pardonné.

– Je…

– Il a fallu que je me pardonne tout seul, ajouta le jeune homme avec un sourire amer. Je sais ce que c'est que d'être le monstre de quelqu'un.

– Et Christopher ?

– Eh bien ?

– T'a-t-il pardonné, lui ?

– Christopher est très doué pour le pardon. C'est le petit garçon le plus gentil de la terre. Tu sais, c'est grâce à lui si j'arrive encore à sourire aujourd'hui.

La jeune fille hocha la tête. Elle serrait le calepin contre sa poitrine. Une idée était en train de germer dans son esprit.

– Tu n'es pas responsable de ce que tu es, poursuivait Wilfred. Tout le monde veut faire le bien ou pense le faire.

– Je ne suis pas sûre d'être d'accord.

Il se passa une main dans les cheveux. Roulé en boule sur le lit, le chat Watson miaula avec insistance.

– Quoi qu'il en soit, j'aimerais énormément que tu m'écrives.

Il lui reprit son calepin des mains, l'ouvrit à la première page et, avec un crayon tiré de sa poche, inscrivit quelques lignes.

– Tiens. C'est l'adresse où tu pourras m'envoyer tes lettres. Tu arrives à lire ?

– Un pub ?

– Je ne tiens pas à ce que mon père l'apprenne.

La jeune fille soupira.

– Wilfred, tu es un garçon très aimable…

– Mais ?

– Mais je vais partir ce soir et nous ne nous reverrons jamais.

– Pourquoi ? Il nous suffit d'en décider autrement. Nous pourrions être…

Doigt sur la bouche, elle lui intima le silence.

– Trouve une amie de ton âge. Je suis une vampire, une gentille vampire peut-être, mais je ne vis que la nuit et je ne vieillis pas. Rien de bon ne peut sortir de tout cela.

Il plissa le front.

– Quel âge as-tu ?

– Je devrais fêter mon quatorzième anniversaire.

Le jeune homme chassa l'air de ses joues.

– Ouf! À un moment, je me suis imaginé que tu étais centenaire. Je suis rassuré.

Il lui rendit le calepin et elle entra dans sa chambre. Le chat redressa la tête.

– Il faut que je dorme, maintenant.

– Bien sûr ! Quand pars-tu ?

– Demain soir.

Il fronça les sourcils

– Mince. Je risque d'avoir une livraison à aller chercher pour mon père. Je ne sais pas si je pourrai être là.

– Ça tombe bien. Je déteste les adieux.

– Moi aussi.

Assise sur son lit, elle se gratta la tête.

– D'accord, j'écrirai. Cependant, Wilfred…

– Mm ?

– Voudras-tu me rendre un service en échange ?

– C'est comme si c'était fait.

– Je vais te donner une adresse, moi aussi, sur Holland Park Avenue. Les gens qui habitent là-bas sont mes amis. Ils ne savent pas où je me trouve. Je voudrais que tu ailles les voir et que tu leur dises que je vais bien. Que je rentrerai sans tarder.

– Entendu.

– Ils demanderont sans doute des détails.

– J'imagine. Mais je ne suis pas doué pour les détails, n'est-ce pas ?

Il avait pris un air idiot ; elle rit.

– Voilà.

Il rangea son crayon, désigna le calepin.

– Tu ne nous oublieras pas, hein ? Mon père prétend que nous ne croiserons plus un seul vampire de notre vie. Je ne pensais pas dire ça un jour mais… j'espère qu'il se trompe.

Luna ne savait que répondre. Le jeune garçon sortit bien vite et referma derrière lui. D'une main, la jeune fille retourna son chat sur le dos et commença à lui gratter le ventre.

– Qu'est-ce que vous pensez de ça ?

L'animal se redressa, ses yeux brillaient d'un éclat joueur. Depuis son départ de Holland Park Avenue, Luna s'était prise à douter que l'esprit du docteur Watson résidât encore en lui. Et s'il ne s'agissait que d'un stupide matou ? À la fenêtre, elle écarta un rideau. Il pleuvait sur Cavendish Square et elle n'avait pas sommeil. Quelle heure pouvait-il être ? Revenue à son lit, elle commença à dénouer sa robe.

Les paroles d'Elizabeth Báthory, qui avait communiqué avec elle par l'intermédiaire du Pneumonaute, résonnaient encore en sa mémoire. Elle en savait plus, désormais, sur ce fameux voyage à Liverpool.

J'ai besoin de toi, Luna. Ainsi que je te l'ai affirmé, tu es la seule à pouvoir m'aider. Pour ce voyage, tu seras mes mains, mes yeux, mes oreilles et ma voix.

La jeune fille avait répondu dans un murmure :

– Que ferai-je là-bas ?

Avant de tomber en torpeur, je me trouvais sur la trace d'un certain Lord Sallingham, un industriel influent, conseiller du maire de Liverpool. Sallingham possède l'une de plus grandes usines d'eth'r de la ville. L'enquête que j'ai menée avec mes hommes de main m'a conduite à penser que cet homme était allié d'une façon ou d'une autre aux Drakul, et qu'il participait avec eux à l'élaboration d'un plan extrêmement dangereux visant à asseoir la domination du comte Dracula, d'abord sur l'Angleterre, puis sur le reste du monde. Malheureusement, j'ai été mise hors de combat avant de trouver les preuves que je cherchais. Mais je ne suis pas morte, Luna. Je veux reprendre l'enquête là où elle s'est arrêtée. Et le temps presse, plus que les Invisibles et la reine ne le soupçonnent.

– Comtesse... Je ne connais rien à ce monde, comment pourrais-je..

L'expérience s'acquiert, Luna. Tu m'as fait venir jusqu'ici ; je trouve, pour ma part, que tu t'acquittes merveilleusement de ta mission. À présent, nous allons partir pour Liverpool. Et je suis sûre que tu te montreras encore à la hauteur.

La jeune fille avait baissé la tête.

Il en va du sort de l'Angleterre. Je sais ce que je te demande, je connais l'importance de la tâche. Une fois que nous en aurons terminé, si tu le veux, je m'occuperai de ton ami le docteur Watson.

– Quoi ?

Le cercueil descendu en terre ne contenait aucun corps, mon enfant. Le cadavre du docteur repose dans les laboratoires des Invisibles, plongé dans une cuve de glace. Les autres ignorent comment ramener l'esprit prisonnier de ton chat à l'intérieur de ce corps car il s'agit d'un processus d'une grande complexité. Mais il se trouve que je maîtrise ce processus. Et que je suis la seule.

La cadette des Wilcox s'était remise à chuchoter :

– Êtes-vous en train de monnayer mon aide ? Est-ce… Est-ce la vie de Watson que vous mettez dans la balance ?

Je m'occuperai de Watson quoi qu'il arrive. Je t'indiquerai la marche à suivre. Mais je ne puis imaginer que tu me refuses ton aide. Le jour où Dracula aura réuni les quatre fragments du Venefactor, il mettra en œuvre la première partie de son plan, Sallingham y jouera un rôle prépondérant. L'Angleterre devra alors faire face à une catastrophe d'une ampleur inimaginable : toutes les guerres et les famines du monde nous sembleront d'aimables plaisanteries en comparaison.

Celle qui vit dans son ombre

– Je crois que je commence à aimer New York. Et toi ?

Avec un petit rire, Rebecca se retourna vers le lit où gisait le corps du jeune homme qu'elle avait ramené de Broadway. Le malheureux n'était guère en état de répondre.

Un sourire enjôleur, un bref frôlement, quelques pas dans une ruelle mal éclairée et il se trouvait là désormais, gorge ouverte et chemise poissée, respirant de plus en plus vite dans un sommeil aux atours de cauchemar.

Très calmement, la jeune femme s'installa à ses côtés. Elle avait enfreint le code de la maison, elle le savait, mais elle ne parvenait pas à se sentir coupable. La vie était légère, le sang voluptueux et, en cet instant où ses instincts de prédatrice pleinement éveillés gonflaient sa poitrine d'une vigueur nouvelle, toutes ses pensées la ramenaient vers son maître. Onze heures venaient de sonner à l'horloge de sa suite. À Londres, le soleil se lèverait bientôt. Que faisait Dracula en cette minute, à quoi pensait-il ?

Elle enrageait de ne pouvoir le contacter. Mais l'entreprise, elle le savait, aurait été suicidaire. Le duc contrôlait tout. Attendre était préférable. Du reste, que craignait-elle ? Le comte lui avait accordé sa confiance. Et elle avait tant œuvré pour se montrer digne de lui !

Le fragment se trouvait ici, quelque part. Le reste n'était qu'une question de temps et d'opportunité.

Dans la quiétude feutrée de sa chambre, elle passa un doigt replié sur la joue du jeune homme mourant. Ses nuits étaient emplies de l'ombre du comte. Être privée de lui, décida-t-elle, était un châtiment des plus cruels, dont seule la certitude de prochaines retrouvailles paraissait capable d'apaiser le feu.

Elle était arrivée à New York au terme d'un voyage de sept jours ; sa traversée s'était déroulée sans heurt. Ainsi que le comte le lui avait recommandé, elle avait évité, autant que possible, de quitter sa cabine. Trois jeunes membres d'équipage rencontrés dans les salons avaient suffi à rassasier ses appétits. De leurs brèves et brutales étreintes, ils n'avaient conservé, imaginait-elle, qu'un souvenir vague et douloureux en plus d'une marque légère, déjà estompée, à la base du cou.

L'adresse que le comte lui avait confiée était naturellement exacte. Après s'être arrêté aux abords de l'*Imperial Hotel*, à l'angle sud-est de Broadway et de la Trente-deuxième Rue, son cab avait filé vers le nord, au coin de Madison Avenue, au cœur d'un quartier peuplé de somptueuses bâtisses.

Black Manor avait été édifié en 1882 pour un certain Charles L. Tiffany, joaillier de son état, auquel le duc l'avait racheté quelques années plus tard. Lorsqu'elle fermait les yeux, l'effroi qui avait étreint son cœur quand, pour la première fois, le repaire du duc de Manhattan avait émergé pour elle des brouillards de

New York reprenait possession d'elle. Son cocher lui-même, prétextant une autre course, n'avait guère paru désireux de s'attarder. Haut de cinq étages, le manoir ressemblait plus, avec ses tourelles, ses balcons, ses cheminées et son toit en pente couvert de tuiles, à un château de la Renaissance allemande qu'à une maison bourgeoise new-yorkaise classique.

– Ce sera tout ?

Elle n'avait pu que régler sa course. La voiture l'avait abandonnée devant l'entrée principale, une porte métallique surmontée d'une arche de pierre dont elle s'était éloignée aussitôt. Les proportions de l'édifice lui donnaient le vertige. Sous la pluie battante, devant cette chose menaçante, loin de son maître et de son cher Londres, elle avait craint un instant manquer de courage.

Seules les fenêtres des deux premiers étages étaient allumées. Longuement, sous l'averse, elle était restée à les contempler. Après quoi, rassemblant ses forces, elle avait traversé la rue de nouveau et s'était décidée à sonner.

Un homme était venu lui ouvrir, un vieillard chauve au visage émacié. Humain : une surprise. De ses yeux perçants, il l'avait dévisagée.

– Par tous les dieux, avait-il murmuré, vous êtes trempée. Que désirez-vous ?

Dans la pénombre du vestibule, une silhouette s'était dessinée, dont elle n'avait pu discerner que l'aura bleutée, tirant légèrement sur le mauve.

Elle avait déclaré, assez naïvement, qu'elle cherchait le duc de Manhattan. Et lorsque le majordome lui avait demandé pour quelle raison, elle s'était trouvée incapable de répondre.

– Le duc est-il ici ?

Voilà tout ce qu'elle avait pu répéter.

La victime gémit dans son sommeil. Courbée sur elle, elle lécha le sang séché qui maculait sa gorge.

Le duc lui en voudrait-il ? Bah. Elle saurait s'attirer son pardon. Jusqu'à présent, elle n'avait jamais échoué dans cet exercice.

– Sais-tu ce qui s'est passé ensuite, mon joli ?

Elle s'adressait au jeune endormi comme s'il pouvait l'entendre. Elle avait besoin de parler à quelqu'un.

Ce qui s'était passé ? Le majordome s'était enquis de son nom. Maria Zyrianov, avait-elle répondu. Il avait continué de l'observer avec suspicion. La blondeur de sa chevelure, son bonnet à bord relevé, sa robe de taffetas et son manteau de fourrure avaient néanmoins dû plaider à ses yeux en faveur de ses origines slaves. Au fond du vestibule, la silhouette qu'elle avait aperçue s'était discrètement estompée. Le duc était parti en voyage, lui avait appris le majordome. Nul ne savait quand il reviendrait. Mademoiselle possédait-elle une carte, une adresse où il puisse la contacter ? Elle avait secoué la tête. Il lui paraissait insensé de révéler à cet homme l'adresse de son hôtel. La mort dans l'âme, elle était donc repartie, non sans promettre de revenir.

L'*Imperial Hotel*, lui, ressemblait à un palais florentin, avec ses ornements de marbre et ses larges fenêtres donnant sur rue. Son charme n'avait guère opéré sur la jeune femme, lors de cette première nuit. Il devait être quatre heures. On lui avait alloué une chambre au huitième étage, spacieuse mais glaciale, et elle s'était étendue sur son lit, plongée dans le noir, incapable de décider ce qu'il convenait de faire.

S'était-elle assoupie ?

Une heure, ou une heure et demie plus tard, elle s'était redressée d'un bond. Un craquement suspect l'avait tirée de sa léthargie. Sans un bruit, elle s'était levée et avait marché jusqu'à la porte.

Et l'avait ouverte d'un coup.

Quelqu'un se trouvait juste derrière. Elle avait été bousculée, jetée à terre. Elle s'était relevée. Avait sauté à la gorge de son agresseur. Une vraie démone ! (Elle souriait à l'évocation de cet épisode.) Son adversaire n'était pas demeuré en reste. Il l'avait repoussée, violemment. Un poignard était apparu dans sa main. Ils avaient reculé tous les deux. Son aura tirait sur le mauve. Un vampire – sans surprise.

Elle savait, sans l'ombre d'un doute, que c'était lui qu'elle avait aperçu dans le vestibule du duc.

L'ennemi la surpassait dans la maîtrise des Arts Sombres. Plus vif et plus fort, quoi qu'il s'en fallût de peu. Sans doute, de son côté, s'était-il attendu à une résistance moins opiniâtre de sa part.

De fait, ils avaient hésité à se lancer l'un sur l'autre. Le prochain assaut serait bref, certainement définitif. Aucun n'était prêt à prendre le risque.

Sa voix, alors, avait retenti. Qui était-elle, pourquoi était-elle venue au manoir ? Elle lui avait répété son histoire : elle arrivait tout droit d'Angleterre, où sa tête avait été mise à prix. Avant de mourir, un aïeul moscovite lui avait recommandé de partir pour New York, le seul endroit au monde, avait-il soutenu, où elle aurait une chance de trouver des alliés. Ses intentions étaient pacifiques. Elle était prête à rejoindre la cour des Raskolnikov dont on lui avait vanté la grandeur.

Par la suite, elle lui avait demandé qui il était, lui, et pour quelle raison il l'avait suivie jusque chez elle. Il avait haussé les épaules. Pourquoi continuer à laisser planer le mystère ? Son nom était Alexandre Raskolnikov. Il était le duc de Manhattan en personne. Rebecca avait souri dans l'obscurité. Elle savait qu'il mentait mais ne voulait pas le lui montrer. Avançant d'un pas, elle avait tendu ses paumes vides. Pourraient-ils convenir qu'une fois la lumière rallumée, ils s'abstiendraient de se jeter l'un sur l'autre ? Elle l'avait vu acquiescer avec soulagement. Il avait appuyé lui-même sur l'interrupteur.

– Tu veux savoir à quoi ressemblait cet Alexandre, n'est-ce pas ?

La respiration du jeune homme s'était réduite à un mince filet d'air. Rebecca arrangea ses cheveux et referma le col de sa chemise.

Alexandre était un vampire de taille moyenne, à l'embonpoint prononcé ; ses cheveux blonds et lisses tombaient sur ses épaules. Il avait ramassé son haut-de-forme sans la quitter du regard.

– Une cousine, hein ?

Il avait émis un ricanement. Ses yeux restaient rivés à sa lame.

– Voudriez-vous bien laisser cela ?

Il avait plaqué son poignard sur le buffet.

– Fort bien, mademoiselle Zyrianov. Parlons.

Et ils avaient parlé. Elle, assise sur le lit, lui, adossé au mur. Elle avait embelli son histoire de détails tragiques. Issue d'une famille pauvre, un père ouvrier, une mère couturière, elle avait perdu ses parents à l'âge de huit ans, lors d'un hiver particulièrement rigoureux, et avait grandi à l'orphelinat. Devenue adulte, elle avait été demandée en mariage par un marchand fortuné : un individu violent et atrabilaire. Mais son fils l'avait courtisée, lui aussi. Puis le père était mort. La suite était confuse, échevelée, adorablement romantique. Elle incluait une révolte de serfs, une fuite dans la campagne enneigée, et des retrouvailles avec le fils, désormais « changé » – elle avait articulé le mot avec une gourmandise effarouchée qui ne laissait guère planer de doute sur la nature de la métamorphose. Cet homme, Mikhaïl, avait fait d'elle ce qu'elle était devenue. Puis il avait été assassiné, et elle était partie pour Paris avant de gagner l'Angleterre où les Drakul l'avaient prise en chasse.

Alexandre avait écouté, fasciné. Quand elle avait eu terminé, il avait pris ses mains dans les siennes et lui avait souri. Quelles étaient, aujourd'hui, ses relations avec la communauté de Russie ? Moscou, Saint-Pétersbourg ? Du fait du caractère frondeur et farouchement indépendant de Mikhaïl, avait-elle répondu, ses contacts avec le lointain Empire étaient quasi inexistants.

Le vampire avait hoché la tête. Réfléchissant, ou feignant de réfléchir. Au bout d'un moment, il lui avait déclaré que les Raskolnikov cherchaient, justement, à se « développer ». Les larmes lui en étaient venues aux yeux. Elle devenait une actrice de talent.

Un pas familier résonnait dans le couloir. La jeune femme finit d'arranger sa coiffure dans le miroir et jeta un œil au corps étendu sur le lit. Sa victime avait rendu son dernier souffle. Elle s'était habituée à la mort.

–Ton errance est terminée, avait déclaré Alexandre.

Dès le lendemain soir, il l'avait ramenée chez lui. Évidemment, il restait un certain nombre de détails à régler : le jeune vampire devait, avait-il affirmé, réunir une assemblée extraordinaire pour s'entretenir avec le reste des Raskolnikov de New York des conditions de son intégration. Leur accord de principe, avait-il ajouté, était déjà pratiquement acquis. N'était-il pas leur maître à tous ? Oh, imaginer un personnage plus veule et plus menteur que ce Raskolnikov-ci était une gageure : elle l'avait compris dès leur première rencontre. Mais son intelligence était limitée et il était tombé sous son charme. C'était une chance dont elle devait profiter.

Black Manor était une forteresse de cinquante-sept pièces, pas une de moins, composée de trois appartements principaux. Alexandre et ses « amis » avaient investi les deux premiers étages : un labyrinthe de couloirs, d'enfilades et d'alcôves meublé avec prétention. Bondées de tableaux, de bustes, d'écrins, de potiches et de plantes grasses, la plupart des pièces évoquaient un étouffant capharnaüm tropical. De colossales armoires d'ébène côtoyaient des armées de chinoiseries et de babioles plus ou moins exotiques. Disposés çà et là, de lourds divans chamarrés de velours criard invitaient aux discussions oiseuses. Alexandre et sa clique passaient là l'essentiel de leur temps et dormaient dans des pièces sans fenêtres, gardées de lourdes portes métalliques qu'ils verrouillaient de l'intérieur avant l'aube.

Rebecca, pour sa part, s'était installée dans l'une des innombrables chambres du troisième étage – une grande pièce à la fenêtre condamnée dont les tentures lui paraissaient d'un goût plus serein. Un lit de cuivre et un canapé constituaient l'essentiel de l'ameublement. Au-dessus de la cheminée, qui ne devait pas avoir tiré depuis une éternité, trônait un portrait en pied d'une femme en costume du XVIIe siècle – un membre essentiel de la famille, lui avait appris Alexandre sans donner de précisions.

Les deux derniers étages, quant à eux, demeuraient un complet mystère. Les portes y menant étaient verrouillées et elle savait qu'il lui était interdit, à elle comme aux autres, d'y accéder.

– Que se passe-t-il ici ?

Le duc de Manhattan, qui se tenait sur le seuil, laissait sa main sur la poignée.

Rebecca se leva et s'avança à sa rencontre. Elle voulait se blottir contre lui. Il l'écarta sans douceur. Son regard pénétrant s'était posé sur le cadavre.

Dès le début, la jeune femme avait su avec certitude que son hôte n'était en rien le véritable duc de Manhattan. C'est Modest, le majordome, qui le lui avait confirmé sans le savoir. Pour commencer, elle avait surpris une discussion entre deux domestiques, évoquant le retour prochain de Son Excellence. De toute évidence, les jeunes femmes ne parlaient pas d'Alexandre, qui jouait aux cartes dans le salon attenant. Quelques heures plus tard, Rebecca s'était glissée auprès de Modest, occupé à épousseter les livres de la grande bibliothèque.

– Aucune nouvelle du duc ?

Le vieil homme s'était redressé.

– Son Excellence est partie pour San Francisco régler des affaires de la plus haute importance. Elle n'a laissé aucune indication quant à une éventuelle date de retour.

Agitant son plumeau, il s'était hissé vers un rayonnage escarpé.

– Peut-être Alexandre en sait-il plus, lui ?

Le majordome s'était détourné.

– Il sera bien le dernier à être informé. Et, sauf le respect que je dois au jeune maître, son inconduite l'expose une fois de plus à de graves représailles.

Poursuivre la conversation n'était plus nécessaire. Rebecca avait su ce qu'elle voulait savoir.

– L'odeur du sang vous gêne ?

À sa grande surprise, le duc de Manhattan l'étreignit et enfouit son visage dans son cou.

– Nullement. Mais c'est votre odeur à vous que je veux sentir.

Les amis d'Alexandre, tous des Raskolnikov, n'avaient pas fait grand cas de sa présence à son arrivée ; au moins ne l'avaient-ils pas rejetée. Elle avait trouvé des femmes parmi eux, certaines d'apparence notoirement âgée, vêtues d'extravagantes robes couleur cendre. L'une d'elles, la baronne Maximouchkine, s'était entichée d'elle. Ainsi s'était-elle trouvée conviée aux chasses masquées des Raskolnikov. On prétendait ici que leur existence remontait à l'époque de Pierre le Grand où les Raskolnikov d'alors, avant le schisme qui avait poussé la moitié d'entre eux à traverser l'océan, peuplaient de ces célébrations sanglantes la morne succession de leurs longues nuits hivernales. Comme tout rituel, les chasses nécessitaient une préparation minutieuse. Les participants se grimaient, se costumaient, écrivaient des répliques, se distribuaient des rôles, puis apprêtaient des fiacres tirés par de fougueux chevaux noirs. Toujours, ils descendaient vers le Bowery et les quartiers populaires où déambulaient encore, bien après minuit, des cortèges de mendiants et d'âmes en peine. Bientôt, furtivement, des poursuites s'engageaient, des canines luisaient, des gorges étaient tranchées et l'on entendait parfois, au détour d'une ruelle, résonner les accents d'une déclamation outrageuse.

C'était une danse de sang et de mort, une symphonie cruelle et grandiose propre à raviver les instincts de prédateurs les plus introvertis.

– Vous tremblez ?

La jeune femme sentit son cœur battre plus vite. Brusquement, le duc se détacha d'elle. Dans un pot en laiton, il attrapa un coupe-papier à manche d'ivoire et fit jouer la lame entre ses doigts.

Dès son entrée au sein de Black Manor, Rebecca s'était mise en quête du fragment du Venefactor. Quelques jours à peine lui avaient suffi pour comprendre que personne, et surtout pas Alexandre, n'avait entendu parler de cet artefact. Une fois encore, le découragement l'avait envahie. Mais elle s'était rapidement ressaisie. Rien ne lui prouvait que le fragment se trouvait en ces murs mais rien ne lui prouvait non plus qu'il ne s'y trouvait pas. Ainsi qu'elle l'avait subodoré dès le départ, il allait lui falloir patienter jusqu'au retour du maître des lieux. Que faire en attendant ?

Une nuit qu'Alexandre et ses amis arpentaient comme à leur habitude – et sans elle – les bas quartiers de la ville à la recherche de sang frais (la baronne Maximouchkine avait tout tenté pour s'attirer la participation de Rebecca ; elle avait même écrit, prétendait-elle, un rôle de servante folle à son intention exclusive), la jeune femme avait décidé de se risquer vers les étages supérieurs de Black Manor. Il s'agissait d'une transgression majeure ; elle avait entendu dire qu'un ascenseur menait à une entrée secrète au rez-de-chaussée mais nul ne semblait savoir où il se trouvait. Modest, en revanche, possédait la clé de l'escalier de service. Il fallait la lui dérober – tâche délicate, car le vieil homme mettait généralement un point d'honneur à veiller jusqu'à l'aube. La jeune femme avait donc décidé d'employer les grands moyens. Quelques gouttes d'une décoction somnifère versées dans son thé vespéral, ce soir-là, avaient eu raison de sa noble résistance : assis dans le fauteuil d'un salon éloigné, il s'était endormi comme une souche.

Clé en main, Rebecca s'était avancée à pas de loup jusqu'à l'entrée et avait refermé derrière elle. L'escalier était plongé dans la pénombre et ses marches grinçaient d'épouvantable façon. La porte du haut, elle, était ouverte. Elle donnait sur une antichambre aux tentures de soie, laquelle débouchait à son tour sur un long couloir distribuant chambres, boudoirs et bibliothèques. La lumière, suave, était dispensée par un alignement de lampes murales. Un immense atelier constituait la partie centrale. Rebecca avait risqué un œil à l'intérieur. C'était un endroit majestueux, qui occupait les deux derniers étages et ouvrait en partie sur une splendide verrière.

Une cheminée en pierre se dressait au cœur de la pièce, flanquée d'une forêt de pendentifs translucides et autres colifichets de verre ou de métal suspendus par des chaînes. Elle s'était aventurée, doigts écartés. Les bijoux tintinnabulaient sur son passage. Au fond de l'atelier trônait un orgue monumental, desservi par une enfilade de marches en bois. Ses tuyaux de cuivre s'élançaient vers les hauteurs.

Rebecca avait contourné la cheminée. Derrière un paravent à demi replié, sur des tables d'exposition, se déployait une impressionnante collection d'émaux, de boîtes en or, de miniatures et de montres chatoyantes. Plus loin se dressaient des armoires aux armatures de bronze. Les murs étaient couverts de tableaux somptueux, que contemplaient d'amples fauteuils de velours. Elle se souvenait avoir loué en elle-même le goût très sûr et incomparablement protéiforme du maître des lieux. Elle se rappelait avoir souri, aussi, en arrêt devant ce qui pouvait être un Fragonard champêtre, jusqu'à ce qu'une voix fluette ne lui glace les sangs :

– Que faites-vous ici ?

Une jeune femme se tenait sur le seuil. Brune, ses longs cheveux dénoués, vêtue d'une chemise de nuit en coton qui lui descendait jusqu'aux chevilles. Rebecca s'était avancée vers elle. Elle n'était pas des leurs, la vampire pouvait le voir sans peine. Et elle était aussi effrayée qu'elle, quoique pour de tout autres raisons. Ses grands yeux innocents la sondaient craintivement. Il était évident que cette jeune créature était la favorite du duc de Manhattan. Rebecca inventa un mensonge. Elle était une amie du duc. Elle était venue pour l'aider, le convaincre. Des vampires de sa cour complotaient sa perte : des monstres évoluant ici, sous son toit, dont il était loin de soupçonner la duplicité.

La jeune femme avait paru reprendre son souffle. Elle s'appelait Mary, vivait ici depuis plusieurs mois, et le duc de Manhattan était pour elle une forme de divinité tutélaire, considérée avec une déférence nimbée de terreur.

–Vous n'avez rien à craindre de moi.

La jeune femme avait plissé les yeux. Comment se faisait-il qu'elle n'avait jamais entendu parler de Rebecca ? Cette dernière lui avait raconté son histoire. Elle arrivait de la lointaine Russie, désemparée, privée de repères. Elle désirait se placer sous la protection du duc. Elle avait découvert beaucoup de choses depuis son arrivée à Black Manor. Mary avait opiné.

–Venez.

Les deux femmes étaient sorties de l'atelier. Tapissé d'écarlate, un escalier de marbre conduisait au dernier étage. Des portraits accrochés au mur en scandaient la montée. Visages pâles, profils acérés. La jeune femme lui avait expliqué qu'elle habitait là-haut. Rebecca devait lui inspirer confiance. Elle était plus jeune que les autres, son regard n'exprimait pas encore la cruauté maussade et perverse propre à ceux de son espèce. Peut-être aurait-elle eu le temps de la charmer plus avant et de lui arracher les secrets qu'elle convoitait ardemment si les événements ne s'étaient alors précipités.

Il y avait eu des cris dans l'antichambre. La porte s'était ouverte en grand, déversant un flot de cris furieux. Modest allait voûté, précédé par un Alexandre hors de lui, que deux laquais – des créatures oblongues, aux mines stupides et aux ongles sales, que Rebecca ne connaissait que trop bien – avaient jugé utile d'accompagner. On l'avait sommée de s'expliquer. Comment était-elle entrée ici, pour quelle raison ?

La jeune femme s'était contentée de sourire.

– Je croyais que je me trouvais ici chez vous, Votre Excellence.

Alexandre avait pâli. La raillerie avait touché juste. Piteusement, il avait feint de ne pas comprendre.

– Que dis-tu ?

Elle souriait toujours.

– Tu as prétendu que tu étais le duc. Je suis sincèrement étonnée. Je gage que ton suzerain le sera plus encore, une fois de retour.

Le Raskolnikov s'était pincé l'arête du nez. Ses compagnons paraissaient désireux d'en découdre. Sous leurs lèvres retroussées, leurs canines avaient sailli. Mais Alexandre avait eu le bon sens de les retenir.

– Nous réglerons ça entre nous.

Une heure plus tard, le duc de Manhattan avait câblé l'annonce de son arrivée pour le surlendemain. Tout Black Manor était entré en ébullition. Et d'une certaine façon, le jeune vassal ventripotent avait tenu promesse. Le lendemain soir, dès le coucher du soleil, il était venu rejoindre la jeune femme dans sa chambre sous le prétexte de discuter. Draps froissés, lune gibbeuse – la discussion avait rapidement pris un tour inattendu. Elle lui avait parlé du Venefactor. Elle lui avait raconté, aussi simplement que possible, de quoi il retournait, omettant de préciser que l'artefact n'était qu'un fragment de l'objet final. Elle avait fait miroiter à son soupirant les pouvoirs de l'objet et le profit qu'ils pourraient tous deux en tirer. Il gisait là, allongé sur le dos, une pipe à opium accrochée à ses doigts. Il rêvassait à voix haute.

– Toi et moi…

Elle avait peint pour lui un avenir de richesse et de puissance. Au vrai, lui avait-elle avoué, elle n'avait jamais soupçonné, jusqu'à ce que Modest ne prenne la liberté de le lui dire, qu'il ne fût pas le duc en personne. Assurément, il en avait l'étoffe et la grandeur. Combien de temps encore accepterait-il de vivre dans l'ombre de celui qui, de l'avis général, n'était plus digne d'assumer les fonctions de chef suprême ? Elle inventait à chaque phrase, se laissait prendre avec délectation au piège de ses propres mensonges. Alexandre était subjugué. Que fallait-il faire, selon elle ?

Elle avait passé en revue les différents plans d'action. Le plus simple était le meilleur. D'abord, se débarrasser de Modest. Ensuite, extorquer à Mary la cachette du Venefactor ; Rebecca était certaine qu'elle la connaissait. Enfin, évidemment, prendre la fuite, munis du précieux artefact. Le duc deviendrait fou. Il leur donnerait la chasse. Seulement, avait-elle rappelé à son amant, le Venefactor les rendrait invincibles. Ils auraient tôt fait d'organiser une contre-offensive et de rallier les autres Raskolnikov à leur cause.

Alexandre avait hoché la tête. Ce projet l'emplissait de frayeur autant que d'excitation. Du bout de l'index, Rebecca avait parcouru son torse.

–Allons, avait-elle susurré, de telles pratiques sont monnaie courante en Russie. C'est la loi des prédateurs. Les plus vieux doivent se détacher du troupeau lorsque leur temps est venu. Sans quoi, ce sont leurs congénères qui les en écartent.

Alexandre était jeune, terriblement vaniteux. Il avait bu ses paroles tel un élixir. Le lendemain soir, dès le crépuscule, il était monté dans les appartements du duc pour faire parler Mary.

Le cadavre de Modest, dont Rebecca s'était chargée, avait été traîné dans la chambre de la jeune femme. Ils étaient convenus qu'elle resterait en bas pour le prévenir de l'éventuelle arrivée du duc. Alexandre était redescendu une vingtaine de minutes plus tard, hébété, les mains couvertes de sang.

– Mary ne savait rien. Je crois… Je crois que nous avons commis une erreur…

Ils étaient seuls à son étage. Elle l'avait plaqué contre le mur.

– Il n'est plus temps de reculer, Alexandre. Le Venefactor est ici, je le sais! Tu dois y retourner. Tu dois remonter et chercher dans ses affaires, partout.

Il se défendait à peine. Son expression était celle d'un chien battu.

– Et s'il l'avait emporté avec lui?

Rebecca avait secoué la tête. L'hypothèse était absurde. Transporter l'artefact représentait un risque inutile. Et le duc n'avait aucune raison de penser que le Venefactor était en danger à New York en son absence. Personne ici ne connaissait son existence.

– Personne, sauf nous..., avait-elle soufflé langoureusement à son oreille.

Galvanisé, Alexandre était remonté. Moins d'une heure plus tard, le fiacre du duc de Manhattan s'arrêtait devant Black Manor.

Rebecca aurait pu prévenir Alexandre de son arrivée. Elle ne l'avait pas fait. À la place, elle était descendue à la rencontre de Son Excellence, échevelée. Il avait haussé un sourcil. Tempes grises, front haut, prunelles d'acier: il n'était pas très différent de l'homme qu'elle s'était imaginé.

– À qui ai-je l'honneur?

Elle avait feint l'anxiété, et cela ne lui était pas difficile, car elle jouait son va-tout sur cette partie.

En quelques mots, elle lui avait expliqué qu'elle était venue se placer sous sa protection et qu'elle désirait s'entretenir avec lui d'une affaire de la plus haute gravité. Les autres vampires l'avaient dévisagée avec stupeur.

– Où est Alexandre ? avait demandé quelqu'un.

L'une des jeunes filles avait ricané. Rebecca avait reculé. Les sbires de son amant, eux, avaient dardé sur elle des regards équivoques. Au vrai, réalisait-elle, ils ne l'avaient acceptée parmi eux qu'à cause de l'insistance d'Alexandre. À cause, peut-être, de l'amour que cet imbécile éprouvait pour elle.

D'un geste, le duc de Manhattan avait coupé court à leurs appétits de vengeance.

– Venez avec moi.

Ils s'étaient éclipsés dans un salon éloigné, éclairé de quelques bougies. Le duc s'était laissé choir dans un fauteuil Chesterfield. Il avait ôté ses gants de peau.

– Je viens de passer trois jours en train dans un cercueil, ma chère. Je suis éreinté.

Il attendait.

– Maria, avait déclaré Rebecca. Je m'appelle Maria Zyrianov.

Il avait hoché la tête.

– Vous avez du sang sur les mains.

Un soupir s'était échappé de ses lèvres. Son histoire était parfaite : Alexandre Raskolnikov avait eu vent de l'existence d'un certain objet magique et le recherchait avidement. Il était persuadé que cet artefact, dont elle ignorait bien sûr le nom, se trouvait dans les appartements du duc. Manifestement, il ne reculerait devant rien pour se l'approprier. Plusieurs fois, et au nom de l'estime en laquelle elle tenait leur amitié, elle avait essayé de l'en dissuader. Mais il était devenu fou. Jusqu'à ce soir, ce soir où, apprenant le retour imminent de son maître, il s'était décidé à passer à l'action.

Le duc s'était levé. Elle avait poursuivi d'une voix sombre :

— Modest est entré dans ma chambre tout à l'heure. Blessé à mort. Il a eu le temps de me dire qu'Alexandre l'avait attaqué quand il a essayé de l'empêcher d'accéder aux étages supérieurs. Votre vassal est là-haut, Votre Excellence. Dieu sait ce qu'il manigance.

— Vous tremblez, Maria.

Elle protesta :

— Je vous assure...

— Et qui sait si vous n'avez pas raison. Parlez-moi de Moscou.

— Je vous demande pardon ?

« Non, songea Rebecca. Pas maintenant. Pas si près du but. » Le duc de Manhattan plissa les yeux.

— Moscou, n'est-ce point de là que vous venez ? Si j'entends faire de vous ma favorite officielle, il me tient à cœur de tout connaître de vous et de l'endroit qui vous a vue naître. Chantez-moi les merveilles de la mère patrie : le Kremlin, la cathédrale Saint-Basile, le monastère Danilov. Le peuple, aussi. Alexandre III. Parlez-moi des fiers ouvriers, des cosaques ombrageux, des glorieux cadets de Moscou.

— Je...

— En russe, je vous prie. Votre langue *natale*.

Il avait détaché ce dernier mot avec un soupçon d'affectation. Rebecca baissa la tête.

— C'est que... Je me sens... Je me sens ridicule lorsque je parle russe.

— Allons, je n'ose croire que vos jolis souvenirs d'enfance n'aient déserté votre mémoire... À moins que tout ceci ne soit qu'une vulgaire mise en scène ?

Le duc avait gagné ses appartements par l'ascenseur intérieur. Il avait trouvé le cadavre de Mary et avait surpris Alexandre fouillant dans ses affaires. Rebecca ignorait quelles explications son protégé lui avait opposées. Elle ignorait même s'il avait eu le temps de prononcer un mot. Le duc l'avait tué.

Rebecca sourit. Dracula ne l'avait-il pas répété ? « Pas de place pour les remords chez les plus puissants d'entre nous. »

Le duc avait occis Alexandre à mains nues. Il était redescendu calmement vers le grand hall du premier appartement où sa cour s'était réunie et il avait annoncé la nouvelle d'une voix blanche :

– Voici, à Black Manor, le sort qui attend les traîtres.

Au cours des nuits qui avaient suivi le drame, les autres vampires avaient soigneusement évité la jeune femme. Seul le duc lui avait accordé un semblant de sollicitude. Puis, peu à peu, l'inimitié dont elle était l'objet s'était dissipée. Le fragment était ici, elle conservait cette certitude. Ne restait qu'à découvrir où le duc l'avait caché.

– Une mise en scène ? J'ignore de quoi vous parlez, je…

Le duc inclina la tête. Ses yeux s'étaient réduits à deux fentes.

– Regardez-moi.

Elle obéit, apeurée. Son Excellence souriait.

– Vous ne vous appelez pas Maria Zyrianov. Il n'existe personne de ce nom dans notre arbre généalogique, et personne à Moscou ou ailleurs en Russie qui se souvienne de vous. Le temps est venu, belle petite intrigante, de répondre à la question cruciale que j'aurais dû vous poser avec plus d'instance le soir de mon retour à Black Manor. (Il haussa brusquement la voix.) Qui êtes-vous ?

Le monstre de quelqu'un

Une page de plus avait été arrachée au calendrier et Luna s'apprêtait à laisser la grande ville derrière elle. À huit heures ce soir-là, des centaines de Londoniens s'arrêtèrent sur les trottoirs de Marylebone Road.

Depuis plusieurs années déjà, les journaux multipliaient les annonces à sensation, évoquant ces fameuses voitures automobiles fonctionnant au gaz ou au carbure de pétrole, capables d'atteindre des vitesses de dix miles par heure. Le Pneumonaute, cependant, n'était pas de cette race-là, et ne ressemblait à rien de ce que le *Daily Telegraph* et les autres avaient pu montrer. Issu des ateliers secrets de la comtesse Báthory, il fonctionnait sur le principe d'un moteur à combustion interne alimenté par un souffle thermique. Ce dernier, en quelque sorte, était issu de l'esprit de la magicienne, lequel voyait sa puissance démultipliée par le contact permanent avec l'eth'r contenu à l'intérieur du globe. Transformé en énergie motrice mécanique, il propulsait l'engin à une vitesse de vingt miles par heure.

À cette allure, avait rapidement calculé Luna, les mains crispées sur le levier directionnel, Liverpool pouvait théoriquement être atteinte en moins de dix heures. Cheveux au vent, mâchoires serrées, la jeune fille devinait toutefois qu'il lui faudrait beaucoup plus de temps.

Pareils aux yeux d'un monstre mécanique, les phares à acétylène perçaient la grisaille pluvieuse. Le moteur produisait un rugissement continu. À l'approche de la bête, les passants s'écartaient. À peine avaient-ils eu le loisir de se demander ce qui s'était passé que l'apparition s'était déjà fondue dans les ténèbres.

Luna était terrifiée.

Jamais de sa vie elle n'avait tenu les rênes d'un cheval, et le Pneumonaute, telle une monture aveugle, était lancé dans le plus furieux des galops. Les recommandations de la comtesse n'étaient que de peu d'utilité : il fallait se porter à droite ou à gauche, ne pas monter sur les trottoirs, éviter les chevaux, les tramways, serpenter entre les fiacres, fuir la maréchaussée et les curieux trop pressants. Simple bon sens, en somme.

Durant les premiers temps, la jeune fille s'était contentée de suivre les instructions. Elle était loin de connaître suffisamment les rues de Londres pour oser s'en remettre à son instinct. Son rôle se bornait donc à pousser le levier directionnel quand Elizabeth le lui disait. Peu à peu cependant, et à mesure que les voies se faisaient moins encombrées, à mesure que l'engin se dirigeait vers les faubourgs, elle commença à mieux se familiariser avec son maniement. Évaluer les angles et la vitesse n'était pas si difficile. La comtesse était là, sa voix bien présente la rassurait sans cesse, et la jeune fille prenait progressivement confiance en ses propres talents.

Les roues puissantes soulevaient des giclées noires en remontant vers le nord. Les hautes et élégantes demeures de la ville avaient cédé la place aux maisons basses de Hampstead et d'Edgware et aux plaines boueuses de Watford dont Luna n'apercevait que quelques clochers grisâtres.

Au milieu de la nuit, le Pneumonaute passa comme un mirage au large de Northampton. La route, à présent, était totalement déserte et Luna distinguait les lumières au loin, bercée par le cahot du véhicule.

À cinq heures, la bête sembla pousser un râle. Un chemin de traverse partait vers les sous-bois. La comtesse suggéra que le Pneumonaute s'y enfonce. La jeune fille ne discuta pas. La terreur dans laquelle elle avait vécu ces dernières heures avait eu raison de ses ultimes résistances.

Au cœur d'une clairière, le moteur s'arrêta. On n'entendait plus que le bruit de la pluie et le vent à travers les branchages. Les phares s'éteignirent.

– Où vais-je dormir ?

Avec moi.

La jeune fille s'extirpa de l'habitacle et posa un pied au milieu des hautes herbes. Sa robe était trempée. Le chat, lui, avait trouvé refuge près de la valise. Indifférente à ses miaulements, elle le souleva. Il sortit ses griffes et elle fit la grimace.

Il s'agissait maintenant d'ouvrir le cercueil. Ôtant la housse, elle la laissa se défroisser sur l'herbe. Les gouttes de pluie cinglaient les touches. Elle avait vu Perry faire, elle se souvenait parfaitement de l'air.

Avec la plus grande application, elle se mit à jouer. La petite musique avait peine à se faire entendre sous l'averse, mais le mécanisme fonctionnait à merveille. Bientôt, comme la première fois, les pans du double harmonium s'écartèrent et le cercueil apparut. Luna s'occupa des attaches et ouvrit le couvercle.

Le corps d'Elizabeth reposait, intact. Son visage était aussi expressif que celui d'un mannequin de cire. Qui aurait pu soupçonner qu'un esprit si puissant brûlât encore sous ce front blanc ?

Retenant un soupir, la cadette des Wilcox se glissa à ses côtés sur le matelas de cuir noir et referma le couvercle sur elle.

Elle s'était couchée sur le flanc. L'obscurité était absolue. Il y avait cette présence à ses côtés, qui lui glaçait les sangs. Elle essaya de ne pas y penser. Faire le rapprochement entre ce corps rigide et sans chaleur et la voix qui vibrait dans sa tête était de toute façon au-dessus de ses forces.

Le matin n'était pas là encore mais Luna sentait le sommeil la gagner. Ses pensées déferlaient, confuses, éphémères. Une fuite raisonnée. Une crypte secrète. Le sourire de Wilfred. Et cette menace évoquée par la comtesse, l'influence de Dracula gagnait l'ensemble de l'Angleterre. Sa sœur, par-dessus tout. Se pouvait-il que l'absence d'Amber, ainsi qu'elle le pressentait, fût liée au plan auquel Elizabeth faisait allusion ?

La jeune fille tendit le bras. Le visage de la comtesse était là, doux et pur comme un masque d'albâtre. Elle passa un doigt sur sa joue. Les paroles du fils Garrison la hantaient. Être le monstre de quelqu'un.

En fuite

La neige avait recouvert New York et continuait de tomber. Tout était lourd, blanc, assourdi. Posté à la fenêtre de sa chambre, Abraham Stoker contemplait une ville nouvelle, un paysage fantôme où le temps même semblait s'être arrêté.

Il replia le télégramme que venait de leur apporter le garçon de service.

Rendez-vous ce soir minuit Central Park. Stop. Pied de l'Obélisque comme convenu. Stop. Soyez à l'heure. Stop. Signé : L. Ciceley.

– Pourquoi Central Park ? demanda Amber, qui avait déjà revêtu son manteau à revers de fourrure. Pourquoi un lieu si reculé ? Ne dit-on pas que toutes sortes de choses dangereuses se passent là-bas à la nuit tombée ?

Son ami secoua la tête. Il était à deux doigts de tout lui révéler : comment il avait choisi lui-même cet endroit, et à la suite de quelles circonstances. Seulement, il n'était plus sûr de bien le savoir lui-même.

– Rendez-nous Green Park, se contenta-t-il de marmonner, et Kensington Gardens, et Holland Park, et Regent's Park...

– Et Hyde Park, ajouta la jeune fille. Là où nous nous sommes rencontrés la première fois, vous vous souvenez ?

L'homme se sentait fiévreux, mal à l'aise. Empoignant son haut-de-forme, il s'en coiffa gauchement.

– Quelle drôle de question. Allons, en route. Il ne s'agit pas d'arriver en retard.

Amber acquiesça. Elle venait de dîner de trois steaks crus dont elle avait fait longuement sourdre le jus. Elle avait encore faim.

Un fiacre les attendait, mis à disposition par l'hôtel. Le cocher se tenait au garde-à-vous devant la portière. Ils s'engouffrèrent, et l'attelage s'ébranla. Relevant le col de son pardessus, Abraham Stoker posa son chapeau sur ses genoux. Sa jeune amie le fixait avec insistance. Il se gratta un sourcil.

– Qu'y a-t-il ?

Dehors, le fiacre traçait son double sillon sur la route enneigée.

– Rien. Je pensais à ce que j'ai dit.

– Ce que tu as dit ?

– Sur notre première rencontre. Je me suis trompée. Ce n'était pas à Hyde Park, c'était à Blackfriars. Il neigeait, exactement comme il neige ce soir. Et il y avait cette brume verte qui s'étendait partout. Ces personnages si... pittoresques.

Abraham opina.

– Je me méfiais de vous, poursuivit Amber, rêveuse. Vous aviez donné votre carte à ma sœur. Je la lui ai arrachée des mains. Nous ne serions pas ici aujourd'hui si je ne l'avais pas fait.

– Qui sait ?

– Ce soir, soupira la jeune fille en reportant son attention sur la vitre mouchetée de neige, je n'ai pas envie de parler de destin. Ce que j'aurais voulu savoir, ce que vous ne m'avez jamais dit, c'est pourquoi vous vous trouviez avec ces créatures cette nuit-là. Êtes-vous un ami des fées ?

L'homme se mordit les lèvres.

– Gardons cela pour une prochaine fois. J'ai d'autres pensées en tête.

– Ciceley ?

Stoker approuva. Il avait fait en sorte que la jeune fille puisse s'en sortir sans lui si les choses venaient à mal tourner. Elle ignorait tout de leur arrangement et c'était mieux ainsi : il ne tenait pas à ce que sa vieille amie joue elle aussi un mauvais rôle.

– Y a-t-il… (Amber sourit.) Y a-t-il des instructions particulières que vous souhaiteriez me communiquer avant que nous le revoyions ?

– Non. Obéis-lui et…

– Et ?

– Reste sur tes gardes. Méfie-toi de lui, toujours.

– Entendu.

Central Park était en vue. Sa lisière se devinait derrière des tourbillons de neige. De hautes grilles de fer le ceignaient, récemment érigées, avait appris Abraham, par décret municipal suite à des « troubles de l'ordre public ». Quels troubles ? Il n'avait pu en apprendre plus. Longeant l'enceinte, le fiacre s'arrêta à hauteur de la Soixante-dix-neuvième Avenue. Le cocher était déjà descendu.

– C'est ici. L'entrée la plus proche, fit-il en désignant les grilles. Mais c'est fermé, à cette heure-ci.

– Merci, fit Stoker en descendant. Vous pouvez disposer.

L'homme et la jeune fille attendirent que l'attelage disparaisse, louvoyant parmi les flocons, avant de se tourner vers les grilles. Stoker frappa dans ses mains gantées pour se donner de l'entrain.

– Je suppose que, toi, tu sauterais simplement par-dessus.

La jeune fille ferma les yeux et prit une inspiration. Puis elle empoigna un barreau, et le détacha aux deux extrémités avant de le tendre à son ami. L'ouverture pratiquée, toutefois, n'était pas suffisante pour le laisser passer. Elle en descella un second. Embarrassé, Stoker jetait des regards inquiets aux alentours. Mais les environs étaient déserts.

Bientôt, Amber se faufila. Courbé en deux, l'homme la suivit. Il laissa tomber les lourds barreaux sur la neige.

– Destruction de biens publics, soupira-t-il.

– Bram.

– Mm ?

Une cloche sonnait sous les nuées.

– Minuit, dit simplement la jeune fille. Venez.

Ils se dirigeaient, entre les chênes et les frênes aux branches noires alourdies de neige, vers ce qu'une suite d'écriteaux indiquaient comme leur lieu de rendez-vous. Dans la poche de son pardessus, Abraham Stoker serrait un briquet. Les becs de gaz jetaient sur le sentier des taches rondes de lumière. Tout le reste était ténèbres.

Amber, qui marchait devant, pirouetta.

– Ils appellent ça l'obélisque de Cléopâtre, mais c'est une erreur.

– Ah, oui ?

Il l'admirait, quoi qu'il en dise. La jeune fille allait son chemin et ne s'en détournait jamais. L'insouciance n'avait rien à voir avec la détermination, il le savait. Et pourtant, aimait-il à croire, une certaine fragilité perçait sous cette carapace. La peur, songeait-il, est ce qui gronde au cœur de la bravoure. L'inverse n'était pas vrai.

– Comme je vous le dis. Je l'ai lu dans un livre, au fumoir de l'hôtel.

– Tu t'es rendue au fumoir sans moi ?

– Le monument, poursuivit l'aînée des Wilcox sans même relever la remarque, a été édifié par Thoutmosis III en son propre honneur. Vous connaissez l'Égypte ?

– Donne-moi ta main.

Il s'était arrêté au milieu du sentier. Elle le rejoignit en soupirant. Il posa un genou à terre.

– J'ai prié pour que les choses se passent le mieux possible, Amber. Je prie encore, crois-moi. Mais si jamais les circonstances venaient à nous séparer ou...

– Que voulez-vous dire ?

Elle scrutait son visage, inquiète.

– Agis selon ton cœur, fit-il en se relevant. Voilà ce que je veux dire.

Il brossa ses vêtements, et ils se remirent en route. La pointe de l'obélisque se dressait au-delà des cyprès. En moins de deux minutes, ils avaient rejoint l'édifice.

À cet instant, Amber sentit un immense frisson la parcourir. Elle s'arrêta. Quelque chose n'allait pas, quelque chose qui n'avait rien à voir avec la nuit, la solitude ou l'appréhension des problèmes à venir.

Une présence.

Une chose ancienne, souterraine et horrible.

La sensation dura quelques secondes puis se dissipa comme elle était venue. La jeune fille était ébranlée, désormais. Nul besoin de demander à Abraham s'il avait ressenti la même chose : elle était sûre que non. Elle s'arrêta pour se calmer. Peut-être se faisait-elle des idées.

– Nous y voilà.

Non loin de l'édifice, un homme se tenait adossé à un réverbère, vêtu d'une longue cape noire et d'un chapeau haut de forme dont l'ombre empêchait de voir son visage. La jeune fille et Abraham le reconnurent immédiatement.

Il s'avança vers eux.

– J'ai failli attendre.

– La neige nous a ralentis, expliqua Stoker. Nous avons...

– Peu importe. Amber ?

– Oui ?

– Passe derrière moi, je te prie.

– Mais...

– Fais ce que je te dis.

De sa main gantée, il lui indiquait sa place. Avec un dernier regard pour son ami, la jeune fille s'exécuta. Enjambant une branche tombée à terre, elle se posta auprès de l'obélisque. Lord Ciceley, alors, passa une main sous sa cape. Quand il la ressortit, elle tenait un pistolet. Et ce pistolet était braqué sur Abraham Stoker. L'homme écarquilla les yeux.

– Ciceley ?

– *Lord* Ciceley. Je tiens au respect de l'étiquette, même dans les circonstances les plus douloureuses. Et ceci en est une. Pour vous, du moins.

– Au nom du ciel...

– Je n'ai plus besoin de vous, frère Zelator. Vous vous êtes acquitté de votre mission avec la servilité que nous étions en droit d'attendre de vous. Mais vous restez un traître. Vous avez voulu rejoindre les Invisibles. Qui sait quel plan absurde il vous prendra la fantaisie d'ourdir la prochaine fois. J'agis avec la bénédiction de mes supérieurs, n'en doutez pas.

Abraham Stoker serra les poings.

– Vous êtes un coquin de la pire espèce, Ciceley.

– Et je reste insensible à la flatterie, mon cher. À présent, faites vos prières, si vous croyez encore en Dieu.

Abraham leva une main.

– Attendez !

– Quoi encore ?

– Je pense que vous oubliez une chose, « Lord » Ciceley.

– Tiens donc ? Et laquelle ?

Il eut à peine le temps de se retourner : le coup, violent, l'atteignit à la tempe. Ses jambes se dérobèrent et il s'effondra dans la neige.

Amber, qui l'avait frappé de toutes ses forces, lâcha sa branche. Stoker avança vers elle.

– Fuyez !

Il hésitait. Elle le chassa d'un geste.

– C'est moi qu'il veut, siffla la jeune fille. Fuyez. Nous nous retrouverons.

Déjà, le vampire gémissait et ses doigts raclaient la neige. Abraham Stoker recula de quelques pas, puis fit volte-face et prit ses jambes à son cou.

Son haut-de-forme roula au sol. La neige voletait sous ses pas.

Coupant à travers bois, il courait à toute allure. Arrivé sur un sentier, il ralentit, trébucha dans un fossé, se releva, s'enfonça de nouveau à couvert. L'expression d'Amber le hantait. Sa gravité, sa tristesse. Elle lui avait sauvé la vie. Qu'allait-il lui arriver à présent ?

Il savait que Ciceley allait se relever. Il savait que l'aînée des Wilcox allait avoir du mal à lui échapper. Essaierait-elle seulement ?

Il courut, et courut encore, les pans de son manteau voletant derrière lui comme la défroque d'un corbeau.

Ses poumons étaient en feu. S'arrêtant pour reprendre son souffle, il alluma son briquet. Il se tenait au milieu d'une clairière isolée qu'aucun réverbère n'éclairait. Quelle direction avait-il prise ? Où se trouvait la sortie la plus proche ? Il n'en avait aucune idée.

Le parc était silencieux. Il commença à gravir la petite butte semée d'arbustes qui se trouvait de l'autre côté lorsqu'un bruit le fit sursauter. Ses sens en alerte, il se raidit. Son cœur battait la chamade.

– Il y a quelqu'un ?

C'était une question aussi stupide qu'inutile. Reprenant sa route, il parvint rapidement au sommet de la colline. Il se préparait à redescendre lorsqu'un nouveau craquement le fit virevolter. Deux formes sombres et floues s'avançaient vers lui, à même le versant qu'il venait de gravir.

Des chiens ?

Il leva les mains, exhalant de petits nuages de vapeur. Une troisième présence se devinait sous le couvert, une chose verte et flottante dont il distinguait mal les contours. Les animaux sortirent de la pénombre. Les regardant approcher, il se demanda s'il n'était pas en train de rêver. Central Park, en plein hiver !

L'une des bêtes était grise, l'autre blanche, leurs muscles ondulaient sous une fourrure épaisse et leurs babines étaient retroussées.

Ce n'étaient pas des chiens, réalisa Abraham Stoker, qui continuait prudemment à battre en retraite. C'étaient des loups.

Pris de panique, il se mit à courir. Comme si elles n'avaient attendu que ce signal, les deux bêtes s'élancèrent.

Les pensées de l'homme s'entrechoquaient. Des loups, évidemment. Les recommandations de la duchesse. « Si vous vous perdez une nuit dans ce parc... » Il avait choisi cet endroit à cause de ces paroles. Mais il ne s'était pas attendu à cela. Il n'avait pas réagi de la façon appropriée. Il avait commis une erreur de jugement et cette erreur allait lui coûter la vie.

Dévalant le talus, il chuta lourdement. Une ombre jaillit. Il sentit des crocs s'enfoncer dans sa chair.

Se retournant pour se défendre, il eut le temps, cette fois, de voir la silhouette voletante qui accompagnait les deux monstres. Haute d'à peine un pied, vêtue de feuillages, de bracelets et de chaînes, elle le fixait de ses grands yeux en amande tandis que le vent agitait ses cheveux argentés. Entourée d'un halo scintillant, elle ressemblait à un ange. Il lui sembla qu'elle cria quelque chose. Hurla-t-il à son tour ? Il n'aurait su le jurer. La douleur emportait tout. Très vite, il perdit connaissance.

D'un coup de talon, Amber se propulsa dans les airs. Lorsqu'elle se redressa, une vingtaine de pieds plus loin, elle crut d'abord avoir volé. Oubliée, la peur. Oubliées, les questions. Il fallait vivre.

Elle poursuivit sa course. Lord Ciceley n'était pas mort, elle le savait. Il allait la pourchasser.

Elle se lança au milieu d'un sentier, entre deux talus garnis d'arbustes épineux. Obliquant brusquement, elle s'enfonça dans les sous-bois.

Elle haletait. Où était Bram, maintenant ? Comment allait-elle le retrouver ? Elle songea à leur hôtel. C'était le seul endroit qu'elle connaissait à New York. Mais Ciceley le connaissait aussi. Il y penserait tout de suite. Hors de question de retourner là-bas. Main sur un tronc, elle s'arrêta. Quelle course ! Elle avait dû parcourir un mile en moins d'une minute. Jamais elle ne s'était sentie aussi légère, aussi puissante. Invincible ? Stoker l'avait mise en garde, et James Blackwood aussi, à Londres : tous les vampires possédaient des facultés exceptionnelles. L'important était de les maîtriser. De les améliorer sans cesse.

Elle inspecta ses mains, humides et glacées. Nul besoin de lumière pour y voir dans la pénombre. Elle se remit à courir, sautant par-dessus les branches et les talus, zigzaguant entre les arbres. Une nouvelle fois, les sous-bois débouchaient sur un sentier formant une boucle. Plus loin, sous les lumières des becs de gaz, les eaux gelées d'un étang étincelaient.

L'aînée des sœurs Wilcox marchait à reculons. Les traces qu'elle laissait dans la neige faisaient d'elle une proie facile. Revenant sur ses pas, elle s'efforça de les recouvrir. Arrivée à mi-parcours, elle avisa un chêne en lisière et, pliant les genoux, sauta littéralement sur lui. Ses mains griffèrent l'air ; *in extremis*, elle agrippa une branche. Son corps se balança un instant, incertain. D'un vigoureux coup de rein, elle fit en sorte de se rétablir.

La manche de son manteau était déchirée et ses bottines maculées de neige boueuse, mais elle jouissait maintenant d'un point de vue privilégié.

Où était Ciceley ?

Elle s'apprêtait à quitter son perchoir lorsqu'une silhouette s'avança sur le sentier à son tour. Fermant les yeux, elle s'efforça de maîtriser son aura. Mais ses capacités de concentration n'étaient pas suffisantes. Seuls les vampires les plus âgés et les plus expérimentés, supposa-t-elle, étaient capables de dissimuler pleinement leur nature en pareille situation.

Sautant au bas de son arbre, l'aînée des Wilcox battit en retraite, courbée sur elle-même.

Lorsque son poursuivant se tourna vers elle, elle se plaqua au sol et cessa de respirer.

L'avait-il aperçue, la suivait-il ? Elle le vit escalader le talus et balayer les environs du regard. Elle essaya de s'aplatir plus encore.

– Montre-toi.

La voix était ferme, mais pas particulièrement menaçante. Il avançait vers elle au jugé. Se rapprochait.

– Ne sois pas ridicule. Tu sais que je ne te ferai aucun mal. Tu es trop précieuse pour moi. Et puis, ne veux-tu pas revoir ta mère, Amber ?

La botte de la jeune fille s'était posée sur une branche. Elle la brisa net. Prise de panique, elle se redressa d'un bond.

Comme une tempête, Lord Ciceley s'engouffra à travers les sous-bois. La poursuite avait repris.

Amber évita de justesse un tronc qui se présentait devant elle. Elle dévala une pente et vacilla dans un grand champ de neige.

Sans hésiter, elle s'élança. Jamais un être humain n'aurait pu courir aussi vite. Hélas ! Ce n'était pas suffisant. Lord Ciceley déploya sa cape. Il flottait, ses pieds frôlant à peine le sol, comme si une main gigantesque l'avait projeté en avant.

Un chemin se présenta. La jeune fille le franchit d'un saut et s'arrêta au bord d'un bras de lac gelé. Elle pouvait prendre le risque de le traverser ou le contourner pour poursuivre sa route. Déjà, Lord Ciceley approchait.

Amber ne réfléchit pas longtemps. Elle descendit. La glace supporterait-elle son poids ? Elle craquait sous ses pas. Alors qu'elle se trouvait à mi-parcours, une fissure zébra la surface. Une plaque entière bascula dans les eaux noires. Elle sauta ; à sa réception, la mince couche se disloqua. Elle s'agrippa, s'extirpa hors du trou d'eau qui menaçait de l'engloutir, rampa en gémissant, parvint à retrouver un semblant d'équilibre.

Toute la glace de l'étang paraissait sur le point de s'effondrer. Ciceley n'avait pas osé s'y aventurer. Il avait commencé à faire le tour du lac. Manquant glisser à nouveau, l'aînée des sœurs Wilcox risqua un pied sur un tronçon moucheté de brindilles dont l'épaisseur paraissait légèrement plus rassurante. Un second craquement retentit dans la nuit, plus redoutable encore que le premier. Il ne restait que quelques secondes à la jeune fille. Roulant sur le côté, elle vit un pan de glace céder et sombrer à l'endroit même où elle s'était trouvée un instant plus tôt. Elle sauta encore, s'écartant de la zone dangereuse, et atteignit l'autre rive au moment où l'ensemble de la surface achevait de s'étoiler telle une vitre brisée. Épuisée, trempée, elle ne prit pas le temps de respirer. Ciceley, qui n'avait rien perdu de sa manœuvre, achevait de contourner le bassin. Bientôt, il serait sur elle.

Bondissant, elle franchit un nouveau sentier, faisant voleter la neige autour d'elle. Où se trouvait-elle ? Une grille noire se dressait sur sa route. Elle lorgna le ciel enténébré. Un croissant de lune s'y était abîmé. Il lui semblait avoir traversé le parc en sa largeur.

Saisissant un barreau, elle l'arracha violemment et s'immisça dans l'espace ainsi dégagé. Elle se trouvait sur la Huitième Avenue désormais. Un fiacre approchait à bonne allure. Sans hésiter, elle se jeta devant lui. Les chevaux se cabrèrent en hennissant. Rênes en main, le cocher avait évité l'imprudente de justesse.

– Au nom de tous les saints…

D'un bond, l'aînée des sœurs Wilcox se percha sur la banquette. L'incrédulité du cocher se mua en terreur.

– Conduisez. Vite.

Amber cherchait son regard. L'homme s'efforçait de résister.

– Que…

Il voulut la repousser. Elle n'avait pas le temps pour cela. D'un coup de coude, elle l'envoya rouler de l'autre côté de la banquette et empoigna les rênes.

Amber avait souvent vu des cochers mener un attelage. Reproduire leurs gestes était une autre histoire. L'un des chevaux renâclait. Elle se tourna vers l'homme, qui se redressait en se tenant la mâchoire.

– Je suis poursuivie.

Elle lui montra la silhouette de Ciceley, qui longeait les grilles noires de Central Park et s'était interrompu pour attendre la suite des événements. Incapable de comprendre ce qui se jouait, le cocher demeura sans réaction.

– Arrêtez !

Déjà, le vampire descellait un autre barreau et se glissait à son tour sur l'avenue. Le cocher parut prendre conscience de la situation. Avec une grimace de terreur, il empoigna de nouveau les rênes. Les chevaux s'élancèrent. Ciceley s'était remis à courir.

– Vite ! souffla Amber, retournée sur sa banquette.

D'un bond prodigieux, le vampire atterrit lourdement sur le toit de la voiture. Le fiacre fit une embardée. Affolés, les chevaux partirent sur le côté. Amber sauta à bas du véhicule et se remit à courir le long de la Huitième Avenue ; elle avait repéré d'autres fiacres au loin. Ciceley se lança à ses trousses. « Si j'arrive à gagner le coin du parc, songeait la jeune fille en filant comme une flèche, je serai sauvée. »

Une voiture surgit : un wagon tracté par deux chevaux, qui la manqua d'un rien. C'était une ambulance. Un homme montra le poing. Son cri se dilua dans la nuit.

Ciceley, qui arrivait juste derrière, perdit plusieurs précieuses secondes à contourner l'obstacle. Quand il put se remettre à courir, la fugitive avait disparu. Là-bas, entre les fiacres de Merchant's Gate, elle s'était volatilisée.

Le lord serra les poings et fit rapidement demi-tour. Une autre idée avait germé dans son esprit.

Assise sur un trottoir, Amber se déchaussa pour ôter le mélange d'eau et de neige fondue qui s'était accumulé au fond de ses bottines. Un gentleman passa, faisant tournoyer sa canne ; il ne lui accorda pas un regard. Plus loin, elle aperçut plusieurs policiers. Mieux valait ne pas s'attarder dans les parages. Elle reprit sa route solitaire vers le sud. Les immeubles, démesurés, l'écrasaient de leur noirceur. Il s'était remis à neiger dru.

L'aînée des sœurs Wilcox rajusta ses cheveux mouillés et se demanda à quoi elle ressemblait. Hâtant le pas, elle s'engagea sur Broadway. La nuit était peuplée de silhouettes inquiétantes mais personne ne s'approchait d'elle. Peut-être les gens se méfiaient-ils. Aucune jeune fille n'aurait dû arpenter le pavé de Midtown à cette heure.

À la lumière d'un réverbère, Amber sortit de la poche de son manteau la carte de visite de la duchesse de Rasmussen, sa seule alliée désormais. *640, Madison Avenue*, indiquaient les lettres gothiques. Elle devait continuer vers l'est.

Haut de neuf étages, le très massif Hoffman Arms dominait la Cinquante-neuvième Rue de ses énormes cheminées. Pignons et tourelles rehaussaient la noblesse de sa façade. Amber se sentait étrangère en ce lieu.

Gravissant quelques marches, elle cogna à la grande porte. Il y avait de la lumière derrière le carreau. Une silhouette à casquette se dessina.

– Qu'est-ce que tu veux ?

C'était une voix d'homme, agressive.

– Je dois voir la duchesse de Rasmussen. Elle m'a donné sa carte.

– Rasmussen ?

– Cinquième étage, précisa la jeune fille.

– La duchesse n'attend personne. Qui es-tu ?

– Je m'appelle Amber Wilcox. Euh, non. Sarah. Sarah Stoker. Dites-lui seulement que je suis là. S'il vous plaît.

– Sarah ? Amber ? Passe ton chemin, petite. Tu n'as rien à faire dehors.

– C'est bien pour ça que je suis ici, gémit l'aînée des sœurs Wilcox. La duchesse m'a dit que j'étais la bienvenue chez elle ; je n'ai nulle part ailleurs où aller. Monsieur ? Monsieur ? S'il vous plaît !

L'homme avait disparu. Désespérée, la jeune fille redescendit les marches et contempla les bow-windows. Tous les étages étaient éteints. Elle soupira. Elle n'avait plus le choix. Plaçant ses mains en porte-voix, elle se mit à crier :

– Madame de Rasmussen ! Madame de Rasmussen !

Immédiatement, le gardien parut sur le seuil. Cette fois, il fulminait.

– Veux-tu bien arrêter tout de suite !

– Madame de Rasmussen, Lucy ! hurla encore l'aînée des sœurs Wilcox en l'ignorant. C'est Sarah ! Sarah Stoker !

Une lumière s'alluma au cinquième étage. Le gardien, un petit moustachu en livrée, dévala l'escalier au pas de course.

– Je vais t'apprendre, moi !

La jeune fille lui sourit tristement et hurla une nouvelle fois avant que l'homme ne la bâillonne.

– Attends un peu que j'appelle la police…

– Allez-y, appelez-la ! supplia l'aînée des sœurs Wilcox tandis qu'il l'entraînait à l'écart. Mais je vous en prie, dites à la duchesse que je suis venue.

– Richard ?

Une seconde silhouette venait de paraître sur le perron, emmitouflée dans une robe de chambre. Amber reprit espoir. Elle connaissait cette voix !

– Madame de Rasmussen !

– Sarah ! Au nom du ciel, que se passe-t-il ici ?

Elle descendit les marches. Amber, qui s'était dégagée, courut follement vers elle.

La duchesse n'eut que le temps de lui ouvrir ses bras.

– Ma petite…

Le dénommé Richard les rejoignit piteusement. La vieille dame, qui tenait Amber serrée contre elle, lui décocha un regard réprobateur.

– Ne vous a-t-elle pas demandé de me prévenir ?

– Je pensais…

– Vous nous avez habituée à plus de discernement, Richard.

L'homme rougissait de confusion.

– Mes excuses, madame.

– Viens, ma chérie.

Amber avait glissé sa main dans celle, ridée, de sa vieille amie. Elle accueillit la tiédeur du grand hall avec reconnaissance.

– Où est Abraham ? lui demanda la duchesse tandis qu'elles se dirigeaient vers l'ascenseur.

La jeune fille baissa la tête.

Arts Sombres

À l'heure où l'Angleterre s'abîmait dans les brumes du sommeil, une jeune fille aux cheveux noirs gardait les yeux grands ouverts. Ses amis étaient loin, sa sœur hors d'atteinte. Il ne lui restait que son chat – l'ombre d'une présence.

La pluie tombait si fort que le champ, constellé d'immenses flaques noires, commençait à ressembler à un lac. Le martèlement était assourdissant. En ces circonstances troublées, il apaisait la jeune vampire.

Le Pneumonaute et ses passagers avaient trouvé refuge à l'intérieur d'une grange abandonnée. Posée près de la porte à double battant, une lampe à huile diffusait sa lueur tremblante. Ici et là, la toiture fuyait. Quelle importance ? Assise sur la paille, Luna avait posé le calepin de Wilfred sur ses genoux. Elle aurait pu se croire seule en ce lieu isolé et, d'une certaine manière, elle l'était, car il lui avait suffi de quitter le siège de pilote pour que la voix d'Elizabeth cesse de hanter son esprit. Mais la maîtresse des Invisibles était là, elle le savait, juste en dessous de l'harmonium, et son silence même la hantait. «Je ne peux rien sans elle», songea la jeune fille.

Elle toussa nerveusement. Assis à ses côtés, le chat Watson procédait à une toilette méticuleuse.

La housse de l'harmonium, dépliée, avait été mise à sécher sur la paille. Il était cinq heures du matin, quelque part à l'est de Coventry, et une plume crissait sur le papier.

Cher Wilfred,

J'avais pris, en quittant Londres, la résolution de ne jamais t'écrire, pour les raisons que je t'ai dites lors de notre discussion. Nous ne serons jamais amis, je le crains : trop éloignés, trop différents. Et puis tu es un humain et je suis une vampire.

Mais, il y a quelques heures, j'ai changé d'avis.

C'était une ruse, une astuce, une manœuvre de contournement: par fidélité à la parole donnée, elle s'échinait à s'adresser au jeune garçon. Mais à travers lui, évidemment, c'était à sa sœur qu'elle se confiait.

Il est bon, je le crois, d'avoir quelqu'un sur qui compter, une oreille attentive à laquelle confier ses malheurs. Hélas ! L'adresse que tu m'as donnée, écrite au crayon, a été effacée par la pluie qui, depuis notre départ, tombe sans discontinuer. Oh, tu as le droit de m'en vouloir. Même si je suis autant punie que toi.

« Cher Wilfred ». C'est très étrange d'écrire ces mots. J'ai bien peur de ne jamais pouvoir te remettre le calepin que tu m'as donné. Mais en attendant, je vais faire comme si tu me lisais. Comme si cette lettre, ainsi que le font les lettres en général, devait parvenir à son destinataire.

Elle s'arrêta, trempa sa plume dans l'encrier. À la commissure de ses lèvres, une ébauche de sourire se dessinait. La seule raison pour laquelle elle avait promis au garçon de lui écrire, c'était l'espoir qu'il tiendrait sa promesse en échange : avertir les Invisibles. Elle ne le reverrait jamais, non. Bizarrement, néanmoins, elle ne pouvait s'empêcher d'éprouver une forme d'affection pour lui.

Griffonnant de nouveau, elle s'arrêta encore. Ses mains la faisaient toujours souffrir. Elle souffla dans ses doigts. Les brûlures étaient superficielles. Elles passeraient, comme s'effacerait le souvenir de Wilfred. Elle se remit à écrire, décrivant par le menu les événements de la veille.

Le Pneumonaute reposait dans une clairière et je le pensais à l'abri. Je m'étais allongée aux côtés de la comtesse. De quelle autre option disposais-je, dans l'endroit où nous nous trouvions ? Mais l'harmonium n'était pas refermé. J'ignore au juste comment ces chiens ont trouvé notre trace. On dit que les vampires dégagent une odeur particulière. Je ne sais pas si c'est vrai. Toujours est-il que ce sont les aboiements qui m'ont réveillée. J'ai ouvert les yeux dans le noir. La panique m'a gagnée. J'ai entrouvert le couvercle. Était-ce la nuit ? Non, nous nous trouvions en plein jour et les aboiements redoublaient d'intensité. Saisissant mon manteau, j'ai essayé de m'abriter dessous et je suis sortie.

La lumière du soleil ne tue pas les vampires, en principe. Elle se contente de les faire souffrir d'atroce façon. Fort heureusement, il pleuvait, et l'épaisse couche de nuages qui flottait au-dessus de nos têtes me protégeait en partie. Je n'en prenais pas moins un risque considérable.

Le premier chien a bondi. Je l'ai repoussé comme je pouvais. Une colère froide est montée en moi. Au fond du cercueil, mon chat poussait des miaulements désespérés. Le deuxième chien s'est lancé à son tour. Un molosse ! Je l'ai saisi à la gorge et l'ai projeté contre un arbre. Il s'y est écrasé comme un fruit trop mûr, et a cessé de bouger.

Son congénère a hésité. Son maître venait d'apparaître sur le sentier. Il tenait un fusil à la main.

Manteau relevé, je me suis avancée vers lui. Ce n'était pas un vieil homme. Il a bredouillé :

– Qu'est-ce que...

– Partez. Partez, je ne veux pas vous faire de mal.

Je l'ai vu hésiter puis épauler son arme. Je devais avoir l'air effrayante ; j'avais tué l'un de ses chiens.

Avant même qu'il ait eu le temps de poser son doigt sur la gâchette, j'étais sur lui. Nous avons basculé dans l'herbe mouillée. Sans attendre, j'ai planté mes dents dans son cou. Le sang a jailli. J'ai fermé les yeux, Wilfred. Jamais de toute ma vie je n'avais éprouvé un tel plaisir ! Le sang dégoulinait sur mon menton. Le chasseur s'est débattu quelques secondes puis a cessé de remuer lui aussi. Alors, je me suis relevée pour contempler mon œuvre. Je me dégoûtais. Je me dégoûtais, mais je savais que j'avais fait le bon choix. Notre salive contient des substances chimiques qui endorment nos victimes et effacent leur mémoire immédiate. Ce jeune homme n'était pas mort, il ne se souviendrait de rien à son réveil. J'ai tiré une montre à gousset de sa poche. Il était cinq heures : la nuit n'allait plus tarder. Impossible, tu l'imagines, de retrouver le sommeil. Tout mon corps était douleur. J'avais réussi à protéger ma peau, tant bien que mal, mais pas mes mains, pas mes doigts ! Je parvenais à peine à les replier.

Mes pensées tourbillonnaient. C'était la première fois que je mordais un humain et je comprenais maintenant pourquoi les Invisibles nous conseillaient de ne jamais nous livrer à de telles exactions. Je me sentais horrible, salie, meurtrière, le goût de cet homme était encore présent sur mes lèvres et je n'avais qu'une envie, c'était de recommencer.

C'était ma faute. Ce n'était pas ma faute. J'avais été victime des circonstances.

Je devenais le monstre que j'avais refusé d'être. Passer une seconde de plus dans cet endroit ? Plutôt me couper une main.

La présence de la comtesse m'irritait au plus haut point. Elle avait essayé de me parler encore, cette nuit, de s'imposer dans mon esprit mais, d'une façon ou d'une autre, je lui avais fermé la porte. Ou bien, je ne me rappelais plus. Quoi qu'il en soit, je devais partir. Le crépuscule s'annonçait.

Luna suçota le bout de sa plume. Elle se rappelait, à présent. Les mots d'Elizabeth. Ses cajoleries, ses chuchotements. *Luna. Ma Luna.*

Pour ce qu'elle en savait, personne ne pouvait déterminer quand la magicienne sortirait de sa torpeur, ni même si elle en sortirait un jour. Lorsqu'elle avait abordé le sujet avec Friedrich Von Erstein, à la suite de sa première rencontre avec la comtesse au cimetière de Highgate, il s'était contenté de secouer la tête.

– La torpeur est la seule solution trouvée par l'organisme du vampire pour éviter à celui-ci de mourir. Le corps se trouve dans un état d'animation suspendue et y reste jusqu'à régénération complète. Cela peut prendre quelques jours, ou plusieurs siècles ; nous sommes loin d'avoir percé tous les mystères du processus. Ce que nous savons en revanche, c'est que l'esprit demeure en sommeil pendant ce temps.

– En permanence ?

– On prétend que quelques vampires réussissent à communiquer par l'esprit avec certains de leurs congénères – ceux dont la formule sanguine est compatible avec la leur. C'est probablement de cette façon qu'Elizabeth est parvenue à entrer en contact avec toi. Mais il s'agit d'une entreprise pour le moins hasardeuse.

– Pourquoi ?

Le regard de l'Invisible était devenu très vague.

– Personne ne connaît les effets de cette « désincorporation » volontaire. L'esprit apprend à vivre sans le corps. Il y prend goût. Cela peut engendrer pour lui une terrible frustration. Blackwood te dira que des vampires sont devenus fous de cette manière ; tu lui demanderas. La meilleure chose à faire, lorsque l'on tombe en torpeur, c'est de ne rien tenter, de ne pas essayer d'échapper à l'emprise du sommeil. On dit que le temps ne passe pas pour ceux qui dorment. Mais à dire vrai, nous manquons de témoignages solides.

Il avait pouffé, un petit rire sans joie, et Luna avait opiné, rêveuse. Puis elle avait froncé les sourcils.

– Friedrich ?

– Mm ?

– Elizabeth n'est pas réellement une vampire, n'est-ce pas ?

L'homme s'était gratté la nuque.

– Pour être honnête, ma petite, je ne possède pas de réponse à cette question. Je n'ai jamais su qui elle était vraiment.

La jeune fille claqua son calepin et se leva. Le chat Watson, qui avait sursauté, se lança sur ses traces. La grange s'emplissait d'une lumière grise et poudreuse. Attrapant une poignée de porte, Luna fit coulisser un battant, puis l'autre, avant de remettre en place la lourde barre de sécurité.

Une nouvelle journée allait commencer.

L'après-midi était déjà bien avancé lorsque la jeune vampire rouvrit les yeux.

Toc. Toc.

Elle s'était réfugiée dans la paille, un trou humide empestant la moisissure. En son sommeil, la comtesse avait de nouveau entrepris de lui parler. Elle essayait d'échapper à sa voix. Elle commençait à y parvenir.

« Je pourrais partir, la laisser ici, revenir à Londres, avait-elle songé avant de s'endormir. Pourquoi est-ce que je ne le fais pas ? » La vérité, c'est qu'elle ne s'en sentait ni le droit ni le courage. Elizabeth ne lui voulait aucun mal, elle en avait la conviction. Et elle allait sauver Watson.

De plus, si ce qu'elle disait était vrai, si, bel et bien, l'ombre de Dracula s'étendait sur toute l'Angleterre, sa mission revêtait effectivement un caractère sacré.

Bien sûr, elle aurait pu aller trouver les Invisibles et tout leur raconter. Mais la comtesse l'avait mise en garde : elle s'opposerait à ce projet, fermement. Ses relations avec Blackwood et les siens étaient loin d'être aussi idylliques qu'on aurait pu le croire. Pour des raisons qu'elle refusait d'expliciter, elle était persuadée qu'un traître se dissimulait parmi eux. Le fait était, avançait-elle, qu'elle n'était pas tombée en torpeur par hasard. On lui avait tendu un piège.

Après qu'elle eut perdu conscience, les Invisibles l'avaient transportée dans leur repaire. Du moins, c'est ce que Sherlock avait prétendu. Mais c'était un mensonge. Une version officielle. En réalité, la garde privée de la comtesse, des agents humains acquis à sa cause exclusive, avaient pris les choses en main. C'étaient eux qui avaient placé Elizabeth dans sa crypte. Blackwood et les autres n'avaient pas la moindre idée de l'endroit où elle se trouvait. « Ils ne te disent pas tout, avait soufflé la comtesse à sa jeune protégée. Ils ne te diront jamais tout. Tu ne peux pas leur faire confiance. »

Toc. Toc.

– Police ! Ouvrez !

La jeune fille se redressa, le front en sueur. Elle n'avait donc pas imaginé ce bruit. Quelqu'un frappait, avec insistance. Devait-elle se manifester ? Elle pensa aux traces qu'avait laissées le Pneumonaute. Les policiers les avaient forcément aperçues. Ou bien quelqu'un leur avait signalé une activité anormale. Continuer à se cacher, c'était reconnaître qu'elle avait fait quelque chose de mal. Se mettant debout, elle entreprit d'ôter la barre de sécurité.

La porte fut ouverte. Deux hommes en uniforme se tenaient devant elle, sous la pluie. L'un d'eux portait des favoris et un casque brillant : le chef, probablement. Tant qu'elle restait dans la pénombre, elle ne risquait rien.

– Mademoiselle ?

Son comparse prenait des notes. Luna écarta une frange de cheveux.

– Désolée. Je dormais.

– Qu'est-ce que vous faites ici ?

Le second policier s'était déjà introduit à l'intérieur.

– Nous nous sommes installés pour la nuit, expliqua la jeune fille. Mais nous étions très fatigués et nous n'avons pas vu le temps passer.

– Nous ?

– Mon père et moi.

– Où est ton père, en ce moment ?

Luna décrivit un geste évasif vers les sous-bois, de l'autre côté du champ.

– Parti faire une course. Il va revenir.

– Je vois.

Le policier la scrutait avec une bienveillance sévère, à la recherche d'une trace de mensonge. Il désigna sa robe.

– Beaux vêtements. Ils sont à toi ?

Luna s'apprêtait à lui répondre lorsque son acolyte écarquilla les yeux.

– Chef ! Vous devriez venir voir ça !

L'homme se tenait devant le Pneumonaute, l'harmonium, plus exactement, dont il examinait les touches. Son supérieur se rapprocha en se triturant la moustache.

– Drôle de machine... Combien de temps ton père a-t-il dit qu'il s'absentait ? J'aimerais beaucoup m'entretenir avec lui.

Luna fit signe qu'elle n'en savait rien. Le second policier appuya sur une touche au hasard et recula, surpris par le son qu'il avait produit.

– Bizarre, pour le moins. Jamais vu une chose pareille.

Le chef retourna à la porte. Il s'impatientait.

– Vous parcourez les routes, je suppose. De village en village, hein ?

– En quelque sorte.

– Et où t'assieds-tu, quand il conduit ?

Elle montra l'espace derrière le fauteuil, près de la valise, là où le chat avait pris place. Le chef secoua la tête. Il ne paraissait guère convaincu.

– Vous n'avez pas le droit de vous trouver ici. Propriété privée.

– Je sais. Je vous ai dit...

– Je devrais vous fiche une amende.

– Nous allons partir.

Le policier tapa dans ses mains.

– Excellente idée. Nous n'aimons pas les ennuis, dans la région. Et nous n'avons que peu de sympathie pour les gens du voyage. Si ton père veut rester ici, il devra payer. Dis-lui bien ça, d'accord ? Tout a un prix. Nous reviendrons demain.

– Je lui dirai, monsieur.

– Bien.

Le chef des policiers porta deux doigts à son casque. Son collègue l'imita, et les deux hommes ressortirent sous la pluie battante. Leurs chaussures s'enfonçaient dans la boue. Plusieurs fois, ils se retournèrent. Luna restait sur le pas de la porte, souriante. Quand elle fut sûre qu'ils ne rebrousseraient pas chemin, elle se coula dans le poste de pilotage et empoigna les manettes. Presque immédiatement, la voix de la comtesse se fit entendre :

Tes pouvoirs, Luna.

– Quoi ?

Tu aurais pu te jouer de ces hommes. Éviter leurs questions stupides.

– Oui, mais…

Tu dois te servir des Arts Sombres.

Elle renifla.

– Personne ne m'a appris ça.

Moi, je vais t'apprendre.

Profitant de l'occasion, le chat était venu se blottir sur ses cuisses. Lâchant les manettes, elle lui gratta le menton.

– Qu'en pensez-vous, Watson ?

Sa voix résonnait sinistrement dans le silence de la grange. L'esprit de Watson, songea-t-elle, s'était rétracté au fond de ce corps et refusait maintenant de se manifester.

S'il était encore là.

À la nuit tombée, le Pneumonaute quitta la grange. Rester était trop risqué. Les policiers reviendraient, à n'en pas douter. Ils tiendraient promesse.

L'appareil avançait en cahotant sur le chemin semé de cailloux luisants. Bientôt, il rejoignit la route.

Luna, désormais, maniait le levier directionnel avec assurance. L'éclat jaunâtre des phares perçait l'obscurité glacée. Watson, lui, avait rejoint son abri favori derrière le fauteuil. La pluie était devenue très faible, et seul le doux ronronnement du moteur s'élevait dans la campagne. Rectiligne et noire, la route s'étirait. «Pas âme qui vive», remarqua la jeune fille. Posée sur le levier, sa main droite était rougie par le froid.

La voix de la comtesse, pendant ce temps, continuait de s'inviter en elle. En termes choisis, elle évoquait les Arts Sombres. Les efforts que requérait leur maîtrise. Des générations d'alchimistes, de magiciens et d'occultistes s'étaient penchées sur les pouvoirs des vampires. Le *De Vampyrii* lui-même avait tenté de les répertorier. Mais nul ne les connaissait mieux que les principaux intéressés.

Il existe sept Arts Sombres. Les trois premiers, ou primaires, sont l'Art du Fer, celui de l'Éclair et celui du Faucon. Ils correspondent à la force, la vivacité et l'acuité visuelle, et se divisent en trois degrés de maîtrise.

Les trois suivants, la Grande Métamorphose, le Grand Contrôle et le Grand Vol, permettent, respectivement, de se transformer, de contrôler les éléments et de voler ; cinq degrés de maîtrise pour ceux-ci.

Le dernier art ne porte pas de nom et, s'il en porte un, c'est un nom araméen si ancien que plus personne ne le connaît : celui-ci concerne les choses de l'esprit. On lui connaît cinq subdivisions, selon qu'il s'agit de lire les pensées des humains, de les hypnotiser, d'investir leurs rêves, de déformer la matière ou de tuer à distance. Les degrés de maîtrise de ces subdivisions s'élèvent, respectivement, au nombre de trois, cinq, sept, neuf et onze. Seuls les vampires les plus anciens maîtrisent les subdivisions supérieures. Des légendes antidéluviennes prétendent que Kaïne est le seul à pouvoir accéder au pouvoir ultime, celui du meurtre absolu – l'expression la plus pure du mal connue sur cette terre.

Luna laissa sa plume et considéra le cadavre du lapereau qui reposait à ses côtés. Elle avait vidé l'animal de son sang. Écœurée, elle le saisit par une patte et le lança dans l'eau. Le courant emporta aussitôt le corps.

Par un chemin escarpé, bordé de ronces et de broussailles, la jeune fille avait mené le Pneumonaute au bord d'une rivière et l'avait arrêté sous les frondaisons d'un vieil orme. Une douce clarté lunaire filtrait à travers les branchages, et l'eau scintillait avec des joies de ciel vierge. Le temps était dégagé, pour la première fois depuis des jours, et la cadette des sœurs Wilcox se sentait rassérénée.

Refermant son calepin, elle s'agenouilla sur la rive. Pour l'heure, nulle voix n'habitait plus son esprit; elle appréciait ce moment de liberté. Ses pensées étaient apaisées. Malgré le manque intolérable, malgré les craintes et les remords, elle *savait* que sa sœur était en vie: c'était bien plus qu'un pressentiment.

Plusieurs fois déjà, elle avait tenté de «toucher» Amber, utilisant la méthode que leur avait indiquée Bram quelques jours avant sa disparition. Entrer en contact avec ceux de son sang, vassal, suzerain, frère ou sœur d'une même morsure, était un pouvoir indépendant de tous les autres. Certains vampires le maîtrisaient mais il s'agissait d'une discipline complexe ; de la théorie à la pratique, le chemin était bien long. Les deux sœurs s'étaient rapidement découragées. « C'est comme marcher sur les mains, leur avait confié Bram, ou jongler avec trois balles. D'abord, on pense que c'est impossible. Et puis un jour, un déclic se produit. » Le moment était-il arrivé ? Pour la première fois cette nuit, sur son talus, Luna avait senti une présence : diffuse, lointaine, mais indubitablement réelle.

Le jour allait se lever. La jeune fille avait passé deux heures à se creuser un abri, tapissé de feuillages, dissimulé par des guirlandes de branches et de ramures. Dormir auprès de la comtesse était hors de question. Ses injonctions répétées et ses constantes mises en garde étaient une torture pour les nerfs. On ne pou vait compter sur les Invisibles ; Sherlock Holmes était un dilettante et Abraham Stoker (qu'elle ne connaissait pas, qu'elle n'avait jamais connu mais qui avait appartenu à la Golden Dawn) probablement un félon.

À tout instant, Luna s'attendait à ce qu'Elizabeth lui parle de sa sœur. Pour l'heure, elle continuait de s'en garder. Prudence ? Diplomatie ? Lorsqu'elle acceptait de regarder les choses en face, Luna devait bien en convenir : ce que la comtesse lui inspirait, ce qui l'empêchait de désobéir à ses ordres et de rentrer à Londres n'était pas seulement du respect. La peur était là, elle aussi. Tapie dans les profondeurs.

Le soir suivant, peu avant que la nuit n'achève d'envahir les plaines du Staffordshire, une violente averse de grêle se mit à cingler sur les bords de la rivière. Réveillée en sursaut, Luna resta un moment sonnée, les cheveux en bataille, au milieu du vacarme. Des rigoles boueuses s'écoulaient vers les eaux sombres. Les roues du Pneumonaute menaçaient de s'embourber. Sautant sur son siège, elle agrippa le levier.

Vite, l'exhortait la comtesse. *Vite !*

Les roues patinaient. Un instant, la jeune fille craignit que l'appareil n'arrive plus à repartir. Mais dans un rugissement nerveux, il s'extirpa finalement de son bourbier et bondit en avant, écrasant un arbuste au passage.

Brinquebalée, Luna se cramponnait à ses commandes tandis que son chat hurlait. Enfin, le Pneumonaute rejoignit le sentier caillouteux dont il s'était écarté et entama sa remontée, tous phares allumés. Le chemin ressemblait maintenant à un champ de bataille. Des massifs de ronces tremblaient dans la tempête. Les grêlons, eux, frappaient impitoyablement l'habitacle, rebondissant avec un bruit d'enfer. Le visage de Luna ruisselait, elle n'y voyait plus rien. L'espace de quelques secondes, le véhicule, qui avait heurté une pierre, resta immobile tel un prédateur fourbu. Puis il repartit doucement, tandis que la grêle continuait de s'abattre.

Luna.

La jeune fille ferma les yeux.

Luna, tu dois t'arrêter. Faire quelque chose.

– Que se passe-t-il ?

Le réservoir d'eth'r. Le globe ! Il est touché.

Lâchant sa manette, abritée sous son manteau relevé, la jeune fille s'accroupit devant le moteur. Le hublot de verre qui permettait de surveiller l'intérieur de la cuve était effectivement cassé. La jeune fille passa sa main à la recherche d'un souffle, puis se redressa et reprit place à son poste de pilotage.

Nous allons tomber en panne.

– Quoi ?

L'eth'r s'échappe. Je vais perdre mes forces.

– Que pouvons-nous faire ?

Il y a un bois. Pas très loin d'ici. Nous devons poursuivre vers le nord.

– Un bois ?

Ne discute pas. Obéis.

Luna hocha la tête, comme si la comtesse avait pu la voir. Quelques minutes plus tard, l'averse s'était calmée. D'énormes grêlons, brillant dans le feu des phares, achevaient d'agoniser sur les bords de la route. Fouettée jusqu'au sang, la campagne avait repris son souffle. Des exhalaisons de brume glacée montaient en volutes au-dessus des talus, s'accrochant aux arbres veufs.

À gauche.

« Fisherwick Wood » annonçait une pancarte de bois. Un nouveau chemin sinueux s'enfonçait à couvert. Le Pneumonaute s'y engagea. Il traversait une forêt enténébrée : un royaume à part entière. Les cimes se rejoignaient dans les hauteurs. L'obscurité était quasi totale ; seules la trouaient de curieuses étincelles vertes et fugitives.

Par endroits, des clairières s'ouvraient en plein ciel et le lait de la lune descendait entre les nuages, humectant le paysage de ses clartés. Des odeurs d'humus se mêlaient au vent, alors, et de grosses gouttes s'écrasaient sur la terre meuble, soulevant des nuages de vapeur.

Luna sentit son cœur se serrer. La nuit, ici, possédait une qualité particulière. C'était comme pénétrer en territoire inconnu.

– Où sommes-nous ?

La comtesse ne répondit pas ; la jeune fille sentait la présence de son esprit. Un soupir lui semblait sourdre du cercueil, un bruissement triste – plainte et douleur mêlées.

Arrête-toi.

Le moteur s'était tu. Pendant un long moment, seul le bruit de la pluie qui continuait de goutter des branches emplit le silence.

Puis, progressivement, de petites silhouettes brillantes se détachèrent des ténèbres, nimbées d'un halo vert pâle. Elles s'approchèrent de l'appareil. Il y en avait de toutes formes et de toutes tailles. Leur vol ? Un froissement d'ailes gracile, une mélodie soyeuse. Les larmes montèrent aux yeux de la jeune fille. Des détails surgissaient, fugaces, avant de s'effacer dans l'ombre.

Des ailes de cristal, des visages mutins, des corps humides et fins papillonnaient au creux des ténèbres. Leur expression était indéchiffrable. Elles s'agitaient en un ballet furieux, passant et repassant devant le réservoir d'eth'r, et l'air paraissait gonfler et se rétracter sous l'effet d'une respiration.

« Les fées », songea la jeune fille. Le filet argenté de leur course, les palpitations chlorophylliennes de leurs danses, mêlés aux relents de pluie et d'étoiles, frôlant les buissons et les hautes herbes.

Assise sur son fauteuil, Luna respirait sans remuer un cil. Cette danse d'un autre monde ne la concernait pas : le sortilège se dessinait sans elle. Elle attendait, au cœur de l'intense et léger tourbillon, que le cérémoniel s'achève. Sur ses genoux, oreilles baissées, le chat patientait lui aussi.

« Chère Amber », songeait la jeune fille.

Cher Wilfred,

Les fées, prétendent les grimoires, ne se montrent qu'à ceux qu'elles en jugent dignes ou qui possèdent les facultés nécessaires à leur invocation. De toute évidence, la comtesse faisait partie des heureux élus.

Elle les a fait venir, sais-tu ? Sans vraiment l'entendre, j'ai cru percevoir le murmure de sa litanie, les paroles sacrées ouvrant un passage vers leur royaume. Elle les a fait venir et les a forcées à danser. Un miracle aérien. Leur ballet fou, tourbillonnant, a produit en l'espace d'une heure toute la quantité d'eth'r dont son réservoir s'était vidé. Stoker affirme que cette substance n'est autre que l'énergie dégagée dans les limbes par le déplacement des âmes et que les fées elles-mêmes en sont constituées. Assurément, c'est là une pensée dérangeante, pour ne pas dire sacrilège. Mais t'es-tu déjà demandé, toi, d'où provenait réellement cette manne ? As-tu déjà remis en cause les dogmes établis par nos scientifiques, qui veulent que l'eth'r provienne simplement de notre atmosphère ? T'es-tu déjà interrogé sur la nature de Liverpool ?

Je sais ce que j'ai vu cette nuit, cher Wilfred. Le moment précis où l'une de ces créatures a projeté le sable vers le trou du globe et où le cône de son souffle brûlant a figé les poussières en une pâte translucide.

Les explications de Bram me reviennent en mémoire. L'eth'r peut rendre fou, prétend-il. Son afflux brutal, ses parfums chimériques, ses relents de mort ; une exposition prolongée dérègle les sens et perturbe la raison. La comtesse repose dans un poudroiement d'eth'r ; il est ce qui lui permet de parler en mon âme et de produire le souffle qui anime notre véhicule. Et s'il l'avait rendue folle, elle aussi ?

Retrouvailles

Pour un temps, Amber était sauve. New York avait refermé ses longs bras sur elle. New York était une vieille femme au sourire énigmatique et aux manières un peu folles.

– Je suppose que tu n'en boiras pas.

Assise dans un canapé aux accoudoirs en cornes d'abondance, la duchesse de Rasmussen désignait la théière que sa servante avait laissée sur le guéridon, accompagnée de deux tasses. L'aînée des Wilcox secoua la tête en lorgnant le cygne de papier posé en équilibre sur la commode. Où avait-elle déjà vu son pareil ? Elle rajusta ses boucles.

– Non, merci.

La pièce dans laquelle elles se trouvaient, immense, faisait tout à la fois office de salon et de chambre à coucher. Un lit à baldaquin, orné d'un rideau vert sombre, trônait à l'une des extrémités. Un élégant secrétaire en bois de noisetier, auquel étaient adossées trois chaises, faisait face à la porte à double battant qui menait au boudoir. De l'autre côté, le divan où se tenait la duchesse, et une commode où quelques livres gisaient à l'abandon. La décoration était sobre, mais exotique : le haut plafond, orné d'une bordure de type mauresque, répondait aux motifs bigarrés du papier peint et aux trois tapis d'Orient déroulés sur le parquet ciré. Une étonnante tête de dromadaire empaillée surmontait une petite table au pied décentré où avaient été disposées quantités de crèmes et d'onguents africains. Le chandelier, décoré de frises pourpres, aurait pu venir d'un conte des *Mille et Une Nuits*.

Petit doigt levé, la duchesse porta sa tasse à ses lèvres. Assise sur le rebord du fauteuil, les mains sur les genoux, sa jeune invitée admirait les gravures et les tableaux.

– Oui, j'ai beaucoup voyagé, fit la vieille dame en surprenant son regard. Mon dernier mari n'aimait pas cela. Sa mort a été un soulagement.

Amber laissa échapper un petit rire. Elle avait raconté à la duchesse une histoire d'enlèvement et de poursuite assez peu convaincante, et elle le regrettait à présent. De là à lui dire la vérité...

– Donc, reprit la duchesse une fois sa tasse reposée, tu n'as aucune idée de l'endroit où se trouve ton père mais tu connais un homme qui pourrait nous mettre sur la piste. Est-ce bien cela ?

– Oui.

– Et comment s'appelle ce monsieur, ma chérie ?

Amber haussa les épaules.

– Mon père ne m'a jamais dit son véritable nom, et j'ignore aussi où il habite. Tout ce que je sais, c'est qu'on le surnomme le duc de Manhattan.

– Un duc, hein ? Curieux. Jamais entendu parler d'un tel personnage. J'aime pourtant à croire que le gratin new-yorkais n'a plus de secrets pour moi. Es-tu certaine que c'est ta seule piste ?

La jeune fille hocha la tête.

– Eh bien, soupira la vieille dame en dépliant son long corps fatigué, voilà une affaire passablement embrouillée. Inutile d'alerter la maréchaussée pour autant. Mon premier mari prétendait que la police n'était capable que d'exciter les malfrats ; je te prie de croire qu'il s'y connaissait en la matière.

– Lucy ?

– Je suis là, ma chérie.

– Que faisait-il, votre premier mari ?

Elle avait trottiné jusqu'à son secrétaire pour ranger des papiers. Elle s'arrêta, sans cesser de lui tourner le dos.

– Ce serait compliqué d'en parler maintenant. Disons qu'il menait deux existences. L'une secrète et dangereuse, l'autre officielle et dangereuse aussi.

– Dangereuse comment ?

La vieille dame ouvrit un tiroir et se retourna vers sa jeune invitée, un pistolet à la main.

– Dangereuse comme la vraie vie. J'ai beaucoup appris à ses côtés – notamment à ne jamais négliger les ressources personnelles.

Le tiroir fut refermé, le pistolet glissé dans une poche. La duchesse tenait un gros livre entre ses mains. Elle vint se rasseoir.

– Cet autre monsieur qui en veut à ton père...

– Son associé.

– Voilà. Sais-tu quel genre d'homme il est ?

– Le genre rancunier. Le genre à ne reculer devant rien.

– Classique.

La vieille dame avait commencé à faire tourner les pages. Elle montra la couverture à Amber.

WHO'S WHO
NEW YORK
1888

– Le Bottin mondain local, expliqua-t-elle. Avec adresses et photos, la toute dernière édition. Si ton duc de Manhattan existe, son portrait se trouve forcément en ces pages. Sais-tu au moins à quoi il ressemble ?

– Peut-être, répondit mystérieusement la jeune fille. Puis-je ?

Elle tendait les mains vers l'ouvrage. La duchesse le déposa sur ses genoux.

– Je t'en prie. (Puis, agitant la clochette du plateau de thé.) Emma, mon petit, quelques litres de thé supplémentaires ne seraient pas malvenus.

Trois heures, marquaient les aiguilles de la petite pendule de table. Enfoncée dans le fauteuil Biedermeier du boudoir, Amber Wilcox laissait défiler les pages. Dans la chambre d'à côté, debout face à sa fenêtre en bow-window, la duchesse de Rasmussen contemplait l'avenue enneigée et ses lumières en songeant au long fleuve qu'avait été son existence. Elle avait été mariée à un monstre et elle avait aimé ce monstre. Elle avait été mariée à un mathématicien, puis à un riche d'homme d'affaires et elle avait oublié les parfums de l'amour. Elle avait visité Berlin, Budapest,

Saint-Pétersbourg et Shanghai, elle avait arpenté la savane africaine, parcouru à cheval les plages américaines de l'océan Pacifique, et que restait-il de cela, aujourd'hui ? Des souvenirs. Des blessures. Des images flétries, rangées au fond d'un album de poussière. Se pouvait-il que la vie fût ce train aux vitres teintées, égaré entre deux tunnels ?

– Duchesse ?

Elle retourna dans le boudoir. Debout, les yeux brillant d'excitation, la jeune fille montrait le *Who's Who* resté ouvert sur son fauteuil.

– Combien de fois dois-je te le dire ? soupira la vieille femme. Je ne veux pas que tu m'appelles Lucy, je l'exige.

– Je l'ai trouvé, Lucy ! J'ai trouvé le duc de Manhattan.

– Doux Jésus.

Amber lui tendit le livre, ouvert en sa moitié. Un portrait en médaillon fixait le lecteur d'un air sévère.

– « Colonel Anton Russel, déchiffra la duchesse en suivant du doigt la notice biographique. Retraité de l'armée américaine. Président de la Russel & Delano Company, entreprise de métallurgie… » Oui, ce nom me dit quelque chose. La photo, en revanche… (Elle plissa les yeux.) Alors ce serait lui, celui qui connaît ton père ?

– Je crois.

– Sauf ton respect, je dois m'avouer sceptique. Je ne vois pas du tout Abraham Stoker fréquenter ce genre de société.

La jeune fille réfléchit. Il lui était impossible d'expliquer à la duchesse ce qu'elle avait ressenti en contemplant cette photo. Était-ce la pâleur du visage, la dureté équivoque de ce regard, la flamme tout à fait *anormale* que l'on sentait palpiter en cet homme ?

– Il me semble que je l'ai déjà vu chez mon père, répondit Amber.

– Tu veux dire chez toi.

L'aînée des sœurs Wilcox balbutia :

– Oui, enfin, euh, chez nous.

La duchesse referma le volume et le rangea à sa place. Elle se demandait combien de temps la jeune fille continuerait de lui mentir. Combien de temps elle s'échinerait, elle aussi, à lui cacher la vérité. Abraham avait insisté pour la « préserver ». Après ce qui s'était passé, une telle prévenance paraissait légèrement absurde.

– Demain, déclara-t-elle, nous irons rendre visite à ce colonel Russel. Mais je veux que tu saches une chose, Sarah : je suis ton amie. Tu peux avoir confiance en moi.

– D'accord.

– Rien de ce que tu pourras me dire ne changera quoi que ce soit à l'affection que je te porte, poursuivit la vieille dame en regagnant son salon.

« Faux, songea Amber en lui emboîtant le pas. Mais nous en resterons là. »

Elle se trompait, bien sûr.

Elle s'écarta pour laisser passer la domestique qui débarrassait le plateau de thé. La duchesse hocha le menton.

– Antoinette va te montrer ta chambre, ma chérie. Le brunch est à onze heures mais je ne t'oblige à rien ; tu dois être épuisée.

La jeune fille acquiesça.

– Il est possible que je dorme longtemps.

– Comme il te plaira.

– Duchesse… euh… Lucy ?

La vieille dame farfouillait de nouveau dans son secrétaire.

– Ma chérie ?

– La chambre possède-t-elle une fenêtre ?

– Bien sûr. Mais elle donne sur la cour. Tu ne seras pas dérangée.

Amber hocha bravement la tête.

– Et des rideaux ?

– Ma foi, oui. Les rideaux te dérangent ?

– Non.

– Parfait.

– Lucy ?

La duchesse souriait.

– Pose-moi toutes les questions que tu veux.

– Je voudrais…

– Eh bien ? Dis-le !

– Je voudrais seulement être sûre que personne ne me réveillera tant que…

– Tant que tu ne l'auras pas décidé. Ne t'inquiète pas : il n'est pas dans les habitudes de cette maison de priver ses habitants de sommeil. Tu es ici chez toi. Et je serai là à ton réveil.

Amber découvrit sa chambre quelques minutes plus tard. Elle était plus petite que celle de la duchesse mais assez semblablement meublée. Couverts de tableaux et de silhouettes, les murs étaient ornés d'une frise simple. Des rideaux épais, frangés d'une étoffe moelleuse, ouvraient sur une fenêtre grillagée qui donnait, comme la duchesse l'avait promis, sur une cour intérieure. La jeune fille les ajusta le plus soigneusement possible et se retourna vers le lit sur lequel tombait une large tenture verte festonnée de mauve. La lumière ne tuait pas les vampires, Amber le savait, mais elle redoutait toujours de dormir en un endroit qu'elle ne connaissait pas.

Antoinette avait déniché dans l'armoire une chemise de nuit à sa taille. La vampire la passa prestement et attrapa sur le bureau un roman de Jane Austen, apparemment signé de la main même de l'auteur. Adossée au mur, elle ne parvenait pas à dépasser la première page. Oui, elle se trouvait en sécurité à Hoffman Arms, provisoirement. Son cœur se serra ; elle pensait à Bram. Sans doute, elle lui avait sauvé la vie en assommant Lord Ciceley. Mais pour combien de temps ? Et où se trouvait-il à présent ?

Les pensées de la jeune fille dérivèrent vers sa sœur. Incontestablement, et malgré ce qui, en apparence, les opposait, les épreuves vécues les avaient soudées l'une à l'autre. C'était une sorte de secret pour elles : personne ne les voyait jamais s'épancher. Elle savait, pourtant, ce que dissimulaient la timidité de sa sœur et ses propres bravades. Une seule et même crainte masquée : celle de savoir que chacune pouvait – et devrait peut-être un jour – s'en sortir sans l'autre. Une grâce unique demeurait lorsque cédaient les attaches du masque, et son nom était « amour ».

Jamais elle n'aurait pensé que Luna puisse lui manquer à ce point. Et ce n'était pas que sa cadette puisse la croire morte qui la faisait le plus souffrir. C'était qu'elle puisse imaginer, un seul instant, qu'elle l'avait abandonnée.

Plaquant ses doigts sur ses tempes, elle ferma les yeux et s'efforça d'évoquer son image. Puis elle laissa son crâne heurter le mur et, avec un soupir, reprit son roman de Jane Austen.

À quelques rues de là, dans ce qui pouvait être désormais considéré comme sa prison, Rebecca Wilcox avait enfoncé son visage entre ses mains. Posté sur le seuil, au premier étage de Black Manor, frère Tsarsko jetait sur elle un regard plein de mépris, en pianotant sur la commode.

De son point de vue, la jeune intrigante avait beaucoup de chance d'être encore en vie. Elle avait trahi le duc. Très probablement, elle avait causé la mort d'Alexandre. Le sort qui l'attendait ne faisait aucun doute, et elle ne devait certainement le sursis qui lui était octroyé qu'à la volonté du maître des lieux d'en apprendre plus sur elle et sur ses éventuels mobiles. Pour sa part, frère Tsarsko l'aurait tuée sans attendre si on lui en avait laissé le loisir.

Rebecca releva la tête. Ses joues étaient mouillées de larmes. Elle croyait savoir ce qui allait se passer, elle aussi, et tout espoir était mort en elle. C'était d'autant plus rageant qu'elle savait désormais parfaitement où se trouvait le fragment du Venefactor. En fouillant dans la correspondance du duc, entretenue avec les membres d'un clan allié de Philadelphie, elle avait enfin découvert ce qu'elle cherchait. Juste avant – hélas – que le maître des lieux ne devine son imposture. Trop tard pour passer à l'action.

– Alors ?

Elle sursauta. Frère Tsarsko lui avait posé une question.

– Je n'ai pas entendu.

Il émit un claquement de lèvres impatient.

– Je te demandais si tu avais la moindre idée de la façon dont tu allais mourir, répéta le vampire. Quelque chose me dit que c'est le cas.

Elle ouvrit la bouche. Cette brute ne valait pas la peine qu'on lui réponde, mais il ne la laisserait pas en paix.

– J'ai vu le duc à l'œuvre, rétorqua-t-elle.

Son geôlier secoua la tête.

– Tu n'as rien vu, répliqua-t-il avec délectation. Alexandre s'est débattu, il est mort presque par accident. Toi, tu brûleras. Nous avons un lieu pour cela. Dans les profondeurs...

Rebecca marcha jusqu'à la fenêtre. De solides barreaux d'argent la scellaient, protégés par des volets assortis : la geôle parfaite.

Rien de ce qu'elle pourrait dire ou faire maintenant ne lui permettrait d'échapper aux tourments que lui promettaient les Raskolnikov. Le seul espoir qui lui restait était d'emporter son secret avec elle.

– Les profondeurs, reprit frère Tsarsko en tortillant sa moustache. Je serai là. Je te verrai te débattre. À moins, bien sûr, que tu ne te décides à avouer tes fautes.

La jeune femme pivota pour affronter son geôlier. Des promesses de torture. Avouer était inutile. Quand elle aurait dit au duc ce qu'il souhaitait savoir, elle ne lui serait plus d'aucune utilité. Elle devrait se montrer forte, plus qu'elle ne l'avait jamais été.

– Quand vas-tu te décider ?

Rebecca ferma les yeux. Des souvenirs lui revenaient en mémoire, des scènes au charme vénéneux qu'elle devrait à tout prix tenir à l'écart le moment venu mais dont, pour l'heure, elle pouvait encore librement se repaître.

La nuit où elle avait rencontré Dracula. La nuit où elle était devenue sa *créature*.

Oh, certes, elle avait aimé son mari. Elle avait aimé ses belles-filles, aussi, Amber et Luna, sa maison, son existence tranquille et luxueuse, les attraits de la ville. Mais elle devait admettre que tout cela n'était rien comparé à ce que le comte lui avait fait découvrir. Une fois encore, elle le sentait maintenant jusque dans la moelle de ses os : la passion qu'elle éprouvait justifiait tous les sacrifices, toutes les douleurs.

Et toutes les trahisons.

Hadès

Liverpool : ville des morts et de l'eth'r. À la jonction de Chapel Street et de Tithebarn Street, là où Luna, au soir de la première nuit, avait garé le Pneumonaute, son regard, un instant accroché par la flèche baroque de Saint-Nick, s'était perdu dans les brumes de la Mersey. Après quoi, alerté par le grondement d'orage permanent, le grésillement des arcs électriques, les ombres des dirigeables, il s'était porté vers le ciel, un ciel « plus noir qu'un songe de machine, plus agité que les pensées d'un mort », selon les mots d'un poète natif, où se déployait une activité frénétique.

La jeune fille avait descendu l'une des rues principales, ses deux mains serrées sur la manette directionnelle, et la voix de la comtesse avait empli son esprit en une litanie ininterrompue : *Prends garde, tourne à gauche, ne prête pas attention aux recruteurs, ils cherchent des ouvriers à la nuit, cela n'est pas pour toi, il y a un hôtel trois blocs plus bas, ils te laisseront garer le véhicule.* Mais Luna avait à peine écouté. En un clin d'œil, tout – souvenirs, angoisses, questions – s'était trouvé annihilé par l'intensité du spectacle qui s'offrait à ses yeux.

Lors de sa première nuit à Liverpool, elle avait cru devenir folle. Mais après un temps, aux abords du troisième et du quatrième soir, elle s'était surprise à apprécier la ville, à lui reconnaître de troubles séductions, de la même manière que l'on apprend à goûter, de façon aventureuse, un sommeil trop agité ou une musique assourdissante. L'âme de Liverpool s'insinuait en elle. Son pas devenait plus vif, ses gestes plus assurés, et elle se sentait toujours fiévreuse, sur le qui-vive. Les Londoniens, et les Anglais en général, qui jalousaient autant qu'ils craignaient les habitants de la ville, prétendaient que ces derniers souffraient d'une affection des nerfs, alternant phases de suractivité et de langueur mélancolique. Présence des morts ? Présence de l'eth'r ? Les deux, affirmait Bram. Car au fond, il s'agissait de la même chose.

Cher Wilfred,

Où suis-je ?

Liverpool a été comparée à une ruche géante, à un labyrinthe de métal, à un asile d'aliénés, à l'enfer lui-même.

Assis devant la fenêtre de la chambre d'hôtel, Watson ronronnait en agitant la queue. La cadette des sœurs Wilcox se leva pour le rejoindre. Peut-être Amber était-elle rentrée, à présent.

Wilfred avait-il pu prévenir les Invisibles ?

Londres lui manquait, et ses habitants aussi, mais la pensée de sa sœur, inquiète, au désespoir, était pour elle un authentique crève-cœur. La comtesse la torturait. Il fallait en finir avec cette ville.

Rien ne saurait rendre compte de sa démesure. Deux millions d'ouvriers, de manœuvres et d'ingénieurs y ont élu domicile, attirés par les récits de fortune rapide ou de gloire scientifique majeure. La plupart, évidemment, ont dû déchanter. Mais ils sont restés sur place, bientôt rejoints par des dizaines de milliers de touristes venus du monde entier pour visiter l'Hadès – un extraordinaire nuage noir, grossissant sans cesse, et sans cesse traversé d'éclairs colorés, stabilisé depuis vingt ans entre ciel et terre où se retrouvent, dit-on, les âmes des morts, et faisant le bonheur des médiums et des spirites de tout poil.

Reposant sa plume, la jeune fille laissa de nouveau son regard errer au-delà des toits. Le spectacle était fascinant. Le majestueux hôtel de ville, la cathédrale anglicane et ses tours jumelles, le pont des Arts et ses arches triples, les buildings de la White Star Line, de la Cunard et de la Banque d'Angleterre, le phare du Levant se dressaient au cœur d'une jungle de béton et de métal. Là régnaient les plus grandes usines du monde, là se déployaient passerelles, tourelles d'acier et aqueducs rutilants.

Sur la Mersey, paquebots et cuirassés mécaniques se frôlaient avec des mugissements de tempête. Des dizaines de dirigeables, de toutes tailles et de tous pavillons, flottaient au-dessus de ce paysage dantesque, rattachés au sol par des câbles longs parfois de plusieurs centaines de pieds, et des myriades d'aérostats à hélices bourdonnaient jour et nuit entre ces monstres pachydermiques, emplissant le ciel de leur grésillement ininterrompu.

J'écris pour moi, à travers toi, parce que je ne puis porter seule le poids des événements qui se succèdent à présent, mais qu'il m'est impossible de m'y soustraire. Quatrième nuit ici. Elizabeth Báthory ne me laissera pas en paix tant que ses hypothèses n'auront pas été confirmées. Que se passera-t-il ensuite ?

Il me faut, à ce stade, évoquer Lord Sallingham et les funestes complots qu'il fomente à l'encontre du royaume d'Angleterre.

Je t'ai déjà parlé, je crois, de l'eth'r. Depuis la découverte du fameux fluide, quarante ans auparavant, par un groupe de scientifiques oxfordiens, Liverpool en est devenue sa capitale mondiale. Elle abrite pas moins de quatre cents usines de toutes formes et de toutes tailles, dont douze forteresses (centres fortifiés de pompages d'eth'r) et quatre usines-cathédrales consacrées au raffinement de masse. Les forteresses assurent l'extraction atmosphérique et souterraine de l'eth'r par de gigantesques tuyaux, dressés vers le ciel ou enfoncés dans les entrailles de la cité. Au moyen de pipelines, elles sont reliées les unes aux autres et des accords sont régulièrement passés entre leurs propriétaires, impliquant des transferts d'énergie censés pallier les problèmes de surproduction ou de disette.

Ces transferts sont soumis à des réglementations très strictes. Les tuyaux sont verrouillés par des soupapes blindées dont l'accès est protégé par des codes réputés inviolables. Les postes de contrôle gardant l'entrée des soupapes, par ailleurs, sont surveillés vingt-quatre heures sur vingt-quatre.

La jeune fille se massa le poignet. Dans la chambre voisine, un couple se disputait avec ardeur. L'auberge *Red Knight*, située sur Chapel Street, consistait en un immeuble de cinq étages. Par ailleurs vétuste et mal entretenu, l'endroit possédait l'avantage d'abriter un hangar à voiture, de sorte que l'on pouvait y ranger le Pneumonaute en toute quiétude. Suivant les conseils de la comtesse, Luna avait exercé son «pouvoir» sur le tenancier pour s'éviter d'avoir à payer quoi que ce soit. Au petit matin de la deuxième nuit, elle s'était pareillement attaché les services d'un jeune commis – les enseignements de son mentor, devait-elle reconnaître, commençaient à porter leurs fruits – afin qu'il lui achète un guide de la ville et le dépose sur son palier.

Elle compulsait l'ouvrage en question, désormais, à la lueur d'une chandelle de suif, et ses pensées s'égaraient. Au bout d'un moment, elle se remit à écrire.

Lord Sallingham, industriel millionnaire et conseiller du maire de Liverpool, possède l'une des plus grosses forteresses de pompage, située aux abords des quais. Je la vois de la fenêtre de ma chambre. Elle est construite autour d'un phare de pierre où se trouvaient jadis, dit-on, les appartements privés du maître des lieux aujourd'hui désertés.

D'après la comtesse et, à la modeste mesure de mes connaissances, je crois maintenant la chose techniquement possible, Sallingham a trouvé un moyen de prendre le contrôle des autres usines et de «forcer» l'acheminement de fluide vers la sienne en soudoyant les responsables des postes de contrôle. Le moment venu, il communiquera ses ordres : tout l'eth'r de Liverpool convergera alors vers une usine unique pour y être stocké. La comtesse affirme qu'une seconde usine a été creusée sous la première, la face cachée d'un iceberg grandiose, capable d'abriter des quantités vertigineuses de fluide magique. À quelle fin ? Elle ne semble pas capable de l'expliquer avec précision. Mais elle pense que Sallingham et Dracula sont en contact et qu'ils visent un but commun. Il importe donc, le plus rapidement possible, de trouver des preuves incriminant le conseiller. Elizabeth était sur le point d'exhiber ces preuves avant de tomber en torpeur. Le temps presse : soit nous convainquons la Couronne de mettre un terme aux activités de Lord Sallingham, soit nous prenons le risque d'une catastrophe majeure.

Dès qu'il aura réuni les quatre fragments du Venefactor, Dracula passera à l'action, la comtesse est formelle.

Relié à son usine par un câble d'acier, le Jaggernaut *– le dirigeable du lord – flotte au-dessus de la Mersey toutes lumières éteintes. Les journaux indiquent qu'une réception doit y être donnée d'ici quelques nuits pour accueillir une* *délégation de mécènes américains. La comtesse pense que nous devrions saisir cette occasion pour nous introduire à l'intérieur et dérober les documents convoités. Elle estime que notre tâche sera facilitée par la présence de nombreux invités.*

Je ne saurais te dire, cher Wilfred, ce que m'inspire la mise en place d'un tel projet. Lorsqu'il me prend la fantaisie de lister toutes les objections qui me viennent à l'esprit, je ne parviens plus à m'arrêter. En vrac :

Je suis trop jeune.

Je n'ai pas d'expérience.

J'ai peur.

Personne ne sera là pour m'aider.

J'ignore ce que je dois chercher, où je dois le chercher – j'ignore même si ce que je dois chercher existe pour de bon, et la comtesse est incapable de m'en dire plus.

Nous devrions confier cette mission aux Invisibles. Nous devrions confier cette mission à Sherlock.

Je suis éreintée.

« À quoi la comtesse rétorquerait, songea Luna, que je suis déjà arrivée jusqu'ici en dépit de mon jeune âge, que l'expérience s'acquiert, que la peur est un moteur puissant, qu'elle sera là, elle, que je saurai où chercher, que les Invisibles comptent un traître dans leurs rangs, que Sherlock est peut-être celui-ci, qui sait ? Et que je dormirai lorsque je serai morte. »

Le soir venu, dès son réveil, la jeune fille se mettait en chasse. Rats dodus, mouettes fatiguées, chiens errants – la nourriture ne manquait pas aux abords des quais. Luna parait au plus pressé. Au détour d'une ruelle, elle fondait sur ses proies telle la foudre, et dissimulait les cadavres dans les ordures après en avoir extirpé les sucs tièdes. Ces agapes sanglantes la révulsaient, la renvoyaient à sa nature de prédatrice affamée. Elle s'efforçait de les oublier aussitôt.

Le reste du temps était consacré à l'attente et à la lecture. En ce qui concernait sa mission, Luna Wilcox savait désormais tout ce qu'elle devait savoir.

«Dois-je terminer cette lettre?» La jeune fille s'étira. Les nuits succédaient aux nuits, noires et brillantes. Liverpool était Babylone, un labyrinthe, une machine, un bouillonnement sur lequel planait sans relâche un halo de salpêtre. La cadette des sœurs Wilcox se levait à peine le soleil couché et laissait le chat sur son lit. L'océan flambait encore mais, déjà, le cœur de la cité se teintait d'un noir de rouille. Les tours, les flèches, les clochers, les cheminées étaient sales comme le ciel endeuillé qui descendait sur eux. Par-delà des rues qui ne menaient nulle part, par-delà les tours et la monotonie crasseuse des faubourgs roulait, avec des fureurs de vieillard, le glorieux nuage Hadès. Aimantés par sa masse, des aérostats aux ancres lasses erraient aux alentours. L'outre-monde gisait là, quelque part, et Luna s'accoutumait à cette existence.

Elle écoutait les histoires de fantômes, de naufragés, de fulgurantes fortunes. Elle regardait les dirigeables se fondre dans l'Hadès. Elle se délectait des cauchemars fumeux et de la nuit industrieuse. Elle attendait, en essayant de ne pas penser.

En vérité, elle était au désespoir. «Sentir» Amber ne lui suffisait plus. Aux abords de l'aurore, une heure durant, elle essayait d'entrer en contact avec l'esprit de sa sœur ainsi que la comtesse avait consenti à le lui enseigner.

Elle visualisait ses traits, enrobait de son souffle son image mentale, chuchotait à travers les ondes ; en pure perte. *Sans doute ta sœur ressent-elle ta présence*, prétendait Elizabeth. *Mais peut-être est-elle incapable de te répondre. Ou ne le veut-elle pas.*

La comtesse suspectait tout le monde : telle une armée d'oiseaux assombrissant le ciel, ses soupçons se déployaient et gagnaient Luna par contagion. Où se trouvaient les Invisibles en cette heure ? Ils s'étaient révélés impuissants à empêcher la disparition de sa sœur, et la sienne à présent.

Plusieurs fois, la jeune fille songea à câbler Londres. Mais elle se garda bien de le faire. Accorder sa confiance aux adultes excédait ses forces. D'une certaine façon, elle regrettait Wilfred. Écrire son nom n'était pas si innocent.

Chaque soir, avant de partir, elle prenait soin de laisser la fenêtre ouverte pour son chat. Quand elle rentrait, au petit matin, il se faufilait vers elle avec le plus parfait naturel. De son aventureuse vie nocturne, elle ignorait tout, mais ses miaulements insistants ne plaidaient guère en faveur de la présence du vrai Watson.

Oui, lui susurrait Elizabeth aux premières heures de l'aube, *ton ami est loin, très loin, profondément enfoui : mais il n'est pas parti.*

Chassés-croisés

Dix heures trente : New York s'enfonçait dans la nuit. Emmanuel Pervak regarda autour de lui. Par les trous de son masque, la ruelle paraissait plus étriquée encore. Plus solitaire et plus crasseuse.

Où étaient passés les autres ? Sa première victime, une jeune fille des rues, affalée sans connaissance sur un tas de neige grisâtre, achevait de perdre son sang. La poitrine du vampire se gonfla. Cette mascarade ne l'amusait plus.

– Bonsoir.

Il pivota, sur le qui-vive. La silhouette qui s'avançait ne lui était pas familière. Des cheveux roux en bataille, un bandeau sur l'œil, un haut-de-forme constellé de neige ôté pour un salut.

– Qui es-tu ? Je ne te connais pas.

– Non.

L'aura du nouveau venu vibrait d'un bleu intense, celui du calme et de la maîtrise. Une arme brillait à son poing.

Pervak se préparait au pire. L'inconnu secoua la tête.

– Ce pistolet est chargé de six balles d'argent. Je suis plutôt bon tireur, aussi ne puis-je que te conseiller de garder ton calme. Ne t'inquiète pas. Je ne veux que discuter.

L'autre leva les mains.

– Je préférerais que tu baisses cette chose.

– Je m'en doute. Mais je ne le ferai pas. Plus vite tu me diras ce que je veux savoir, plus vite je repartirai. Votre petit jeu peut attendre, il me semble.

– Parle.

Les pieds fermement campés dans la neige, l'étranger se tenait au centre d'un disque de lumière formé par un réverbère.

– Tu habites Black Manor.

Pervak ricana.

– Tu m'as suivi jusqu'ici pour me demander où je vis ?

– Je cherche une femme.

– Ce n'est pas cela qui manque.

– Une femme arrivée il y a peu de temps. D'Europe.

– Je vois.

– Tu la connais ?

– Possible.

L'étranger esquissa un sourire.

– Bien. Peut-être ne me suis-je pas montré assez clair…

Une détonation résonna dans le silence. Avec un gémissement affolé, Emmanuel Pervak s'affala en se tenant la jambe. Une tache de sang s'élargissait au niveau de sa cuisse. Un bredouillement lui échappa :

– Mon Dieu, as-tu perdu la raison ?

– Je n'ai pas de temps à perdre. Qui est cette femme ?

Pervak cracha.

– Maria. Par la peste. Ma… Maria Zyrianov.

– Décris-la.

Le vampire serrait les dents.

– Blonde. Brune. Les cheveux bouclés. Ah, je ne sais pas. Sois maudit. Elle utilise des teintures. Elle prétend être russe mais elle ne possède pas le moindre accent. Tu m'as tiré dans la cuisse, imbécile.

– Et le duc ?

– Quoi, le duc ?

– Est-il à New York ? Est-il avec elle ?

– Il est rentré il y a peu, répondit Pervak en reprenant son souffle. Mais il y a eu un problème.

– Quelle sorte de problème ?

Le vampire leva sur lui un regard accablé.

– Je ne suis pas dans le secret des dieux. Il y a eu un mort : Alexandre, un favori du duc. Son Excellence l'a surpris à fouiller dans ses effets personnels. Un combat s'est ensuivi. Cette Maria pourrait être mêlée à l'affaire. Je souffre, ne le vois-tu pas ?

– Si. Continue.

Pervak secoua la tête.

– Récemment, l'attitude du duc à son égard a changé. Il s'est figuré qu'elle lui avait peut-être menti. Qu'elle avait peut-être poussé Alexandre à lui dérober quelque chose.

– Quoi ?

Pervak mima l'impuissance.

– Je n'en ai aucune idée.

– Quel dommage.

Le vampire hocha vivement la tête. L'étranger s'avançait vers lui sans cesser de le tenir en joue.

– Dis-moi ton nom.

– Pervak. Emmanuel Pervak. Mais je te jure que…

– Oui, fit l'autre en s'arrêtant à trois pieds de lui, canon braqué sur son visage. J'aime quand tu jures. Et tu vas le faire encore.

– Tout ce que tu veux…

– As-tu déjà entendu parler du Venefactor ?

– Du quoi ?

– « Non » est donc ta réponse.

– Oui, répondit Pervak en reculant sur la neige, je veux dire, non, je n'ai pas la moindre idée de ce dont tu parles.

– Cette Maria, tu ne la portes pas dans ton cœur, n'est-ce pas ?

Le vampire ferma les yeux.

– Elle n'est pas une Raskolnikov.

– Et cette chose que cherchait Alexandre, crois-tu qu'elle la cherchait aussi ?

– Je ne sais pas. J'imagine que c'est une possibilité.

L'étranger s'esclaffa.

– Tu es vraiment tenu à l'écart des secrets de ta cour, dirait-on. Le duc ne te juge sans doute pas digne de confiance. Qui l'en blâmerait ?

Pervak protesta :

– C'est toi qui me demandais…

Tandis qu'il parlait et qu'il s'efforçait de garder l'attention de son agresseur, sa main glissa le long de sa botte. Sa dague était glissée là. Son unique chance.

– Bien, fit l'étranger. Je crois qu'il me reste à te remercier. Je suis désolé d'avoir dû recourir à cette…

Un éclair traversa la pénombre. D'un geste vif, Emmanuel Pervak avait tiré sa dague et bondi sur son ennemi.

Mais ce dernier fut plus rapide.

Une nouvelle détonation résonna au-dessus des toits. Le corps du vampire retomba dans la neige, inerte. Un trou sanglant ornait le milieu de son front. Sans perdre un instant, l'étranger ramassa la dague, le retourna sur le dos et lui planta sa lame dans la gorge. Le sang s'échappa à gros bouillons.

Reculant d'un pas, le meurtrier regarda le corps se vider. Puis il le traîna à l'écart, derrière un amoncellement de tonneaux, et découvrit qu'un vieil homme se tenait là, à demi endormi, affalé sur un tas de bûches.

Le clochard agita frénétiquement ses mitaines. Son visage était couperosé.

– Ne me... Ne me faites...

L'homme sourit, puis désigna le cadavre de Pervak.

– On dirait bien que la chance t'a souri, l'ami. Ton futur assassin a perdu au jeu de la vie et de la mort. Un jour de plus pour toi sur cette terre.

Le colonel Anton Russel habitait un riche palais Renaissance tout près du coin de la Cinquième Avenue et de la Soixante-cinquième Rue. Le cab personnel de la duchesse de Rasmussen, avec ses deux énormes roues, stationnait de l'autre côté de la rue. Juché sur sa banquette arrière, surélevé, le cocher avait sorti une pipe de son gilet.

Amber Wilcox, elle, avait revêtu le long manteau à bords festonnés que lui avait acheté son amie la veille. Évidemment, elle avait dormi jusqu'au soir. Évidemment, on l'avait laissée faire. Dîner ? Cinq steaks bien saignants auxquels elle n'avait en apparence pas touché mais la duchesse n'avait émis aucun commentaire. Hoffman Arms était bien le havre de paix annoncé.

– Qu'attendons-nous, ma chérie ?

La duchesse referma son poudrier ; elle achevait de tamponner ses pommettes. Dans la situation où elle se trouvait, l'aînée des Wilcox appréciait de plus en plus sa compagnie. Jamais de questions embarrassantes. Jamais de jugements à l'emporte-pièce.

– Nous attendons que quelqu'un sorte.

– Pourquoi ne vas-tu pas simplement sonner ? Il est onze heures, mais les lumières sont allumées. Ces gens-là se couchent tard, crois-moi.

La jeune fille ne répondit pas. Plus que jamais, elle se sentait coupable. Coupable d'avoir abandonné sa sœur. Coupable de n'avoir pas sauvé Stoker.

– Sarah ?

La duchesse secouait le bras de sa jeune amie. Un homme et une femme venaient d'apparaître sous le porche de la maison.

Amber se redressa et agrippa la poignée. La duchesse la retint.

– Veux-tu que je t'accompagne ?

– Non, fit la jeune fille en posant un pied à terre. Simplement… Ouvrez l'œil.

– Toujours.

Amber traversa la rue en hâte. Un fiacre attendait l'homme, qui finissait de discuter avec la femme. Celle-ci portait une robe de chambre sur laquelle avait été posé, manches pendantes, un manteau de fourrure. L'aînée des sœurs Wilcox plissa les yeux. Elle ne reconnaissait nullement Rebecca, pas plus qu'elle ne distinguait la moindre aura autour du couple, sinon une vague brume grisâtre. Elle s'arrêta derrière le fiacre. « Je suis folle, songea-t-elle. Si cet homme est le duc de Manhattan… »

– Besoin d'aide ?

Ce n'était pas lui ; elle le sut à la seconde même où elle croisa son regard. Ce n'était pas l'homme de la photo, le personnage au visage sévère qui semblait lire dans ses pensées.

– Je cherche quelqu'un.

Elle était sortie à découvert. La femme ramena son manteau sur ses épaules.

– Qui donc ? Es-tu seule ici, ma petite ?

Amber secoua la tête.

– Vous… Vous n'êtes pas le colonel Anton Russel ?

L'homme haussa un sourcil et tira sur les revers de sa redingote.

– À qui ai-je l'honneur ?

– Je suis désolée, se justifia la jeune fille. J'ai trouvé votre adresse dans un annuaire et…

– Un annuaire ?

– Le *Who's Who.*

L'homme tapa dans ses mains gantées.

– Alors, tout s'explique. Je ne corresponds pas à la photographie, c'est ça ?

L'aînée des Wilcox hocha la tête, très surprise.

– Il y a eu une erreur, reprit le colonel. Dans la dernière édition en date. Mon portrait et celui d'un autre individu ont été intervertis.

– Échangés ?

– J'ai signalé la méprise, n'est-ce pas, Emily ? (La femme approuva docilement.) Seulement, on m'a fait comprendre qu'il était trop tard en ce qui concerne cette impression. Il faudra attendre la prochaine.

Amber restait sans voix. Tout s'éclairait.

– Et… avez-vous l'adresse de… l'homme avec lequel on vous a confondu ?

Descendu de sa banquette, un cocher était venu ouvrir la portière du colonel et attendait patiemment.

– Est-ce un parent à toi ?

La jeune fille indiqua le cab de la duchesse.

– Un ami de ma grand-mère, plutôt. Mais elle ne peut plus marcher.

– Oh.

L'homme s'engouffra dans son fiacre, et Amber crut un instant que les choses en resteraient là. Mais sa tête ne tarda pas à ressortir.

– Black Manor. 898, Madison Avenue, au coin de la Soixante-douzième. Un certain Raskolnikov, voilà tout ce que je peux te dire.

Amber remercia avec chaleur. La femme sur le perron s'en retourna, non sans avoir adressé au colonel un signe de la main. Un coup de fouet, et les chevaux s'agitèrent. La jeune fille regagna son cab en regardant le fiacre s'éloigner.

– Ce n'est pas lui.

– Plaît-il ?

– Il y a eu une erreur dans le *Who's Who*. Mais j'ai une nouvelle adresse. 898, Madison Avenue.

– Allons bon.

La jeune fille fit la moue.

– Je sais. Je suis désolée. Vous pouvez me laisser, si vous préférez.

La duchesse gloussa.

– Aurais-tu perdu la raison, ma chérie ? Nous nous sommes engagées dans cette affaire ensemble. Nous devons nous serrer les coudes.

Amber la dévisagea, interloquée.

– Mais rien ne vous oblige à m'aider.

– C'est toi qui le dis.

Elle se retourna vers la grille qui les séparait du cocher.

– Herbert !

– Madame ?

– Éteignez-moi cette pipe, d'abord. Et filez au 898, Madison Avenue. La nuit ne fait que commencer...

Le duc de Manhattan avait croisé les bras.

– Tu resteras muette, n'est-ce pas ?

Rebecca ne répondit pas. Avec sa robe de soie mauve, le collier d'argent et de pierreries qu'il lui avait offert et ses cheveux blonds bouclés, elle lui paraissait plus jeune et plus désirable que jamais. Mais avait-il le choix ?

– Je te le répète, déclara-t-il. Si tu parles, si tu me dis qui t'envoie, je t'absoudrai – pour peu que tu acceptes de travailler sous mes ordres.

– Votre cour me hait.

– Depuis ton arrivée, en effet. À présent, les miens se sentent trahis. C'est qu'ils ignorent à quelles extrémités peuvent parfois conduire des responsabilités telles que celles qui nous incombent.

La jeune femme se contenta de sourire. Assise face aux volets clos, elle baissa les paupières. Les aiguilles de la pendule indiquaient onze heures quinze.

– Vous avez raison au moins sur un point, fit Rebecca dans un souffle : je resterai muette. Je sais le sort que vous me réservez.

– Que veux-tu dire ?

– Frère Tsarsko m'a parlé…

Le duc de Manhattan s'accroupit devant elle.

– Ne crois pas ce que les autres te disent. Crois ce que je dis, moi. Je suis seul maître en mon royaume. Sais-tu qui était mon suzerain ? As-tu seulement entendu parler d'Ivan Raskolnikov ?

Rebecca secoua la tête.

– Votre Excellence !

On frappait à la porte avec insistance. Le duc de Manhattan se redressa pour aller ouvrir. Affolé, l'un des frères Fiodorov se tenait au chambranle.

– C'est Pervak, Votre Excellence. Nous avons retrouvé son corps…

Le maître des lieux se retourna vers Rebecca qui le considérait sans comprendre. Il la désigna à son vassal.

– Ne la quitte surtout pas des yeux.

– Bien, Votre Excellence.

Dévalant les marches, il se précipita dans le vestibule où l'essentiel de sa cour était déjà massé. Sirine le Noir, l'un de ses plus fidèles lieutenants, releva la tête. Emmailloté dans une couverture, le corps d'Emmanuel Pervak gisait sur le divan de l'entrée, une dague plantée en pleine gorge. Les coussins étaient tombés à terre. Le duc écarta ses vassaux et se présenta seul. Exsangue, le cadavre se trouvait déjà dans un état de décomposition avancé : la mort l'avait rattrapé.

– Une balle d'argent dans la cuisse, expliqua frère Tsarsko, une autre en pleine tête. La dague est la sienne. C'est un meurtre, naturellement.

Le duc ferma les yeux. Les siècles vécus avaient presque anéanti en lui toute possibilité d'amour et de compassion, mais il savait ressentir pour Pervak une forme d'affection que la plupart des autres ne lui inspiraient pas. Plus que cela, il appartenait à sa lignée, à sa famille. Le crime ne pouvait rester impuni.

Sans dire un mot, il glissa ses bras sous le corps et l'arracha du divan. Les autres le suivaient, empressés, curieux. Il remonta l'escalier et s'avança dans le couloir. Les bras de Pervak pendaient. Voyant arriver son maître, Igor Fiodorov s'écarta en hâte. Rebecca s'était levée elle aussi. Le duc de Manhattan lâcha son fardeau sur le parquet, où il s'affala telle une baudruche. La jeune femme tremblait de tous ses membres.

– Un commentaire ?

Le duc la fixait, les mâchoires serrées de colère.

– Je vous assure que je ne …

– En tout cas, répliqua le maître des lieux, et à moins que tu ne maîtrises la Voie de l'Esprit, tu disposes d'un alibi pour cette nuit. Mais quelque chose me dit que tu sais pourquoi Pervak est mort. Peut-être, simplement, as-tu besoin d'un peu de temps pour rassembler tes souvenirs. Fais-moi savoir quand tu seras prête.

– Attendez !

La porte s'était refermée. Le silence retomba et Rebecca ferma les yeux. Adossé au mur, Igor Fiodorov demeurait seul avec elle.

Quelle que fût la signification de ce meurtre, le piège qu'elle avait tissé achevait de se refermer sur elle. Perdre la confiance du duc était se vouer à une mort certaine. Le temps n'était plus son allié.

– Je ne pense rien, fit simplement Igor, dont elle avait accroché le regard. Inutile d'essayer de me convaincre.

Avec un soupir, elle se laissa choir auprès du cadavre. Puis elle se mit à haleter, de plus en plus fort, en poussant des gémissements de douleur.

Ses yeux se révulsaient. Bientôt, elle tomba sur le côté et son corps se raidit dans un spasme.

Elle avait cessé de bouger. Intrigué, Igor plissa les paupières. Le corps de la vampire émettait une aura indéchiffrable, à mi-chemin entre le gris et le bleu clair.

Posant un genou à terre, il avança une main.

– Est-ce que… ?

Il ne trouva jamais le temps de finir sa question : en l'espace d'un quart de seconde, la main de Rebecca avait raflé la dague enfoncée dans le cou de Pervak et l'en avait frappé à l'abdomen. Il voulut se jeter en arrière. Mais la jeune femme, qui avait anticipé le mouvement, le retint par une jambe et le tira à elle. D'un coup de lame, elle lui trancha la gorge. Le sang giclait avec fureur ; les pieds du vampire frappaient mécaniquement le sol. Saisissant la dague à deux mains, la jeune femme la lui enfonça entre les deux yeux. Cette fois, il cessa de bouger. Le sang, lui, coulait toujours.

« C'est maintenant », songea-t-elle.

Ayant essuyé la lame sur les vêtements de sa victime, elle se releva sans bruit puis décrocha les clés qui pendaient à la ceinture. Manifestement, les échos de l'affrontement n'avaient pas alerté les autres membres de la cour.

Ouvrant la porte, elle se glissa dans le couloir. Puis elle monta à l'étage supérieur.

Les appartements du duc étaient gardés. Dans un sens, cela l'arrangeait. Un serviteur se redressa à son approche.

– Qu'est-ce que... ?

D'un revers de main, elle le frappa à la glotte. Puis, empoignant ses cheveux, elle le força à relever la tête et enfonça ses dents dans sa carotide.

Le sang jaillit, tiède et soyeux, et elle ferma les yeux. Elle aurait besoin de cette force. Relâchant son étreinte, elle accompagna le corps dans sa chute et l'allongea sur le parquet. Les clés étaient fixées à un vaste trousseau, et il lui fallut plusieurs minutes avant de trouver la bonne. À tout instant, quelqu'un pouvait surgir. Mais il semblait que la chance fût avec elle.

Enfin, la serrure céda.

La jeune femme gravit les marches en hâte. Son entreprise était folle, vouée à l'échec, mais elle préférait mourir en essayant que d'attendre passivement le châtiment qu'on lui avait réservé. L'effet de surprise jouait en sa faveur. Qui aurait osé défier le maître de Black Manor de façon aussi inconsidérée ?

Onze heures trente, indiquait la montre à gousset de la duchesse de Rasmussen, un bijou serti d'ivoire et de pierreries. Amber cligna des yeux.

– Oh, ça ? fit la duchesse. Un cadeau d'un amant anglais. Chasseur d'éléphants et trafiquant de métaux précieux.

– Vous le voyez toujours ?

– Sa tombe se trouve au Caire. La réponse est donc non. (Elle désigna la façade de Black Manor.) Sais-tu ce que nous attendons au juste ?

La jeune fille se renfrogna.

– Non. Mais si Rebecca est ici, il faut que je lui parle d'une façon ou d'une autre.

– Madame la comtesse ?

Le cocher frappait contre la grille.

– Qu'y a-t-il, Herbert ?

– Je crois que vous et la petite demoiselle feriez bien de sortir. Avec calme et circonspection, de préférence.

La vieille femme se retourna. Deux hommes vêtus de longs manteaux gris et coiffés de chapeaux ronds les tenaient en joue.

– Messieurs ?

– Faites comme votre larbin a dit et tout se passera bien, marmonna le premier avant de cracher à terre. Nous n'avons pas toute la nuit.

Le cocher avait mis pied à terre. Mains croisées sur la nuque, il se laissait fouiller. Le deuxième gaillard se redressa. La duchesse descendit et toisa les nouveaux venus.

– À qui avons-nous l'honneur ?

– Nous ne voulons pas d'esclandre, madame. C'est la petite qui nous intéresse.

– La petite est avec moi.

– Plus pour longtemps. Si vous voulez bien vous donner la peine…

Il leur indiquait une étroite maison bourgeoise, de l'autre côté de la place. Debout sous le porche, une silhouette familière descendit l'escalier à leur approche. Son contour menaçant se découpait dans le feu pâle d'un réverbère.

– Lui ! murmura Amber.

– Ne me dis pas, fit la vieille dame, que c'est là l'associé de Stoker.

Le vampire ôta son chapeau.

– Touché, madame.

– Duchesse de Rasmussen, je vous prie. Manifestement, vos valets de pied ignorent tout des convenances les plus élémentaires.

– Il ne faut pas leur en vouloir, ils débutent dans le métier.

– Et ce détestable accent cockney m'incline à penser qu'ils ne sont pas les seuls. Vous êtes... ?

– Lord Ciceley pour les Anglais. Les Américains ne me connaissent pas encore.

– Que voulez-vous ?

– C'est assez simple, répondit le vampire en montrant Amber : elle.

L'aînée des Wilcox le toisait bravement.

– Où est Stoker ?

Le vampire vérifia l'attache de son bandeau ; un sourire sinistre apparut au coin de sa bouche.

– Aucune idée. Je m'attendais à le voir avec vous.

– Vous êtes un assassin !

– Je préfère le terme « pragmatique ». Allons, rejoins-moi sans faire d'histoire. Je ne m'attendais pas à ce que tu te jettes dans la gueule du loup aussi aisément. Mais, en somme, cela vaut mieux pour toi. Seule dans cette ville, tu n'avais aucune chance.

La duchesse de Rasmussen l'observait avec dédain.

– Vous êtes un mufle, monsieur.

– Je vais vous demander, chère madame, de nous laisser à nos affaires. Les buveurs de sang préfèrent traiter dans l'intimité. En ce qui vous concerne, le marché est simple : soit vous et votre cocher reprenez votre cab et disparaissez de ma vue, soit vous et votre cocher ne reprenez pas votre cab et disparaissez de ma vue, mais d'une façon que je choisirai personnellement. Une façon plutôt déplaisante.

– Vos menaces me laissent de marbre, mon jeune ami, tout comme vos allégations fantaisistes. Tireriez-vous sur une vieille femme ?

La lèvre supérieure de l'intéressé se retroussa, dévoilant deux canines proéminentes. Nullement décontenancée, la duchesse battit l'air d'une main.

– Pouah !

– Lord Ciceley…

Les acolytes du vampire et le cocher s'étaient retournés vers Black Manor. Manifestement, il se passait quelque chose là-bas : une jeune femme boitillait pieds nus le long de Madison Avenue, vers le nord.

Une jeune femme dont Amber perçut immédiatement l'aura terrifiée.

– Damnation ! lâcha le vampire.

Puis, à ses hommes de main :

– Vous, conduisez la fille à la cave ! Et faites ce que vous voulez des autres.

Il s'élança à toutes jambes vers le trottoir opposé. Un fiacre semblait l'attendre. À son approche, le cocher empoigna les rênes. Ciceley cria quelque chose puis bondit dans la voiture. L'attelage s'ébranla aussitôt. Le lord s'était lancé à la poursuite de la jeune femme, tandis que d'autres personnages, que l'aînée des sœurs Wilcox reconnut aussitôt comme des vampires, surgissaient à leur tour sur l'avenue.

L'un des hommes de main de Ciceley agita un pistolet et indiqua l'escalier de service qui se perdait au sous-sol.

– Passez devant, mademoiselle. Et pas de ruses idiotes. Je suppose que vous savez ce qu'est une balle d'argent ? Quant aux accompagnateurs, du balai.

La duchesse attrapa le bras de son cocher ; ils s'étaient compris. Suivis des yeux par une Amber ahurie, ils commencèrent à s'éloigner. Mais à peine avaient-ils fait trois pas que la vieille dame trébucha.

Le second acolyte hésita.

– Est-ce que... ?

Simultanément, une détonation se fit entendre, puis une deuxième. Le premier homme, celui qui tenait la jeune fille en joue, porta une main à son aine. Seul le second coup avait fait mouche. Le cocher tira une troisième fois mais son arme s'enraya. Sans hésiter, Amber bondit sur le blessé et le plaqua dans la neige.

L'autre voulut gagner sa poche mais Herbert lui assena un coup de crosse qui le laissa inanimé.

Amber, qui avait heurté le crâne de son adversaire contre le trottoir, reculait avec horreur.

La duchesse la prit dans ses bras et l'entraîna à l'écart.

– C'était lui ou nous, ma chérie.

La jeune fille lui adressa un regard apeuré.

– Vous savez... Vous savez ce que je suis, n'est-ce pas ?

– Je m'étonne que tu ne le comprennes que maintenant, ma chérie. Une enfant si vive ! Mais nous parlerons de tout cela plus tard. Qu'y a-t-il ? Qu'est-ce qui t'intrigue autant, là-bas ?

– Cette femme à la poursuite de qui Ciceley s'est lancé. Je la connais.

– Tu quoi ?

– C'est ma belle-mère.

Dans les airs

Étendue habillée sur son lit, Luna dormait d'un sommeil agité. Ses paupières tressautaient : elle rêvait. Drapée de nuit et de cendres, Liverpool s'ébrouait, crachant des fumerolles vers les nuées. Au bas de l'hôtel, la rue était emplie de voyageurs et de curieux qui montraient le ciel. Exhibant ses flancs jaunâtres, l'énorme nuage Hadès changeait peu à peu de forme.

Le moment est venu. Suffoquée, la jeune fille se releva. Malgré sa résistance, la comtesse était parvenue à s'immiscer dans son esprit pour lui souffler ces mots.

Luna se posta à la fenêtre. Le dirigeable *Jaggernaut* brillait de mille feux ; des aérostats à hélices l'approchaient, semblables à des bourdons. S'habillant en hâte, elle descendit, son chat sur les épaules.

Le tenancier lui jeta un coup d'œil méfiant. Sans lui prêter attention, elle ouvrit la porte qui menait au hangar et s'installa aux commandes du Pneumonaute.

Aussitôt, la voix résonna :

Tu vas suivre mes instructions. Scrupuleusement.

Luna hocha la tête. Elle préférait qu'on lui dise ce qu'elle avait à faire. L'espace de quelques minutes, elle demeura immobile, à écouter. Puis elle lâcha les commandes et redescendit. C'était de la folie.

Elle quitta le hangar et retourna à la réception. L'aubergiste referma son registre.

– Oui ?

– J'ai besoin d'un tournevis.

L'homme soupira et fouilla dans son arrière-salle. Il revint avec l'outil désiré.

– N'oubliez pas de me le rendre, hein ?

De retour dans le hangar, elle s'attaqua aux attaches du réservoir d'eth'r. Quelques minutes d'efforts lui furent nécessaires pour le désincarcérer. Quand elle put enfin le tenir à bout de bras, elle le posa sur l'établi en bois qui se trouvait derrière elle et examina l'intérieur. La silhouette de la comtesse, haute d'un pied à peine, se tenait droit devant elle : une parfaite réplique de son corps matériel.

Hésitante, la jeune fille posa une main sur le globe.

Oui. Je suis là.

Chaque fois que sa peau entrait en contact avec le cuivre, elle pouvait l'entendre. Elle écarta les doigts. Elizabeth Báthory la mit en garde : la partie dangereuse de la mission commençait maintenant.

Son esprit, expliqua-t-elle, avait flotté au gré des vents de la ville, s'était insinué dans les consciences et dans les rêves. À présent, elle savait tout ou presque. Ne lui manquaient que des preuves.

Le *Jaggernaut* recevait une délégation américaine de veufs et de veuves que Lord Sallingham avait invitée à son bord pour pénétrer *à l'intérieur* de l'Hadès. Tous ces gens espéraient retrouver leurs proches, percevoir un signe, une ombre, entendre la voix aimée. Évidemment, le miracle ne se produirait pas. Personne ou presque ne retrouvait ses morts à Liverpool. Mais les Américains sonderaient les ténèbres. Ils verraient des fantômes. Ils auraient des doutes. Ils prétendraient avoir vu quelque chose, ils se pinceraient pour y croire et ils rentreraient chez eux avec le plus précieux des trésors : l'espoir.

La délégation américaine s'était retrouvée sur le parvis de l'hôtel de ville. Luna enfila un manteau et saisit le globe.

Ma vie repose entre tes mains, lui souffla la comtesse. Ce n'était pas seulement une expression.

La jeune fille gonfla ses joues et poussa la porte vitrée. Elle commença à descendre la rue, son chat toujours avec elle.

Prends un cab.

Une voiture arrivait dans leur direction. Elle se posta au milieu de la rue, et le cheval piétina. Le cocher, qui transportait deux passagers, était ulcéré.

Luna s'approcha de lui et planta son regard dans le sien.

– Je dois me rendre à l'hôtel de ville.

Les pupilles de l'homme s'étaient légèrement dilatées. Il opina sans comprendre.

– Il faut faire descendre ces gens. Maintenant.

La voix était douce, gentiment persuasive. Elle ne recelait aucune menace. Le cocher se pencha sur ses passagers.

– Navrés, messieurs dames. La course s'arrête ici.

Le couple, deux jeunes Anglais à l'allure aristocratique, protesta avec véhémence. Le cocher était un vieillard au visage grêlé. Il descendit de sa banquette et leur ouvrit la portière sans plus de commentaires.

Ils considéraient Luna avec incrédulité.

– Qui êtes-vous, au nom du ciel?

Watson cracha. La jeune vampire ne répondit pas et s'installa à leur place, le globe fermement tenu sur ses genoux. Remontant à son tour, le cocher agita ses rênes. Le cheval repartit. Le claquement de ses sabots sur les pavés noya les récriminations des passagers.

Un temps cachée par les toits, la masse herculéenne de la forteresse de Lord Sallingham reparut, plus imposante que jamais. Le *Jaggernaut*, lui, tournait lentement sur lui-même, comme pour prêter le flanc aux piqûres des aérostats vrombissants. Des passerelles se déployaient à trois cents pieds du sol.

Luna inspecta l'intérieur du globe. La comtesse attendait, solennelle, dans sa robe écarlate. Son visage n'exprimait rien.

Ne me surveille pas ainsi. Concentre-toi sur ce qui arrive.

Une foule bruyante s'était regroupée devant les marches de l'hôtel de ville. Une plate-forme avait été dressée sur le côté. Un individu s'y tenait, vêtu de noir et portant de curieuses lunettes globuleuses. De l'autre côté de la mairie, des passagers venaient d'apparaître au sommet d'une tour de pierre cernée d'une balustrade de fer forgé. Ils devaient être une dizaine.

L'homme à lunettes, Lord Sallingham en personne, se tourna vers eux et attendit patiemment la fin des applaudissements.

Méfie-toi, siffla Elizabeth. *Il peut te voir.*

Luna ferma les yeux. Elle commençait à savoir comment neutraliser son aura mais sa technique était encore imparfaite. Et Lord Sallingham embrassait la foule.

Des Nosferatu tentent parfois de se joindre à ces réceptions. Ses lunettes lui permettent de les détecter. Ses amis imaginent qu'il s'agit simplement d'une excentricité. Dis au cocher de se garer plus loin.

La jeune fille transmit les ordres. La voix de la comtesse, sous les parois de son crâne, était comme celle de sa conscience. Pour l'heure, il lui suffisait de s'y conformer. Raffermissant sa prise autour du globe, elle attendit que le cocher lui ouvre la porte.

– Contingent suivant !

Luna s'avança sur les marches, son chat toujours sur les épaules. Un agent en complet veston contrôlait les invitations des convives. La jeune fille croisa brièvement son regard.

– Mon invitation est en règle.

L'homme la laissa passer. Occupé à discuter avec d'autres personnes, Lord Sallingham ne l'avait pas vue.

Globe en main, elle entra dans l'ascenseur avec les autres invités. Quelques instants plus tard, les portes s'ouvraient sur un couloir menant à la tour d'angle. Une dizaine d'Américains suivaient le groom en bavardant. La plupart paraissaient fort excités à l'idée de prendre place à bord du *Jaggernaut*. Une vieille femme aux cheveux frisés, coiffée d'un couvre-chef spectaculaire, se tourna vers Luna au moment de s'engager dans les escaliers.

– Ma pauvre petite ! Je ne peux pas croire que tu sois seule.

– Mes parents sont morts.

La vieille ouvrit de grands yeux.

Tu aurais pu répondre autre chose.

– Jésus, Marie. Et je suppose qu'ils t'ont laissé ce petit chat…

Luna grimaça.

– Lui ? Oh, non, je l'ai trouvé. C'était il y a longtemps, vous savez. Je vis avec mon oncle et ma tante maintenant. Ils m'attendent là-haut.

Ces explications parurent réconforter la vieille femme, qui lui tendit une main grasse et couverte de bagues fantaisie.

– Je suis Emilia. Veuve depuis dix-neuf ans.

Luna se contenta de s'incliner.

– Enchantée. Et, euh, navrée de ne pouvoir vous serrer la main.

Elle exhiba son globe.

– Qu'est-ce que ceci ? demanda la dénommée Emilia en plissant les yeux.

– Il faudrait demander à mon oncle.

Luna s'écarta au moment où la vieille femme faisait mine de jeter un œil à l'intérieur et passa devant elle dans les escaliers. Sur ses épaules, le chat cracha.

L'air était vif au sommet de la tour, et les gens attendaient avec anxiété. Au-dessus de la Mersey, le nuage Hadès se contractait. La lune teintait ses boursouflures de reflets laiteux mais d'autres forces étaient à l'œuvre : des craquements ébranlaient le ciel, qui ne provenaient pas d'un quelconque orage. Les passagers regardaient, fort impressionnés. Luna fut pressée contre la rambarde et tenta de protéger son globe. Dans toutes les directions s'étendait la ville, plus électrique que jamais.

Les silhouettes noires des forteresses, avec leurs interminables pipelines, composaient un gigantesque canevas. À l'horizon, le ciel se gorgeait d'un sang cuivré et des éclairs fusaient, comme si la nuit elle-même eût été parcourue de frissons.

– Éblouissant, murmurait un homme en ajustant ses jumelles.

Sa femme, ou sa fille, saisit l'instrument à son tour. Luna vit qu'elle tremblait, mais il était difficile de dire si c'était de peur ou de froid.

De temps à autre, un craquement plus violent que les autres faisait vibrer l'atmosphère. Les passagers réagissaient avec des exclamations de stupeur. Bientôt, un bourdonnement se fit entendre. Un aérostat entamait les manœuvres d'approche.

Les yeux rivés au ciel, les invités montraient le *Jaggernaut* du doigt. L'imposant dirigeable frôlait la masse de l'Hadès sans jamais s'y enfoncer pleinement.

Avec un crissement, une passerelle se déplia. L'aérostat était arrivé. Coiffé d'une casquette marquée d'un grand S (les armes de la compagnie Sallingham), un employé en livrée noire frileux la main aux passagers les plus craintifs afin de les aider à prendre place. Luna monta en dernier. En équilibre instable, elle laissa l'homme la guider par le bras.

– Attention !

L'espace d'une seconde, elle pivota vers le parvis de l'hôtel de ville. Lord Sallingham avait tourné la tête vers elle. L'éclat de ses lunettes la frappa.

Il t'a vue.

– Non. Je ne crois pas.

L'employé, qui l'avait entendue, plissa le front.

– Tout va bien, mademoiselle ?

Luna se contenta d'opiner et rejoignit les autres à l'intérieur de l'appareil. À son grand soulagement, la barrière se replia bien vite et l'aérostat prit son envol.

Effrayé, Watson sauta à terre. Le rattrapant aussitôt, elle le coinça sous son bras.

Les passagers étaient massés sur une plate-forme circulaire attenante au poste de pilotage. Ballottés, ils se retenaient tant bien que mal à des poteaux métalliques. Personne ne paraissait rassuré. Luna, elle, tenait fermement son globe en essayant de conserver un semblant de stabilité.

L'appareil vira de bord dans un rugissement d'hélices. Comme plusieurs autres, la jeune fille glissa en arrière, et le réservoir lui échappa des mains. Elle poussa un cri. Alors qu'il allait heurter une paroi de l'aérostat, un homme bloqua le globe de son pied. Luna le ramassa sans même remercier. L'individu, un gentleman moustachu, l'aida à se replacer au centre de la plate-forme. Cette fois, elle lui sourit.

– Prends garde à toi, petite.

Watson faisait le dos rond. Miraculeusement, il avait échappé au piétinement des autres passagers. L'appareil, lui, brinquebalait de plus belle. Des exclamations apeurées se faisaient entendre. Arc-bouté sur le seuil du poste de pilotage, l'employé à casquette s'efforçait de faire bonne figure. Dans un soupir, enfin, l'aérostat parut se stabiliser. La passerelle se redéploya. Luna descendit parmi les autres et s'arrêta à mi-chemin. L'appareil était entré à l'intérieur du dirigeable, où il avait été arrimé. Les parois de toile grise évoquaient la panse d'un monstre repu. L'employé conduisit les nouveaux venus vers un escalier en colimaçon qui menait au quartier des passagers. Quelqu'un s'arrêta pour vomir.

Regarde autour de toi. Observe.

Luna laissa l'homme à moustache la dépasser. La partie avant du dirigeable était manifestement occupée par le poste de pilotage : on n'en apercevait qu'une section, où s'activaient des techniciens en uniforme. De l'autre côté, quatre portes flanquées de l'inscription « Équipage » occupaient les parois d'un couloir menant à la salle des machines. Le sol, grillagé, laissait apercevoir deux aérostats biplaces amarrés à la partie inférieure. À la queue de l'appareil rugissait la machinerie qui actionnait l'hélice principale.

– Alors ? Vous comptez camper ici ?

La cadette des sœurs Wilcox fut forcée de descendre. Ses pas claquaient sur les marches. Tout le monde s'empressait. Des dizaines de convives, verre à la main, se tournèrent vers les nouveaux venus. Des acclamations les accueillirent.

Une estrade avait été érigée au centre de la grande salle, là où, en temps normal, auraient dû se trouver les cabines. Un buffet avait été dressé, somptueusement garni.

De part et d'autre, de larges baies vitrées permettaient d'admirer le panorama. Luna s'approcha du côté où il y avait le moins de monde. La perspective sur la ville était vertigineuse.

Instinctivement, elle assura sa prise sur le globe.

Le temps presse. Elle acquiesça. La plupart des convives, quand ils n'étaient pas affairés autour du buffet, se pressaient face aux autres ouvertures. Celles-ci donnaient sur l'Hadès. Vu d'aussi près, le nuage des morts paraissait plus inquiétant encore. Luna n'avait jamais contemplé semblable spectacle : on aurait dit un orage silencieux, parcouru de trépidations et d'éclairs multicolores. Des ombres passaient fugacement, des traînées aveuglantes que les passagers suivaient des yeux avec un ravissement teinté de crainte. Des fantômes ! Partout, les flancs du nuage crépitaient de lueurs verdâtres et une odeur électrique se répandait jusqu'à l'intérieur. Luna remarqua un couple enlacé, figé dans une contemplation rêveuse. L'homme pleurait.

Rapidement, la jeune fille fit le tour de la partie passagers. Les hublots du fond donnaient sur les aérostats biplaces auxquels on accédait par deux portes latérales. L'appareil de transfert, lui, redescendait vers la ville tous phares allumés. Luna se détourna. Le panorama lui coupait le souffle. Les appartements du maître des lieux ne pouvaient se trouver que du côté du poste de pilotage.

– Votre attention !

En bas de l'escalier, l'employé à casquette étendit les bras vers la foule. Il y eut des « chut ! » et des froissements de robe. Les convives tenaient sagement leurs verres.

– Lord Sallingham arrive par le prochain convoi. Après un discours qu'il nous a promis bref (il y eut des rires dans l'assistance), le *Jaggernaut* entrera entièrement dans l'Hadès. Nos deux médiums, Maurice et Walter (deux hommes en costume, que rien *a priori* ne distinguait des autres, s'écartèrent à son signal et s'inclinèrent, main sur le cœur), se feront alors un plaisir de décrypter pour vous les arcanes de ce monde mystérieux. Et si vous avez un peu de chance, vous pourrez peut-être apercevoir les vôtres.

Des murmures enthousiastes saluèrent cette promesse. L'employé remercia puis remonta, la main sur la rampe, laissant les invités à eux-mêmes.

Luna se rapprocha du buffet, son chat toujours avec elle, tandis qu'un groupe de musiciens chargés de violons et de violoncelles descendaient l'escalier en rang serré.

– Nous allons entrer dans l'enfer en musique, glissa un homme à son ami.

– Pour cinquante livres par tête de pipe, répondit celui-ci, cela me semble la moindre des choses.

La jeune fille profita d'un moment de confusion pendant lequel les musiciens s'installaient au bout de la piste pour remonter discrètement les marches.

Le hall de débarquement était vide. Elle jeta un œil derrière son épaule et s'engouffra dans l'étroite coursive menant, supposait-elle, au poste de pilotage. Une porte arborait l'inscription «Privé». Elle continua sa route. Une voix s'échappait de la pièce contiguë. Elle recula dans l'ombre. Watson, qui avait sauté à terre, se tenait en retrait et agitait la queue, comme s'il avait senti quelque chose. Devant un poste radio, un homme casqué actionnait les boutons d'une console. Il tenait un micro.

– Nous n'avons rien remarqué, monsieur. Mais le signalement est clair. À vous.

Une voix grésilla dans son casque. Il hocha la tête.

– Je ne pense pas qu'il y ait beaucoup de jeunes filles, monsieur. Je vais aller voir et je reviens. À vous.

Qu'est-ce que je t'avais dit?

Sentant la panique la gagner, Luna chercha une issue de secours.

La mission. Concentre-toi sur la mission.

Elle leva le globe à sa hauteur et approcha son œil de l'ouverture. La comtesse la fixait, pâle et impassible au milieu d'un nuage d'eth'r.

– Ils ne savent pas qui je suis, n'est-ce pas?

Probablement pas. Hâte-toi.

Faisant volte-face, elle actionna la poignée. Verrouillée. Le responsable radio avait repoussé sa chaise.

Il s'avança vers elle. Doucement, elle posa le réservoir au sol.

– Hé ! Puis-je savoir... ?

Elle fondit sur lui et le frappa à la tempe, comme Sherlock le lui avait montré. L'homme glissa à terre. Était-il mort ? Sans attendre, elle le fouilla à la recherche d'un trousseau de clés, qu'elle ne trouva pas.

Le vacarme du moteur jouait en sa faveur. Se relevant, elle força la porte d'un coup d'épaule et, après avoir actionné l'interrupteur, tira le corps inanimé à l'intérieur, puis le globe, et referma ensuite, juste après que Watson, qui n'avait rien perdu de la scène, se fut glissé à son tour.

Elle se trouvait dans un petit bureau aux murs lambrissés, meublé d'une table et d'un secrétaire en noisetier, chacun gravés d'un grand S. Un portrait du maire de Liverpool était suspendu au mur, ainsi que des tableaux figurant des alpages. Rien, à première vue, qui confirmât les soupçons de la comtesse. Elle voulut ouvrir les tiroirs : ils étaient fermés eux aussi.

Elle tira le premier d'un coup sec. Il tomba au sol et son contenu se déversa avec lui. Des liasses de papiers épinglés étaient rangées dans des chemises cartonnées. Elle les parcourut rapidement. C'étaient, en grande partie, des plans des forteresses – celles de Sallingham et de ses concurrents.

Elle ouvrit le deuxième tiroir. Guère plus d'intérêt. Elle passa derrière le bureau. Factures, devis, plans d'usine, rapports... Où chercher dans cette masse de documents ? Sur la table gisaient d'autres dossiers. Elle les feuilleta sans comprendre. Levant le globe, elle le posa sur le rebord.

– Je ne trouve vraiment pas.

Fouille encore.

La jeune fille soupira.

– C'est trop dangereux. Les hommes d'équipage vont chercher leur radio. Et Lord Sallingham va arriver. Que ferai-je alors ?

Fouille encore.

Elle sourit. L'obstination de la comtesse commençait à l'excéder. Dix jours durant, plus peut-être, elle avait subi ses exhortations incessantes, ses mises en garde, ses menaces. Où l'avait menée cette enquête ? Elle avait le sentiment qu'Elizabeth Báthory avait perdu la raison. Obsédée par le différend qui l'opposait au lord, elle en avait oublié tout le reste. Luna tenait le globe mais c'était elle l'instrument.

– Non.

Qu'est-ce que tu dis ?

– J'arrête. Je retourne à Londres.

Balivernes.

– Ce voyage était une absurdité, depuis le commencement. Je devrais être aux côtés de Sherlock. L'aider à rechercher ma sœur.

Je n'ai pas confiance en Sherlock.

– Vous n'avez confiance en personne. Ce que je crois, c'est que c'est l'eth'r qui vous a fait cela.

Je ne te permets pas.

– Tant pis. Je suis désolée.

Elle s'apprêtait à abandonner le globe pour couper le contact lorsque l'injonction cingla, impérieuse :

Attends !

Luna se figea.

Et Watson. As-tu pensé à lui ?

Le chat, qui s'était couché devant les tiroirs fracassés, émit un miaulement.

– Vous m'avez dit que vous ne feriez pas de chantage.

Tu ne me laisses pas le choix.

La jeune fille lâcha le réservoir comme si elle s'était brûlée. Cette fois, c'en était trop. Elle s'apprêtait à répondre lorsque son œil s'arrêta sur le tiroir du secrétaire – le premier qu'elle avait fait tomber. Une planche de contreplaqué paraissait descellée. Accroupie, elle la détacha du reste.

Un double fond se révéla.

Un dossier y était rangé, qui comportait d'autres plans de forteresses, mais aussi une série de codes de soupape, de reconnaissances de dette et de serments sur l'honneur dont le détail, même s'il demeurait obscur aux yeux de la jeune fille, semblait confirmer les allégations de la comtesse. Un vertige la saisit. En imagination, elle voyait des flots d'eth'r se déverser dans les pipelines, laissant les autres usines exsangues, remplissant de leurs humeurs volatiles l'immense réservoir souterrain de Lord Sallingham jusqu'à ce que le moindre espace fût conquis.

Le maire donnait des garanties policières. Des gardiens s'engageaient à faciliter le processus. Des industriels amis évoquaient de possibles sabotages. Des sommes d'argent considérables transitaient d'un compte à l'autre. À la toute fin du dossier, Luna découvrit deux lettres, rédigées d'une longue écriture déliée, qu'elle parcourut à la va-vite avant de comprendre de qui elles étaient signées.

La première missive évoquait Elizabeth elle-même et mentionnait son enquête. L'auteur assurait Lord Sallingham de son soutien et lui affirmait que tous ses problèmes seraient bientôt résolus. « Ne vous inquiétez de rien », recommandait-il en conclusion.

La seconde informait son destinataire que l'affaire qui l'occupait avait été réglée. Grâce aux précieuses indications de l'ombre, prétendait l'auteur, les mâchoires du piège s'étaient implacablement refermées. La comtesse Báthory avait été mise hors d'état de nuire et les deux Invisibles restants ne représentaient plus une menace significative.

Luna s'arrêta dans sa lecture. *Deux* Invisibles ? Qu'en était-il du troisième ? Elle prit les deux lettres, les plia et les glissa contre son sein. Il lui sembla que le sceau sanglant de la signature s'imprimait sur sa peau.

D.

Dracula.

Se redressant, hors d'haleine, elle posa une main sur le globe. *Fuis*, ordonnait la voix de la comtesse. *Fuis maintenant !*

Poursuite

Un éclair traversait New York. Rebecca avait fui Black Manor, et ses pas battaient le pavé à toute vitesse. Au bout d'un moment, pourtant, elle se vit dépassée par une voiture à cheval. D'un bond, elle s'écarta, son précieux trésor en main. Mais par la portière ouverte, ce ne fut pas le visage redouté qu'elle reconnut.

– Ciceley ?

Une main lui était tendue.

– Montez ! Vite !

Des détonations résonnaient dans l'avenue. Tirée en avant, elle bascula à l'intérieur du fiacre et se retrouva assise sur la banquette sans avoir eu le temps de comprendre ce qui lui arrivait. Les événements ne s'étaient pas précipités : ils s'étaient encastrés les uns dans les autres jusqu'à ne plus former qu'un magma indistinct.

Elle était montée à l'étage, avait gagné l'atelier du duc où se balançaient ces pendentifs et bibelots par dizaines et en avait arraché un, le seul qu'elle connût, le seul qui lui importât : une sorte de tube creux composé de filaments entrelacés à l'intérieur duquel, dès qu'elle l'avait saisi, s'étaient mises à palpiter des lueurs dansantes. L'artefact avait émis un ronronnement, ensuite, une vibration grave et Rebecca l'avait contemplé, éblouie. Puis un vacarme effrayant s'était fait entendre à l'étage inférieur et elle s'était enfuie à toutes jambes. Ces quelques secondes perdues lui avaient coûté cher. Le duc et ses sbires s'étaient lancés à sa poursuite. Elle avait traversé le couloir puis avait ouvert la fenêtre et s'était retournée. Des pistolets à balles d'argent! Un premier coup avait fusé. Sans attendre, elle avait sauté. Bras écartés, comme le lui avait enseigné le comte en personne, elle avait fait le vide en elle, éprouvant la légèreté qui l'habitait, cette fameuse absence au monde qui rendait les siens quasi invulnérables. Mais la peur avait repris le dessus, le vertige de la chute, et elle était mal retombée, se foulant la cheville ou peu s'en fallait. Elle se souvint d'avoir pensé qu'elle était perdue: ils tireraient encore, autant de fois que nécessaire, ils l'arrêteraient, puis se jetteraient sur elle et la dépèceraient sous les yeux de leur maître comme ils rêvaient de le faire depuis le commencement.

Mais cela n'était pas arrivé: à présent, elle se trouvait en face de cet homme, ce vampire de Londres que le comte lui avait présenté une nuit et dont elle avait toutes les raisons de croire qu'il était venu pour la sauver.

Elle laissa son crâne rebondir contre la cloison. Entre ses doigts, le fragment du Venefactor brillait d'un éclat changeant.

Ciceley tendait la paume.

– Vous feriez mieux de me confier ceci.

Elle toussota, un poing serré devant sa bouche.

– Je présume que votre présence ne doit rien au hasard.

Le lord sourit.

– Disons que ce n'est pas le nom que je lui donne.

– Expliquez-moi.

Il passa la tête par la portière et se rassit. Son visage était fermé.

– Nous ne sommes pas seuls.

– Non.

– Comment vous y êtes-vous prise ?

– Plutôt mal.

– Et pourquoi vous a-t-il fallu tant de temps ?

« Il me teste », songea la jeune femme.

– Parce que le duc n'était pas là, répondit-elle. Et que lui seul, de toute évidence, savait où se trouvait le fragment.

C'était un mensonge, un de plus, mais elle n'en tirait aucun avantage sinon celui de sauver la face. La vérité était ennuyeuse, dénuée d'intérêt : oui, elle aurait pu agir seule, plus tôt, sans le concours d'Alexandre. Mais elle débutait, n'est-ce pas ? Elle n'avait rien appris encore.

Elle le défia du regard.

– Où allons-nous ?

– Dans le nord. À l'abri.

– Les hommes du duc nous poursuivent.

– Laissons-les s'épuiser, répondit-il. S'ils s'obstinent, nous leur montrerons de quoi nous sommes capables.

De nouveau, il tendit la main. Il s'était attendu à devoir pourchasser la favorite du comte. À devoir la piéger. Les autres lui avaient décrit une créature imprévisible, pleine de duplicité. Et voilà qu'il la sauvait. Amber lui était inutile, en définitive. Toute cette histoire se révélait presque décevante.

– Le fragment, Rebecca. Le comte Dracula a demandé que je le lui remette en mains propres.

La joue de la jeune femme se creusa d'une fossette.

– Comme c'est cocasse. Il m'a adressé la même requête. En ces termes exacts.

Le lord retint un soupir. Quelques complications n'étaient pas à exclure, finalement. Il s'en réjouissait.

– Vous n'avez donné aucune nouvelle, lança-t-il.

– Je ne pouvais pas.

– Peu importent les raisons. J'ai été envoyé pour vous remplacer.

– Vous apprêtez-vous à m'arracher le Venefactor par la force, Lord Ciceley ?

Elle le bravait, crânement. Il connaissait sa force, ou croyait la connaître. Elle descendait de Dracula en droite lignée. Bien entendu, elle était ridiculement jeune, et inexpérimentée, et n'avait certainement jamais eu le loisir de développer les Arts Sombres. Mais si jamais on lui en laissait le temps…

– Je préférerais ne pas en arriver là, dit-il.

– Alors il faudra me le laisser. Rentrons à Londres et récoltons ensemble les fruits de cette quête hasardeuse.

Le lord se pencha vers elle.

– Ce monde, susurra-t-il, n'a pas été taillé précisément à vos proportions. Le choix est clair : soit vous…

Sa phrase se perdit dans un grondement. Un choc avait ébranlé l'attelage et tous les alentours. Lancé à pleine allure sur la Cinquième Avenue, le fiacre bascula puis se renversa et racla le sol sur plusieurs dizaines de pieds tandis que ses chevaux se débattaient, pattes en l'air.

Les vampires ouvrirent la portière. Brutalement expulsé, le cocher gisait au milieu de la rue, inanimé. Un second fiacre passa à ses côtés sans s'arrêter, soulevant une gerbe de neige. Une ombre colossale se levait à l'horizon. Au dernier moment, quelqu'un tira sur les rênes. Un grand silence se fit.

Étourdi, Lord Ciceley s'avança au milieu de l'avenue. Rebecca se tenait déjà là, agenouillée, le fragment du Venefactor serré contre sa poitrine. L'espace d'une seconde, il se demanda pourquoi elle ne bougeait pas. Puis, relevant les yeux, il comprit.

Herbert Warenmore avait passé près de quarante ans au service de la duchesse de Rasmussen, quarante années de tribulations insensées et de voyages baroques dont il ne regrettait rien. Il avait contemplé les pyramides du Caire et les fjords du Grand Nord, arpenté les ruelles de Prague et les avenues romaines, suivi la guerre de Sécession à bord d'un ballon en loques et conseillé à Jules Verne un cognac frelaté – dans l'intimité, il se plaisait même à affirmer qu'il avait mené « une vie un peu trop bien remplie » ou, certain soir que la duchesse, libre de nature et encline à la compassion, lui laissait les clés de son bar privé, qu'il « en avait vu plus qu'un honnête homme n'aurait dû en voir ». Et cependant, ce qui se dressait à présent à une centaine de pieds de son cab, en cette heure noire et tragique, ce qui se dressait littéralement au-dessus de la Cinquième Avenue de sa chère ville natale lui donnait l'impression de n'avoir jamais été qu'un nouveau-né inoffensif et pleurnichard protégé du vrai monde par une muraille de plomb.

Autrement dit, réalisa-t-il en insérant fébrilement de nouvelles balles d'argent dans son pistolet à crosse brillante, il était temps d'affronter la réalité.

– Mon Dieu…

La duchesse posa une main sur sa bouche. Le cheval s'était mis à paniquer. Amber ouvrait de grands yeux.

Une ombre gigantesque se levait sur la Cinquième Avenue et s'avançait pesamment. Aussi haute qu'un immeuble de quatre étages, elle évoquait un fantôme inachevé, un buste sombre frappant le trottoir de ses poings.

Le cab de la duchesse avait suivi le fiacre du duc de Manhattan, accompagné de trois autres vampires, eux-mêmes lancés à la poursuite de Rebecca et de Ciceley. La voiture des Drakul s'était renversée. La jeune femme en était sortie, ainsi que le lord, et la chose monstrueuse se dirigeait vers eux dans un grondement de fin du monde.

Le duc et ses acolytes, eux, avaient fait feu sans attendre. En vain : la créature, immatérielle, changeait constamment d'apparence.

– Ce sont…, commença la duchesse.

– Des chauves-souris, cria Amber en se retournant vers Herbert : cette chose est faite de chauves-souris. Ne gaspillez pas vos balles.

Boitillant, Rebecca descendait l'avenue aussi vite que possible. Visiblement sonné, Ciceley essayait de la suivre. Trop tard ! Comme une tornade, la créature passa à ses côtés ; il disparut.

La chose avançait. Une vague figure se dessinait, une bouche ouverte, géante. Amber n'avait jamais entendu parler d'un tel phénomène. Ce qu'elle ressentait à sa vue tenait autant de la fascination que de la terreur pure. Cette créature avait traversé les siècles. Les millénaires.

Et elle possédait une aura, qui ne résultait pas seulement de la masse des chauves-souris la constituant – une aura noire, signe de vieillesse et de puissance extrême.

– Herbert, pour l'amour du ciel…

La duchesse gémissait. Rangeant son pistolet, son cocher fit enfin ce qu'on attendait de lui : il attrapa les rênes et força le cheval à faire demi-tour. Agrippée à sa banquette, Amber regardait Rebecca approcher. Elle tenait un objet à la main et sa robe voletait autour d'elle.

– Attendez !

Le cocher tira sur les rênes. La jeune femme les avait vus. Elle courait vers eux tandis que le duc et les trois autres vampires prenaient la fuite eux aussi dans une rue perpendiculaire, sans cesser de tirer.

La colère de la créature semblait désormais se concentrer sur eux. Des volées de chauves-souris s'abattaient, pareilles à des bourrasques. Une force les sous-tendait. Une force muette et indicible.

Amber vit l'un des vampires soulevé du sol et projeté sur la façade d'un immeuble, où il s'écrasa tel un insecte. Partout, des lumières s'allumaient. Des gens quittaient leur demeure en trombe. Sans doute hurlaient-ils mais c'était impossible à dire : le grondement de la chose engloutissait tout le reste.

Enfin, Rebecca arriva à la hauteur du cab. Amber lui tendit la main et la hissa à l'intérieur. La jeune femme la contemplait sans réagir. Herbert fouetta son cheval avec hargne et l'attelage redescendit la Cinquième Avenue vers le sud à un galop d'enfer.

– Mon Dieu, répétait la duchesse. C'est un cauchemar. Un cauchemar.

Rebecca haletait, les yeux fixés sur un point invisible. Le cab laissait sur la route enneigée un sillage zigzagant. Le duc et les autres continuaient à se battre mais on ne distinguait plus rien. Amber se tourna vers sa mère adoptive, plongée dans ses pensées. Herbert jeta un œil par-dessus son épaule et jura. Carnage, destruction : la créature avait grandi encore et son ombre se déployait au-dessus de Central Park. Le sol tremblait comme si un séisme eût frappé le nord de Manhattan – ce qui en un sens était le cas.

Des larmes coulaient sur le visage de Rebecca. Elle dévisagea la jeune fille.

– Toi ! Je croyais que tu…

– Moi aussi.

L'aînée des sœurs Wilcox ne savait que penser. Cette femme avait pactisé avec le comte Dracula. Comment ? Pourquoi ? Elle avait tant de questions à lui poser.

– Madame ?

Le cocher s'était penché sur les trois femmes. La duchesse reprenait peu à peu ses esprits.

– Oui, Herbert ?

– Où allons-nous, madame ?

Rebecca serra le bras d'Amber comme si la question s'était adressée directement à elle.

– Il faut partir. Quitter cette ville. Quitter ce pays.

– Bien sûr, mais…

– Pas de mais : vois !

Elles se retournèrent toutes les trois. La chose sans nom, plus noire et monumentale que jamais, progressait sur la Cinquième Avenue comme un nuage de fumée. Elle les *poursuivait*.

– Descendez, fit la duchesse à son cocher, descendez l'avenue jusqu'à Broadway s'il le faut. Puis descendez Broadway encore.

– Mais...

– Faites ce que je vous dis !

Herbert fouetta son cheval de plus belle. La duchesse se passa une main sur le visage. Ses yeux se fixèrent sur Rebecca.

– Seigneur, ma jolie, dans quel pétrin nous avez-vous fourrées !

– Je ne pensais pas...

– Plus tard pour les excuses. Quelle est cette horreur ? Le savez-vous ?

Rebecca secoua la tête.

– Mais elle en a après nous, n'est-ce pas ?

La jeune femme baissa les yeux sur le fragment du Venefactor. Amber se pencha.

– Vous l'avez trouvé, finalement.

Sa belle-mère ne répondit pas. Son esprit était empli de confusion. Elle était surprise. Elle était désespérée. Cette créature de ténèbres et de légendes... Un avertissement du comte lui revenait en mémoire, des paroles anciennes auxquelles elle n'avait prêté qu'une attention distraite mais qui faisaient désormais écho à celles du duc.

Vladimir Raskolnikov, le fondateur du clan des Raskolnikov, était aussi le vassal de la terrible Sekhmet, vampire à la puissance incommensurable et sans âge que certaines sources prétendaient enterrée à New York, plongée dans un sommeil de pierre.

Se pouvait-il que cette... légende se soit réveillée ? « Si c'est le cas, songea la jeune femme, que Dieu nous vienne en aide. »

Un sourire éclaira son visage. Voici qu'elle en appelait à Dieu, à présent.

– Qu'y a-t-il de si drôle ?

Poursuivant sa course déchaînée, le cab passa en trombe devant Reservoir Park. Rebecca adressa à sa belle-fille un regard incrédule.

– Est-ce que ta sœur... ?

– Luna est vivante. À Londres. J'ai été enlevée par Ciceley. Il voulait se servir de moi pour vous forcer à lui remettre... (Elle désigna le fragment d'un hochement de menton.) Pour vous forcer à lui remettre ceci.

La jeune femme opina, lèvres serrées.

– Vous servez Dracula, fit Amber. Vous le servez, n'est-ce pas ?

– Rien n'est simple, mon ange.

– Je ne suis pas votre ange. Je ne le suis plus. Qu'est-il arrivé à mon père ?

Sa belle-mère secoua la tête.

– Je l'ignore. Je te jure que c'est vrai.

– Madame ?

Le cocher, affolé, tentait encore de forcer l'allure. Un homme les poursuivait, visiblement, un homme à pied courant à une vitesse insensée et qui aurait tôt fait de les rattraper.

– Ciceley..., murmura Amber.

– Tirez ! ordonna la duchesse à son cocher. Tirez-lui dessus !

– Non ! fit la jeune fille. Vous n'avez que deux balles. Vous le raterez, et ensuite...

– Là-bas ! indiqua la duchesse à Herbert en montrant la grande rue oblique qui s'annonçait. Continuez sur le Bowery. Il y a plus de monde, là-bas, peut-être aurons-nous une chance...

Herbert Warenmore acquiesça avec ferveur et se concentra sur la route. Leur poursuivant flottait au-dessus du sol. Il se rapprochait.

Le cocher sortit son arme et ferma soigneusement un œil. Un jour, en Afrique, il avait abattu un lion à cinquante pieds, une bête furieuse qui les avait chargés, lui et la duchesse, et les aurait probablement taillés en pièce s'il avait raté son tir.

Il appuya sur la détente.

– Malédiction...

La détonation avait résonné entre les hauts immeubles de Broadway, mais leur poursuivant courait toujours. L'homme tira de nouveau. Le vampire roula dans la neige.

– Je l'ai eu!

Lâchant son arme sur la banquette, le cocher reprit aussitôt le contrôle du cheval. Les trois passagères crièrent. L'espace de quelques secondes, la voiture manqua se renverser. Puis elle retomba sur ses quatre roues et s'engagea sur le Bowery sans ralentir.

La nuit était glacée. Les réverbères passaient comme des rêves. L'attelage avançait maintenant sous un entrelacs touffu de fils électriques. Le Bowery. La rassurante pénombre des bas quartiers.

– Plus de balles, fit Amber. Que faisons-nous?

Rebecca avait attrapé son bras.

– Je vais t'aider, s'exclama-t-elle. Crois-moi. Je veux que tu saches... Oh, vous m'avez tant manqué, toi et ta sœur. Et ton père! Il y a eu cet incendie et – je m'étais faite à la vie sans vous, je ne pensais pas...

Elle paraissait sur le point de sangloter. Amber la considéra avec méfiance. Quel crédit accorder à ces paroles ? Dracula était l'adversaire des Invisibles, l'ennemi ultime de l'Angleterre et de la Couronne.

– Bon sang !

Le cab venait de faire une terrible embardée. Dressée sur ses pattes arrière, le cheval hennit puis s'arrêta.

Tous les fils électriques qui survolaient la rue étaient en train de se détacher, claquant dans l'air comme des fouets.

L'un d'eux frôla la voiture et termina sa course dans la neige où il tressauta tel un serpent couvert d'étincelles. Un autre gifla le vent glacé et vint frapper le cheval. Poussant un cri déchirant, l'animal tomba sur le flanc, ses pattes battant l'air. Amber était pétrifiée. La duchesse la secoua.

Herbert sauta du cab et aida les trois femmes à descendre. Le quatuor poursuivit sa course à pied, rasant les murs, claudiquant sur les trottoirs couverts de neige fondue. Ils se trouvaient au croisement de Canal Street, à quelques encablures des quais.

– Vite !

Lord Ciceley avait réapparu au bout de la rue. Il avançait vers elles en se tenant l'épaule, de plus en plus vite.

Les trois femmes et le cocher hâtèrent l'allure. New York était devenue un théâtre d'ombres et de douleurs. Où aller désormais ? Le vampire se rapprochait.

– Je croyais… qu'il était dans votre camp, glissa Amber à sa belle-mère, qui boitillait à ses côtés.

– Je le croyais aussi. Le comte m'avait mise en garde.

Elle gardait le fragment du Venefactor serré dans son poing. Les fils électriques cédaient les uns après les autres. Chaque claquement était présage de mort. Herbert tirait la duchesse par la main en surveillant leur poursuivant. Celui-ci avançait beaucoup moins vite désormais, mais il gagnait toujours du terrain. Seule Amber aurait pu lui échapper. Mais il était hors de question pour elle de fuir seule.

Bientôt, les quais furent en vue et, avec eux, la majestueuse silhouette du pont de Brooklyn, qu'Amber découvrait pour la première fois sous cet angle. Le quatuor se retourna. Lord Ciceley arrivait, silhouette grise plus menaçante que jamais, au milieu d'un chaos d'étincelles et de fumée.

Les habitants, terrorisés, avaient envahi l'avenue ; il ne leur prêtait aucune attention. Rebecca serrait son fragment. Amber ferma les yeux. Cette sensation, qu'elle avait éprouvée à Central Park, aux abords de l'obélisque, cette sensation revenait, maintenant, mille fois amplifiée.

Un concert de hurlements s'éleva sur le Bowery. Les réverbères et les poteaux électriques s'abattaient sans résistance. Des maisons avaient pris feu. Amber s'arrêta, anéantie. Elle assistait au spectacle sans comprendre. La duchesse la tirait par le bras. Une vague invisible déferlait sur la grande avenue : flammes, neige et crépitements.

– Amber !

La duchesse avait hurlé. Tirée de sa torpeur, l'aînée des Wilcox la regarda avec stupéfaction. Comment connaissait-elle son vrai nom ?

– Que…

La vieille femme pointait le pont du doigt : Rebecca s'y était engagée, frêle et sans défense, poursuivie par Lord Ciceley, qui venait de passer devant la jeune fille sans la voir. Au diable la prudence !

Amber se lança sur ses talons et la suivit quelques secondes avant de s'arrêter, au milieu de la route. Là s'élançait le pont de Brooklyn, avec ses formidables piliers. Un pressentiment avait saisi la jeune fille. Elle se mit à crier. Rebecca l'entendit-elle ? Arrivée à mi-chemin du premier pilier, elle se retourna. Ciceley fondait sur elle.

Un bourdonnement se mit à enfler, venu des profondeurs. Épouvantée, Amber vit un trottoir se soulever et des dizaines de New-Yorkais être projetés dans les airs. La duchesse disparut à sa vue. Herbert aussi. Un souffle les avait renversés, qui l'atteignit à son tour et l'envoya heurter une rambarde métallique.

Se raccrochant à un réverbère, elle se retourna. Le pont était ébranlé. Avec horreur, elle vit le premier pilier se fendre et une partie de l'édifice s'effondrer dans les eaux noires. La portion où elle se tenait se renversa elle aussi ; une fissure avait scindé la route en deux.

Par bonheur, elle se trouvait du bon côté, toujours accrochée à son réverbère.

À la seconde secousse pourtant, il lui fallut lâcher prise. Bondissant en avant, elle décrivit une ellipse impossible – trente pieds au-dessus des immeubles. Tout s'était tu. Une nouvelle fois, elle eut l'impression de voler, impression qui se dissipa d'un coup lorsqu'elle retomba sur le toit d'une maison, près d'une cheminée crachotante, dans une flaque de neige.

Une douleur fulgurante la transperça. Sans doute, elle s'était brisé une côte. Elle se releva tant bien que mal. Ses instincts. Ses pouvoirs. Un craquement infernal s'élevait dans la nuit. Sidérée, elle vit sa partie du pont s'effondrer dans la baie et sur un immeuble voisin. Elle s'approcha du bord. Des lames se soulevaient, venant frapper furieusement les quais. Le grondement ne cessait pas.

La jeune fille plissa les yeux. Là-bas, au milieu des flots déchaînés, une silhouette se maintenait péniblement à la surface.

Rebecca !

Sans perdre un instant, l'aînée des Wilcox écarta les bras et se laissa tomber du haut de son perchoir. Elle se releva aussitôt et s'élança vers la baie. Au cœur du chaos, la jeune femme l'avait vue. Elle lui faisait signe. Tout s'écroulait autour d'elle. À chaque instant, elle risquait d'être engloutie.

Une vague se dressa, qui la frappa de face. Elle perdit l'équilibre. Une voix résonnait dans son esprit. *Le fragment. Prends le fragment !*

Quel était ce mystère ? Souffle coupé, elle se releva.

Je te demande pardon.

C'était Rebecca. Rebecca parlait dans son esprit. Elle voulut lui répondre mais n'y parvint pas. Les poings serrés, elle se précipita au bord du quai, se retenant à une bitte d'amarrage. Une crevasse plus large qu'un tramway cisaillait la plate-forme de part en part. Elle sauta par-dessus.

Sa belle-mère se maintenait à la surface mais une chose monstrueuse était sur le point de s'abattre sur elle, comme si la mer elle-même avait pris vie.

Lance-le.

Elle avait émis cette pensée avec toute la concentration dont elle était capable.

Amber ! lui semblait-il entendre. Elle était fouettée par les vagues, glissant sur les quais, éperdue. *Amber, je suis...*

La mer se hissa. Éclairé par la lune, un visage se dessina l'espace d'une seconde, la figure d'une très vieille femme décomposée par la colère.

Amber hurla encore. Un objet fendit l'air. Jaillissant à sa rencontre, elle l'attrapa au vol.

Puis la mer retomba et un frisson la traversa au moment où elle reprenait pied sur la terre ferme.

Où était Rebecca ?

Dans sa main, serré, Amber tenait le fragment tant convoité.

Rebroussant chemin, elle s'enfonça dans une ruelle qui repartait vers la ville et se faufila entre les débris de poteaux et les vestiges d'un immeuble affaissé. Elle était trempée, meurtrie, à bout de forces, mais trop choquée pour ressentir la moindre peur. Et les autres ? Qui avait survécu ?

Dans son dos, la mer continuait à danser et l'on aurait pu croire que la ville entière allait être engloutie.

Ce ne fut pas le cas. Mais quelle importance ? Rebecca était morte, la duchesse avait disparu, New York était en ruine.

– Ma beauté !

Un homme s'avançait vers elle, dégoulinant, un sourire sardonique aux lèvres. D'un geste, il ouvrit sa chemise. Ses cheveux roux, plaqués sur son front, rehaussaient la folie de son regard. Son bandeau avait disparu, révélant, à l'endroit où aurait dû se trouver un œil, une cavité de chair rosâtre.

– Donne-moi l'artefact, Amber. Tu ne saurais qu'en faire.

Jamais ! voulut répliquer la jeune vampire. Mais elle n'en trouva pas le courage. Quoi qu'elle tente désormais, elle était perdue. Lord Ciceley lui était supérieur. Il avait traversé l'océan pour retrouver le fragment. Il le désirait de toute son âme.

L'aînée des sœurs Wilcox recula.

L'image de sa belle-mère engloutie, avalée par les flots, refusait de quitter sa mémoire. Elle lui avait donné cet objet.

Pourquoi ?

Sans attendre, Lord Ciceley fondit sur elle. Elle se débattit en griffant mais, tombant à la renverse, laissa échapper l'artefact.

Son adversaire le rafla. Il recula d'un pas. Amber gisait dans les décombres. Elle cracha du sang, se redressa. Ciceley affichait un sourire de compassion affectée.

– Tu as choisi le mauvais camp, dirait-on. Tous ceux que tu aimais sont morts.

Alors c'était ça ? C'était ainsi que les choses se terminaient ? La jeune fille voulut se relever, repartir à l'assaut, mais toute énergie l'avait quittée.

Une fois encore, elle pensa à sa sœur. À son père. À sa mère partie trop jeune, cette mère dont Rebecca aurait pu lui parler, peut-être, mais dont elle emportait désormais le secret au fond de l'Hudson.

Ouvrant les yeux, elle rassembla ses dernières forces et s'assit sur son séant. Un rire démoniaque emplissait les ténèbres.

Lord Ciceley brandit le fragment du Venefactor vers la lune.

La jeune fille se mit debout. Une demi-seconde plus tard, la terre se soulevait de nouveau. Elle bascula en arrière.

Une brèche s'ouvrit dans un immeuble, puis au milieu de la route – brèche au creux de laquelle elle crut d'abord que Ciceley avait été englouti, avant de le voir remonter à la surface, un coude, puis l'autre, le fragment toujours entre les mains.

Amber s'avança.

Le lord banda ses muscles pour sortir de la crevasse. Au même moment, un pan entier de l'immeuble se détacha et lui tomba dessus.

Avec un grognement, il parvint à se frayer un chemin hors des décombres. L'une de ses jambes luisait de sang mais Amber ne distinguait pas les détails. Tout le sud de Manhattan était plongé dans l'obscurité.

Ciceley se traîna sur la route. Une grimace de douleur avait remplacé son sourire. À quatre pattes, il s'avança encore et trouva la force de se mettre à genoux pour tendre la main gauche, celle qui ne tenait pas l'artefact, vers Amber.

– Aide-moi.

La jeune fille trébucha. L'autre postillonnait.

– Aide-moi ou, par l'enfer, je reviendrai hanter tes rêves jusqu'à la fin de tes jours. Ne sais-tu pas qui nous servons ?

Un second pan se désagrégea. À présent, il était prisonnier d'un bloc de béton titanesque et une flaque de sang s'élargissait tout autour de lui.

Il releva la tête.

– Astaroth. Astaroth ! Me voilà !

Puis ses doigts s'ouvrirent et le fragment lui échappa. La seconde d'après, la partie de l'immeuble mise à mal par le séisme acheva de s'effondrer sur lui. Amber n'eut que le temps de ramasser l'objet et de faire un pas de côté. Elle souffla un grand coup et repartit dans l'autre sens.

D'un regard, elle balaya le paysage. Partout gisaient des ruines et des gravats, des maisons disloquées, des poteaux arrachés. Par la petite rue qu'elle venait de quitter, elle obliqua sur une autre, qui donnait droit sur le Bowery.

S'arrêtant devant les quais, elle vit la vague et le chaos qui s'étaient emparés des eaux se déplacer lentement vers le large.

Si incroyable que cela puisse paraître, le tremblement s'était apaisé ; nul grondement ne s'élevait plus dans l'atmosphère.

Des flammes dansaient dans ses prunelles. Que restait-il de New York, de sa vie, de ce qu'elle avait vécu ici ?

Des âmes en peine erraient au milieu de la rue, dépenaillées, en larmes et en sang. Baissant les yeux, elle reconnut le cadavre de Herbert et tomba à genoux devant lui. Un corbeau, curieux, s'était approché. D'un geste, elle l'assomma et porta à ses lèvres son corps frémissant. Le sang ruissela sur son menton. S'essuyant avec une poignée de neige, elle rejeta le corps au loin. Personne ne lui prêtait la moindre attention.

Combien de temps resta-t-elle ainsi ? Elle n'aurait su l'affirmer. Un vent glacé mugissait, charriant de fines particules de neige mêlées de cendres. La présence s'en était allée vers l'océan. Le monde sensible, celui qu'elle avait toujours pensé être le seul, reprenait progressivement ses droits.

Enfin, l'aînée des sœurs Wilcox se releva et porta une main à sa côte.

– Ma chérie ?

Une vieille femme s'avançait vers elle, le visage noirci, vêtue d'un manteau de fourrure déchiré.

Amber esquissa un sourire. Son amie lui ouvrit ses bras. Elle voulut s'y précipiter mais sentit ses jambes se dérober sous elle. La duchesse la rattrapa avant qu'elle ne touche le sol et la déposa sur le trottoir.

Yeux grands ouverts, la jeune fille contemplait la nuit, les nuages voilant la lune, le ballet léger des flocons grossissant.

– Ma chérie…, répéta la duchesse.

Elle ne pouvait que lui caresser le front ; Amber ne pouvait que se laisser faire. Entre ses doigts crispés, le fragment du Venefactor au chatoiement si mystérieux avait, plus mystérieusement encore, cessé de palpiter.

D'Autres deuils

Au-dessus de Liverpool, le dirigeable de Lord Sallingham obliquait avec lenteur. Mais Luna ne s'en rendait pas compte.

Les yeux rivés sur la porte, elle recula d'un pas. Brusquement, la poignée s'abaissa et une silhouette parut sur le seuil : favoris gris, cheveux ras, lunettes globuleuses relevées sur le front. Sans mot dire, l'homme fouilla son veston. Luna ne lui en laissa pas le temps. Toutes griffes dehors, elle bondit sur lui et le jeta à terre. Les mains de l'homme se levèrent vers elle. Doigts serrés sur sa trachée, elle le réduisit au silence et lui arracha ses lunettes. Puis elle attrapa le globe, enjamba le second corps et partit vers la salle des machines, son chat sur les talons.

Lord Sallingham se retourna et sortit son pistolet, que la jeune fille n'avait pas pris le temps de lui enlever. Se traînant dans le couloir, il essaya de tirer, maladroitement, et retomba, secoué par une quinte de toux.

Luna était déjà loin. Un homme se précipita à sa rencontre. Il voulut faire feu ; la vivacité de la jeune vampire le prit de court. Avant d'avoir compris ce qui lui arrivait, il recula, souffle coupé.

Son adversaire lui avait subtilisé son arme et l'avait frappé à l'abdomen. Il appela au secours, mais sa voix était couverte par le bruit du moteur.

Luna courut vers les portes de secours. Elle fracassa la première et descendit les escaliers à toutes jambes. Watson galopait à sa suite.

Un mécanicien se présenta : un jeune garçon aux cheveux couleur paille, vêtu d'un chandail troué. Elle hésita, pointa le pistolet vers lui.

– Hein ?

– Descends.

Il fit comme elle disait. Il venait de nettoyer l'un des aérostats d'appoint et tenait son chiffon à la main.

– Ramène-moi en ville.

– Écoute, je…

Elle agita son arme. Il leva les mains et actionna un bouton : une portière se leva comme un aileron.

Luna lui fit signe de monter et de prendre les commandes. Elle s'installa à ses côtés sans cesser de le tenir en joue.

Bien.

Elle posa le globe entre ses pieds. À présent, elle était seule avec lui et Watson.

La portière se referma.

– Tout ce que je te demande, dit la jeune fille, c'est de nous faire quitter cet appareil.

– Nous ?

Elle désigna le chat, qui s'était glissé à ses côtés. Le jeune homme sourit, incrédule, et désigna son arme.

– Tu risques de te faire mal avec ça.

– Je te ferai mal avant. Ne me force pas à être maladroite.

Il opina et mit les gaz puis actionna une série de leviers, et les attaches qui maintenaient l'appareil au dirigeable se rétractèrent. Avec un haut-le-cœur, Luna se sentit aspirée vers le vide. Elle bascula sur le côté, cramponnée à son pistolet. Hurla-t-elle ? Elle n'aurait su le dire, mais le vertige l'avait saisie. Très vite cependant, l'appareil se rétablit et adopta une allure de croisière. Les deux hélices latérales donnaient leur pleine puissance. Grisée, la jeune fille se pencha vers le vide.

Sombre et sanglante, la cité s'étendait dans toutes les directions. L'appareil décrocha et entama des manœuvres de descente.

– Qui es-tu ?

Luna resta muette. Le jeune garçon s'accrochait à ses commandes.

– À ta guise. Nous allons devoir atterrir à la sortie de la ville, tu sais. Je ne suis pas très doué.

– Je te conseille de ne pas me jouer de mauvais tour.

– Je ne plaisante pas : je n'ai même pas mon brevet de pilotage. Tu aurais dû réfléchir avant de nous embarquer là-dedans.

La jeune fille s'apprêtait à répliquer lorsqu'une violente pétarade la fit sursauter. Le garçon jeta un œil par-dessus son épaule.

– On nous tire dessus.

Il la dévisagea une nouvelle fois.

– C'est l'appareil du lord. Qu'est-ce que tu as fait, bon sang ? Il va nous abattre comme des chiens.

Une nouvelle rafale cisailla la nuit, passant non loin d'eux.

Luna serra les dents.

– Tu ne peux pas riposter ?

– Je...

Elle se baissa pour toucher le globe, son arme toujours en main.

Force-le.

– Nom de Dieu! jura le jeune homme en tirant son levier à lui, ce qui eut pour effet de faire descendre l'appareil.

Les mitrailleuses de Lord Sallingham ne cessaient de crépiter. Luna pointa son arme sur la tête du jeune homme.

– Fais demi-tour. Et tire-lui dessus.

– Je ne peux pas faire ça.

– Bien sûr que si.

Avec un soupir, le pilote décrivit une longue courbe pour se placer derrière son poursuivant. Mais ce dernier restait soigneusement dans son sillage.

Une forteresse se dessinait à l'horizon.

– On n'y arrivera pas.

Luna secoua la tête. Elle ne savait plus quoi faire. Une balle ricocha sur la carlingue.

– Aaah!

L'appareil descendait encore. La forteresse se rapprochait dangereusement.

– Qu'est-ce que tu fais?

Le jeune garçon se tourna vers elle. La mitrailleuse avait fait feu une fois encore et Luna ne comprit pas tout de suite que la vitre arrière avait volé en éclats. Elle ne réalisa pas non plus que le pilote avait été touché dans le dos, jusqu'à ce qu'il lui confie les commandes et s'écroule, une auréole de sang s'agrandissant sur son chandail.

Avec un gémissement, la cadette des Wilcox le repoussa, désarticulé, sur son propre fauteuil, duquel il finit par tomber. La forteresse fonçait maintenant sur eux.

Luna attrapa le levier et essaya de rétablir l'équilibre, mais il était trop tard.

Elle se mit à hurler.

Plus rien n'existait, ni le chat, ni le globe, ni le monde extérieur – seulement ce pilier phénoménal qui se rapprochait d'elle à toute allure et la carlingue secouée comme un panier.

Elle se cramponna au levier, le poussa au maximum et ferma les paupières. L'aérostat allait exploser.

Il y eut un grondement d'hélices, une stridence. Lorsqu'elle ouvrit les yeux, la jeune fille comprit que son appareil allait se faufiler entre deux barres d'acier distantes l'une de l'autre d'à peine dix pieds.

Des balles ricochèrent sur le métal. Les barres apparurent dans un souffle. Son poursuivant vira de bord pour les éviter. L'une des hélices heurta un pylône et se désintégra. L'aérostat piqua vers la ville en flammes. Luna ne le vit même pas s'écraser. Elle survolait Liverpool, s'éloignait de la mer, partait vers la campagne lointaine.

Son moteur était touché.

Longtemps, elle parvint à maintenir une altitude raisonnable. L'appareil déclinait mais sa course était régulière. Puis un bruit inquiétant se fit entendre sur le flanc gauche et elle comprit que l'une des hélices n'allait pas tarder à l'abandonner. Un bouton lumineux s'était mis à clignoter. Plus de carburant.

La ville s'amenuisait, se réduisant à un chapelet de maisons perdues dans un océan de campagne nocturne. Le chat s'était tapi sous le siège passager.

Le cœur de Luna battait la chamade. L'aérostat poursuivait sa descente en pente douce mais elle avait de plus en plus de mal à conserver une direction stable. Bientôt, elle le laissa glisser et virer de bord.

Elle parcourut encore une dizaine de miles, perdant régulièrement de l'altitude, survolant des champs noyés de ténèbres et des villages endormis.

Elle distinguait des clochers, désormais, des rivières serpentines, des forêts en masse sombre à mesure que le ciel se dégageait. Entre deux nuages, elle eut le temps d'apercevoir un essaim d'étoiles.

Demander conseil à Elizabeth ne servait plus à rien. Les commandes étaient inopérantes. La jeune fille parvint à s'écarter pour éviter un hameau, dont quelques lumières brillaient encore. Puis, avec un rugissement de frustration, l'appareil fusa vers un champ brunâtre. Il rebondit une première fois, une deuxième. Le choc initial éjecta le corps du pilote. Luna eut le temps d'attraper son chat et de jeter un coup d'œil au globe. Elle ne pouvait plus rien pour la comtesse.

Souffle coupé, elle encaissa la seconde secousse.

Une immense détresse l'envahit soudain, qui n'émanait pas d'elle. Un tunnel l'aspirait.

Quelque chose résistait. Du bout des doigts, dans l'appareil renversé, elle parvint à effleurer le globe. *Non!* gémissait la voix au désespoir, *non!* Puis une sensation de brûlure l'envahit, son crâne heurta la vitre et elle perdit connaissance.

Alliance

Un jour saumâtre se levait sur Central Park. L'agitation s'était tue. Quelques vendeurs de journaux esseulés annonçaient les nouvelles de la veille. New York pansait ses blessures. Abraham Stoker ouvrit les yeux. Une onde de souffrance se propagea le long de son corps. Se raidissant, il s'efforça de se redresser et se rendit compte qu'il en était incapable.

Une main lui soutenait la nuque. On lui donna à boire : quelques gouttes d'une eau si fraîche et pure qu'il en aurait pleuré de bonheur.

Il balbutia un remerciement et se rendormit aussitôt.

Juché sur le Summit Rock, l'observatoire McDermott, qui surplombait le réservoir de Croton, n'avait jamais regardé les étoiles. Une sinistre histoire de financement frauduleux avait empêché les travaux d'être menés à leur terme et il trônait là, désormais, tout de pierre et de brique rouge, sa belle coupole blanche à demi inachevée laissant passer les branches d'un chêne monumental à qui il n'avait fallu que trois saisons pour atteindre sa taille définitive.

Pour le voyageur arrivé au bout de la colline, serpentant entre les pancartes « Travaux » et les fossés boueux, il ressemblait à une apparition, un mirage incongru ignoré des mortels.

Stoker, lui, n'avait pas eu le loisir de l'admirer. On l'avait transporté, inanimé, après que les loups l'eurent finalement délaissé.

Plus tard, il se réveilla encore. Sa jambe droite lui arrachait des cris de douleur. Il avait probablement deux ou trois côtes fêlées et un bandeau ceignait son front, poissé de sang. Mais il n'était pas mort. Les prédateurs l'avaient épargné. Par quel miracle ? Un homme au visage mat, vêtu de fourrures et de colliers, se matérialisa au-dessus de lui.

– Qui es-tu ?

« Un Indien », songea Stoker. La voix résonnait, menaçante. L'Irlandais était couché sur une paillasse, dans une vaste salle circulaire. Un feu crépitait. Des silhouettes se pressaient à la périphérie de son champ de vision. Des murmures se propageaient.

– Je me suis... perdu.

– Les grilles étaient fermées, répondit l'Indien. Personne ne se perd ici la nuit. Tu nous cherchais ? Est-ce la police qui t'envoie ?

Stoker secoua la tête.

– Tu as commis une erreur, reprit l'Indien, une grave erreur en t'aventurant sur le territoire des Lenapi.

Stoker déglutit. Les Lenapi ? Jamais il n'avait entendu ce nom.

– Où suis-je ?

– Tu as violé notre domaine, fit une voix plus douce.

La petite créature aux cheveux argentés qu'il avait aperçue avant que les loups ne fondent sur lui s'était approchée à son tour. Stoker plissa les yeux. Une manière de sourire se dessina sur le visage angélique.

– Mais tu me vois, n'est-ce pas ?

Elle s'avançait à ses côtés, à peine plus haute qu'une fougère. Elle leva une main, pouce replié.

– Combien ai-je de doigts ?

– Qua… Quatre, bafouilla Stoker, alarmé.

La créature se retourna vers l'Indien avec une expression indéchiffrable. Celui-ci hocha la tête et posa un genou à terre. Rapidement, il desserra la cravate de Stoker et déboutonna le haut de sa chemise. Un étrange dessin apparut, tatoué au trait noir à même sa poitrine : un cercle et quatre lignes, qui formaient les contours d'un carré invisible.

– Tu portes la Marque d'Alliance, fit l'Indien. Et tu vois les fées, Awonn disait vrai. Tu peux la remercier. Sans elle, nos loups te réduisaient en lambeaux.

Abraham cligna des yeux.

La fée s'approcha encore et, du bout des doigts, effleura le signe.

– Qui t'a fait cela ? Quand ?

– J'avais dix ans, commença malaisément Stoker. C'était en Irlande, dans un village du bord de la mer, au milieu de la lande. Je jouais seul sur cette plage et j'ai trouvé… J'ai vu cette créature… J'ignore comment elle s'appelait…

– Décris-la, l'encouragea la fée.

– Elle était grande… aussi grande que moi… sa peau était bleutée, irisée, je ne vois pas comment expliquer cela : on aurait dit une mosaïque…

– Probablement une ondine. Ensuite ?

– Elle avait été blessée. Elle ne saignait pas, mais elle était très faible. La partie inférieure de son corps était prisonnière d'un filet de pêcheur. Je l'ai libérée avec mon couteau de poche. Ses paupières ont frémi. Elle a remué un peu puis elle s'est redressée très vite et, avant que j'aie pu faire quoi que ce soit, elle a posé sa main sur ma poitrine, juste ici (il montrait la marque), à travers mes vêtements. J'ai senti une chaleur, un mélange de douleur et de bien-être. Je crois que j'ai perdu conscience. Quand je suis revenu à moi, elle avait…

– Elle était rentrée chez elle, termina la fée à sa place.

Abraham acquiesça.

– Où vis-tu ?

– À Londres.

– À Londres, répéta l'Indien, visiblement décontenancé.

– Est-ce la première fois que ta route croise celle du Peuple du Milieu ? demanda la fée.

Stoker hocha la tête. La créature qu'il avait sauvée lui avait fait don du pouvoir de *vision* et il s'en était servi plus souvent qu'à son tour. Petit à petit, aux abords du marché aux gobelins de Blackfriars, il avait fait connaissance avec les lutins, les kobolds et les ogres balourds. Il leur avait parlé.

La fée aux cheveux d'argent patientait, attentive. Tous étaient graves et silencieux.

– Maintenant que tu sais que nous ne te dépècerons pas, maugréa l'Indien, peux-tu nous dire la vérité sur les raisons de ta présence en ce lieu ?

– Un homme me cherche.

– Un homme ?

Abraham Stoker soupira. La petite fée l'encourageait du regard. Quelle version de l'histoire allait-il leur offrir ? Il devait choisir ses mots avec circonspection.

– Pas vraiment un homme, dit-il. Une créature de la nuit un..

– Vampire ?

L'Indien s'était relevé.

– Vous connaissez les vampires ?

L'autre haussa les épaules.

– Continue.

– Il y avait une jeune fille avec moi. Il devait se servir d'elle, et je devais apporter mon aide. Mais nous avons été trahis. Il a essayé de me tuer.

– Quand ?

Stoker rajusta sa cravate.

– Je ne sais pas. Depuis combien de temps suis-je ici ?

– Deux nuits.

– Et toi, tu cherches cette jeune fille, fit la petite fée.

– Oui. Mais je n'ai guère d'espoir. Pour ce que j'en sais, elle peut se trouver n'importe où. Si le… vampire ne l'a pas rattrapée.

L'Indien s'en retourna.

– Nous ne pouvons rien pour lui, déclara-t-il à son amie. Nous ferions mieux de le laisser ici. Moins nous nous mêlons des affaires des non-morts et mieux nous nous portons. Qu'en penses-tu, Eluwak ?

Torse nu, un jeune garçon s'était détaché du groupe. Se postant devant Stoker, il lui adressa un sourire énigmatique. L'homme se mit à trembler.

– Mon Dieu. Mon Dieu !

Dressé devant lui, le garçon commençait à – pouvait-on le dire autrement ? – changer de forme. Sa peau se hérissait de longs poils, des muscles noueux roulaient comme des serpents et ses os saillaient.

Les Indiens et la fée (Awonn ? Était-ce bien son nom ?) s'étaient reculés. Ils semblaient attendre que la métamorphose se termine. Stoker, qui n'avait jamais assisté à semblable spectacle, était terrorisé. La taille du jeune homme avait presque doublé ; juchée sur ses pattes postérieures, la créature qu'il était devenu secouait furieusement le museau. Sa gueule s'aplatissait, se déformait, se rétrécissait. Des grincements funestes se faisaient entendre, comme si le secret de la transformation eût résidé dans quelque horrible mécanique interne.

Mais elle était parfaitement naturelle, comprit confusément Stoker. En moins de trente secondes, la créature avait atteint sa stature définitive. Sept pieds de haut, huit ? Il crut qu'elle allait se jeter sur lui. Elle se contenta de se frapper la poitrine.

– Je suis Eluwak, déclara-t-elle d'une voix mâle et caverneuse. Fils de Luwunsu, chef des Lenapi.

– Êtes-vous… ?

– Des garous ? C'est ainsi que nous appellent la plupart des humains, en effet. Mais nous sommes avant tout les derniers membres de la tribu à qui appartenait jadis cette terre. Nous habitons ici aujourd'hui, à New York, aux côtés du Peuple du Milieu, et ce parc est tout ce qui reste de notre territoire sacré.

Stoker opina. La créature dégageait une telle impression de puissance qu'il ne pouvait s'empêcher de lui accorder sa confiance. Des garous ! Il comprenait mieux, à présent, ce qui se racontait sur Central Park. Et les paroles de la duchesse s'éclairaient d'une lumière nouvelle.

– Tenez.

Le fils de Luwunsu lui tendait une tasse de thé brûlant. Stoker la saisit avec reconnaissance. Les Lunapi avaient décidé de lui laisser la vie sauve. D'après ce qu'il avait compris, il avait eu beaucoup de chance. Mais il lui fallait maintenant guérir de ses blessures. En attendant, il était cloué ici, aux abords de l'observatoire.

La voix du garou, qui avait repris forme humaine, berçait son attente. Le fils du chef, semblait-il, l'avait pris en amitié. Il détestait les vampires, et l'histoire de son hôte l'intéressait.

Stoker n'était pas en reste. Adossé au muret, emmitouflé dans sa couverture, il sirotait son thé en posant des questions. Il venait de mettre le pied dans un monde inconnu.

– La plupart d'entre nous revêtent forme humaine, racontait Eluwak en regardant les siens vaquer à leurs occupations sous la coupole de l'observatoire. Ils se mêlent à vos semblables. Régulièrement, nous nous retrouvons pour célébrer les cycles de la vie. (Il montra le ciel.) Vous ne le voyez pas, et nous non plus, mais nous le sentons : demain, la lune sera parvenue à sa demi-croissance et nous fêterons la Descente. Il y aura des danses et des chants, et nous boirons le shamal.

– Le shamal ?

– Une décoction de plantes. Elle nous permet de voyager, de survoler la ville telle qu'elle était au temps béni de nos ancêtres. Plus tard, lorsque la lune aura disparu du ciel, certains d'entre nous devront aussi affronter le choix qu'ils ont fait. La Sauvagerie.

De nouvelles questions traversaient l'esprit de Stoker mais il s'abstint de les poser. Il avait parcouru un livre quelques mois auparavant, un incunable déniché dans la bibliothèque de la Golden Dawn. Certains, au sein de la société secrète, tenaient l'ouvrage pour un ramassis de fables anciennes, imprégnées de mauvais scotch. Le peu que Stoker avait déjà appris, cependant, lui laissait au contraire penser que son auteur – un Écossais décédé plus de trois siècles auparavant – avait été remarquablement informé.

Les garous, ou lycanthropes, naissaient sous forme hybride. Très vite, ils apprenaient à se transformer : soit en humain, soit en loup, en repassant par cet état intermédiaire qui leur avait valu leur nom. Les phases de pleine lune et de nouvelle lune favorisaient la transformation, la rendaient moins douloureuse.

Stoker était fasciné. Là-bas, à Londres, il avait devisé avec des fées diaphanes, écouté les fables de lutins atrabilaires, joué aux osselets avec des ogres mauvais perdants. Mais la créature qui s'adressait à lui produisait sur ses sens une tout autre impression. Une part d'elle était humaine. Une part d'elle était *d'ici*.

Eluwak poursuivit ses explications. Arrivés à l'âge de maturité – cinq décennies pour un humain, une seule pour un loup, tout dépendait de l'apparence revêtue pendant la majeure partie de leur existence –, les lycanthropes éprouvaient les pires difficultés à passer d'une forme à l'autre. Il leur fallait alors choisir : loup, ou humain. Les humains restaient parmi les leurs. Les loups quittaient la tribu au terme d'un rituel déchirant et regagnaient la forêt de leurs ancêtres – ou du moins essayaient – pour y mourir en paix.

C'était cela qu'on appelait la Sauvagerie.

Stoker tourna la tête. L'essentiel du bâtiment principal de l'observatoire, éclairé par des brasiers soigneusement protégés, était occupé par le chêne des fées, dans le tronc duquel une porte avait été creusée. Les racines du monstre avaient soulevé la pierre. Çà et là, sur les branches basses, hommes et loups reposaient, paupières mi-closes.

Par l'ouverture de la coupole, une longue lunette d'astronomie pointait vers le ciel enténébré. Hors d'usage, avait annoncé Eluwak. Un petit escalier métallique menait à la plate-forme, sur laquelle une louve avait pris place, enroulée sur elle-même. Une passerelle circulaire longeait l'intérieur de la voûte à mi-hauteur. Des campements de fortune y avaient été installés. Le long du mur, d'autres bêtes hirsutes passaient lentement.

Stoker était ébahi. Qui aurait pu soupçonner qu'un tel sanctuaire subsistât au cœur d'une ville telle que New York ? L'édifice adjacent, lui expliqua son guide, faisait office d'immense dortoir. Il arrivait souvent que des dizaines de loups, épuisés par leurs festivités nocturnes, s'y endorment pour une journée entière, et une nuit encore après cela.

– Mais… Et les hommes ?

– Les hommes ?

– Si quelqu'un découvrait ce lieu, même par hasard ? Je ne parviens pas à croire que cela ne soit encore jamais arrivé.

Eluwak inspira.

– La prochaine fois que vous viendrez ici en touriste, Stoker, observez bien les gardiens qui sillonnent le parc. À proximité de l'observatoire notamment.

– Vous… les soudoyez ?

Son interlocuteur lui décocha un regard peu amène.

– Nous laissons ces pratiques obscènes à l'homme blanc. Les gardiens sont indiens, tout simplement. Ils sont des nôtres. Nul n'accède à l'observatoire sans y être invité.

Une nouvelle fois, Stoker s'était endormi. Quand il se réveilla, le jeune homme se trouvait toujours à ses côtés. Il le dévisagea, et se rappela quelque chose.

La duchesse de Rasmussen.

– Vos blessures cicatrisent plus vite que nous ne l'aurions cru, lui glissa Eluwak. C'est une excellente nouvelle. D'ici deux ou trois jours, vous serez sur pied.

– Je dois…

– Doucement !

Stoker avait tenté de se redresser. Il se laissa retomber, trop faible.

– Je dois retrouver Amber. Je ne peux pas rester ainsi sans rien faire.

– Avez-vous la moindre piste ?

L'homme secoua la tête.

– J'ai une amie. Une vieille femme. Je dois vous en parler. Elle me racontait des histoires sur ce lieu, elle prétendait que j'y trouverais des amis mais…

– Qu'est-ce que vous dites ?

– … mais je ne la prenais pas au sérieux, poursuivit Stoker. Plus exactement, je ne voulais pas la croire. C'est une affabulatrice-née et…

Stoker s'arrêta net. Les yeux du jeune garçon étincelaient d'une curiosité dévorante.

– Comment s'appelle-t-elle ?

– Rasmussen.

– La duchesse de Rasmussen…

Stoker le dévisagea, confondu. Rasmussen était le nom que Lucy avait gardé de son troisième époux. Comment ce jeune garou pouvait-il le connaître ?

Eluwak se leva, pâle comme un linge. Sous la voûte de l'observatoire, les autres membres de la tribu vaquaient à leurs occupations. Eluwak les observa un instant puis attrapa un autre garou, qui passait à proximité.

– Va chercher mon père. Nous devons réunir le conseil immédiatement.

Pertes et fracas

Les lumières de Liverpool palpitaient au loin. Juché sur une colline, on aurait pu les apercevoir. Mais Luna dormait, d'un sommeil hérissé de douleur. Quand elle ouvrit les yeux, elle se trouvait allongée sur le dos et les étoiles passaient comme des rêves entre les nuées fiévreuses.

Elle se redressa avec peine. Combien de temps était-elle restée inconsciente ? L'aérostat achevait de flamber à vingt pas de là. Elle tituba jusqu'à lui. Les restes du globe gisaient, dispersés, à moitié fondus, à même la terre labourée. La jeune fille tomba à genoux.

Nulle trace du chat Watson. Elle le chercha longuement, fouillant les décombres, tremblant à l'idée de le découvrir parmi les débris calcinés. Puis elle abandonna et, comme si ce renoncement avait libéré quelque chose en elle, fondit en larmes.

Son manteau et sa robe étaient déchirés, ses mollets couverts d'éraflures. Une légère explosion la fit sursauter.

Après ce qui lui sembla des heures, elle trouva la force de se relever et se mit à marcher droit devant elle. Peu à peu, elle hâta le pas et, avant d'avoir pu comprendre ce qu'elle faisait, se surprit à courir. Elle filait, plus rapide que le vent. Elle ignorait ce qu'elle fuyait. L'échec, peut-être. La mort. La solitude. Ses affaires étaient restées à Liverpool mais il n'y avait plus rien pour elle là-bas.

Elle songeait à Londres. Le visage de sa sœur s'imprimait dans son esprit, elle rêvait à un bon feu, au violon de Sherlock, à son édredon rebondi, à d'autres souvenirs plus anciens et plus intimes encore.

Un renard venait de surgir devant elle. Elle le poursuivit un instant puis se jeta sur lui et le déchiqueta avec une rage désespérée. Quand elle se releva, sa bouche luisait de sang. La faim avait disparu. Seule restait la tristesse.

Peu avant l'aube, elle trouva un village. Elle choisit une ferme, avisa un tas de foin, s'y creusa une cachette et s'endormit aussitôt, tremblant de terreur. Son sommeil était un ciel sans comète. Elle ne rêva de rien, se releva seulement la nuit suivante et reprit sa route solitaire.

Une voiture à cheval la dépassa bientôt, qui s'arrêta. Elle la rattrapa. Le cocher, un pasteur, lui demanda qui elle était et pourquoi elle errait ainsi.

Elle trouva le moyen de lui sourire.

Il la conduisit jusqu'à Manchester, distante de huit miles, et lui confia un peu d'argent. Là-bas, aux portes de la ville, elle prit une chambre dans un hôtel de poste et s'endormit de nouveau dans un sanglot, enfouie sous les draps.

Quand elle se réveilla, la nuit était brumeuse et une pluie fine frappait les toits obliques. Un corbeau passa dans l'air glacé. Une cloche sonna au loin, à laquelle d'autres répondirent. Elle avisa un tramway et descendit à la gare. Une poignée de voyageurs se pressaient devant les panneaux.

Une nouvelle fois, assise sur un banc de bois, elle invoqua l'esprit de sa sœur, comme l'on prie, sans y croire.

– Amber ?

Elle avait dit son nom à voix haute et s'était relevée, tremblante, en proie à une extase nouvelle. Sa sœur était là, juste derrière le voile, elle en avait la certitude. La distance n'était rien. Elle bredouilla trois mots. Ses lèvres remuaient à peine. Un voyageur, qui l'avait bousculée par mégarde, s'écarta vivement. Il paraissait très étonné.

Plus tard, la jeune fille retourna à l'hôtel, à pied. Elle avançait tel un automate, bras repliés contre sa poitrine.

Elle commençait à réfléchir à tout ce qui s'était passé. Elizabeth Báthory était morte, définitivement, cette fois. Son esprit s'était probablement dissipé dans les airs. Watson, lui aussi, manquait à l'appel. Elle préférait ne pas y penser. Oui, oui, il devait y avoir plus grave. Les documents incriminant Lord Sallingham étaient perdus. Elle était seule à savoir qu'ils existaient. Qui se contenterait de sa parole ?

Quant aux deux lettres si chèrement acquises, elles étaient toujours là, mouillées, coincées sous sa robe, et ce qu'elles révélaient la tétanisait. Les questions se pressaient, confuses, primordiales. Qui était l'ombre de Dracula ? Quel rôle jouait-elle dans les projets du vampire ? Se pouvait-il que l'un des Invisibles fût un traître ? Si tel était le cas, songea la jeune fille, rien ne permettait, dans les quelques lignes écrites par le maître des Drakul, de l'identifier. Fallait-il rentrer à Londres maintenant ?

Lorsque Luna leva enfin les yeux, l'enseigne de l'auberge se matérialisa devant elle : une oie bancale, mangée de rouille, grinçait sous le vent pluvieux.

Elle poussa la porte et demanda sa clé avec angoisse, priant pour qu'on ne lui pose pas de questions et qu'on ne lui demande pas de régler sa chambre d'avance, la forçant ainsi, une fois de plus, à exercer ses talents de persuasion sur une victime innocente.

– Si je puis me permettre, mademoiselle…

– Oui ?

La réceptionniste, guère plus âgée qu'elle, venait de lui tendre sa clé.

– Vous avez mauvaise mine.

– Je sais.

Elle la prit, se dirigea vers les escaliers, pivota.

– Auriez-vous un crayon ? Un papier ?

– Je dois pouvoir trouver ça.

Le retour

Étendue sur son lit au cœur de la grande chambre de Hoffman Arms, Amber observa le médecin replier son stéthoscope puis le ranger dans sa mallette.

La duchesse de Rasmussen, qui se tenait à ses côtés, lui adressa un regard bienveillant.

– J'aimerais vous parler, Lucy.

– Je suis à vous.

Elle le suivit dans le couloir, et la porte se referma. Il prit une inspiration.

– Tout est pour le mieux. Côte fêlée, elle a juste besoin de repos. Mais je suis plus que perplexe.

– On le serait à moins.

– Vous ne me suivez pas. Ses capacités pulmonaires, son rythme cardiaque…

– Eh bien ?

– Ils sont tout à fait anormaux.

Elle prit le portefeuille posé sur le guéridon et lui tendit un billet de cinq dollars.

– Pour vous.

S'emparant du billet, il l'inspecta machinalement. Son front était plissé.

– Merci. Tout le monde ne parle que de ça, vous savez.

– Oui.

– Il n'y avait jamais eu de tremblement de terre à New York. L'obélisque ! Central Park est sens dessus dessous. Je persiste à ne pas comprendre par quel prodige ce drame a pu frapper des zones aussi précises et en épargner d'autres toutes proches. C'est presque comme si ce séisme avait suivi *une route.*

– Vous possédez une imagination débordante, docteur.

Il hocha la tête.

– Sans doute. Mais j'aimerais revoir cette petite. Plusieurs de mes collègues seraient...

Elle lui tendit son manteau, ainsi que son chapeau.

– Une autre fois.

– Puis-je vous appeler ?

– Bien sûr que vous pouvez m'appeler. Ma maison vous est toujours ouverte. Mais vous conviendrez que ma jeune amie et moi-même avons besoin de calme après cette rude épreuve.

– Oh, je comprends, je comprends.

Elle le précéda dans le vestibule pour lui tenir la porte.

– Au revoir, docteur. Et merci de vous être déplacé si vite.

– S'il est quoi que ce soit que je puisse...

Elle inclina la tête et referma avant même d'avoir entendu la fin de sa phrase. Dans le miroir du vestibule, au-dessus d'un trépied d'ébène rapporté d'un lointain voyage africain, elle inspecta les rides de son visage.

Herbert était mort. Le fait de se répéter ces mots ne semblait pas les rendre plus réels. Pas plus que le fait de repenser à ce qui s'était passé, deux nuits auparavant, ne permettait de prendre la véritable mesure des événements. Tous les journaux évoquaient effectivement un tremblement de terre. Quelle autre hypothèse auraient-ils pu avancer ? Lucy de Rasmussen inspecta ses mains. Elles ne tremblaient pas.

S'appuyant sur sa canne, elle regagna la chambre d'Amber. À son approche, la jeune fille se redressa sur son oreiller. La duchesse tira une chaise et, pendant un long moment, ni l'une ni l'autre n'osa rompre le silence qui s'était installé entre elles. Leurs yeux disaient ce que les mots étaient impuissants à exprimer. Elles *savaient*. Enfin, la jeune fille battit des paupières et lui sourit. Sur la commode, son regard accrocha un autre de ces cygnes en papier qui surgissaient parfois dans l'appartement comme des clins d'œil. Soudain, elle se souvint où elle avait déjà vu leur pareil : à l'hôtel, avec Stoker.

– Racontez-moi.

La duchesse coinça sa canne entre ses genoux et s'appuya sur le pommeau.

– J'ai rencontré Abraham en 1867 à Trinity College, à Dublin. C'était l'un des élèves d'Edwin, mon deuxième mari, celui qui enseignait les mathématiques. Ses camarades le surnommaient « le géant à la barbe rousse ».

– Votre mari ?

– Non, péronnelle, Abraham.

– Sa barbe n'est plus rousse. Il a vieilli.

La duchesse sourit.

– C'est ce que les gens font, ma chérie : ils prennent de l'âge, du ventre, de la sagesse, en principe. Bref. Je n'ai jamais perdu le contact avec Abraham Stoker. Nous nous sommes retrouvés à

Dublin puis, plus tard, après qu'il fut parti pour Londres. Edwin est mort; j'avais plus de temps libre. Je ne saurais dire ce qui nous liait, lui et moi. Parfois, on s'attache à quelqu'un, et il n'y a rien à expliquer. Abraham et moi avions beaucoup de choses en commun. Une passion pour le monde de l'esprit. Ce qui se cache derrière le voile.

– Le monde...

– Celui des fées. Celui des âmes. Tout ce que nous ne voyons pas mais qui fait partie souterraine de nos existences. Rêves, fantômes, on y revient toujours.

– C'est ce que vous croyez?

– Je me contente de résumer. Il nous faudrait des mois pour approfondir. Quoi qu'il en soit, nous sommes restés en contact. C'est moi qui ai présenté Florence à Abraham. Il l'a épousée à Dublin peu de temps avant de s'installer à Londres. J'étais là quand sa petite fille est morte. Tu sais? Celle que tu aurais voulu être.

Amber Wilcox secoua la tête.

– C'est plus compliqué que ça en a l'air.

– Je sais.

La vieille femme caressait la main d'Amber.

– Sur le *Teutonic*, Lucy, vous faisiez très bien semblant...

– Un autre de nos goûts communs, ma chérie: cette inclination pour le métier d'acteur que ni lui ni moi n'avons pu embrasser.

Les yeux brillants, la jeune fille s'anima.

– Racontez-moi la suite.

– Oh, tu en sais presque autant que moi, je le crains. Abraham est entré à la Golden Dawn. Je désapprouvais, bien entendu. Mais que pouvais-je y faire? Depuis plusieurs années, je voyageais entre

Copenhague, où je devais gérer les affaires de mon troisième mari et New York, où j'avais longtemps vécu avec le premier. Nous ne nous voyions plus, Abraham et moi. Les télégrammes étaient le seul lien qui nous restait. À la fin de l'année dernière, il vous a rencontrés, toi et ce Sherlock Holmes, et il m'a annoncé que d'importants changements se préparaient dans son existence. Peut-être même allait-il quitter Londres. J'étais heureuse pour lui, soulagée aussi. Hélas ! Quelques jours plus tard, il m'a réécrit. Le ton de son message était fort sombre. Ses anciens « amis » n'entendaient nullement le laisser partir. On lui avait confié une nouvelle mission, aussi dangereuse qu'inutile. Il savait que j'étais à Liverpool, que j'allais retourner aux États-Unis bientôt. Il m'a demandé mon aide.

– Votre aide pour quoi ?

– Pour te sauver, ma chérie. Abraham n'a cessé de penser à toi, à ton devenir. Il souhaitait que je m'occupe de toi à New York s'il lui arrivait malheur. Mais il ne voulait rien te dire de peur de nous mettre en danger, toi et moi. Aux yeux de ce Lord Ciceley, tout devait tenir du hasard le plus pur.

– Et vous m'avez accompagnée jusque chez le duc en sachant cela.

Elle lui fit signe qu'elle se trompait.

– Abraham ne m'avait pas donné de détails sur cette partie de l'histoire. Il désirait seulement que je te garde chez moi. Il ne devait pas s'attendre à ce que tu t'impliques à ce point. Nous pouvons être fiers.

La jeune fille baissa la tête.

– Je l'ai abandonné.

La duchesse pouffa puis consulta sa montre. Il était près de minuit.

– Oh, oui, fit-elle sur un ton affecté, il est probablement mort à l'heure qu'il est, et par ta faute. Misérable !

Amber lui jeta un regard offusqué.

– Comment pouvez-vous… ?

– Me moquer ? Navrée. Il faut croire que c'est chez moi une seconde nature.

La veille femme déplia son grand corps et se massa les hanches.

– Doux Jésus. Ces cavalcades ne sont plus de mon âge.

Elle fit quelques pas et s'arrêta devant la commode. Le fragment du Venefactor y reposait, enroulé dans un linge.

– La créature qui nous suivait *sentait* cette chose, n'est-ce pas ?

– Je crois, fit Amber, mine renfrognée.

– Mm. Dans ce cas, pourquoi ne t'a-t-elle pas suivie, toi ? Pourquoi est-elle repartie vers l'océan ?

La jeune fille réfléchit. Ce « pourquoi ? » n'était pas le seul à hanter son esprit. Avec tristesse, elle se laissa glisser au fond de son lit. L'avenir n'était qu'incertitude. Pourrait-elle seulement retourner à Londres ?

La duchesse avait regagné sa place. Amber se tourna vers elle. Dans son malheur, elle avait trouvé une amie.

– Vous savez ce que je suis, murmura-t-elle.

– Oui.

– Que vous a dit Bram ?

– Tout.

– Vous croyez donc aux vampires.

– Je crois en ce que je vois, ma chérie. J'ai vu un Mokole en Afrique.

– Un quoi ?

– Mokole-mbembe : une bête plus haute qu'un éléphant et pourvue d'un cou démesuré, sur les rives du fleuve Congo. Mais ce n'était qu'un exemple. Un jour, je te parlerai de mon premier mari. Aventurière, voyageuse, séductrice impénitente mais repentie : Lucy de Rasmussen, pour vous servir.

Amber ne put s'empêcher de sourire.

– À présent, vous avez également vu une tempête de chauves-souris.

– Je connaissais les tempêtes. Je connaissais les chauves-souris. Quoi de neuf, au fond ?

– Lucy ?

– Je suis là.

– Avez-vous… peur de moi ?

La duchesse passa une main sur sa joue.

– Ne dis donc pas de bêtises.

– Je pourrais vous mordre le cou. Boire votre sang.

– Dans quel but, au nom du ciel ? Moi, je pourrais te tuer pendant ton sommeil à n'importe quelle heure du jour. As-tu déjà songé à cela ?

La jeune fille secoua la tête.

– C'est bien ce que je pensais, reprit la vieille dame. L'imagination fait le lit de la peur. Contentons-nous de ce que nous avons. Contentons-nous de l'amour.

Amber allait répondre quelque chose mais un tintement de sonnette la coupa dans son élan. La duchesse empoigna sa canne pour se lever ; elle ne paraissait nullement surprise.

– Vous attendez quelqu'un ?

– Nous attendons tous quelqu'un, soupira-t-elle en boitillant vers le vestibule.

Puis, lorgnant les portraits de ses trois maris, accrochés au mur du couloir :

– Eh bien quoi ? Je raconte ce qui me plaît.

Un second coup de sonnette se fit entendre.

– Voilà, voilà !

Posant sa main sur la poignée, elle arrangea ses cheveux devant le miroir.

– Bah. Tu es ridicule, ma fille.

Elle ouvrit la porte.

Un jeune Indien lui faisait face. Il portait, entre ses bras, le corps d'un homme à moitié endormi.

– Bonsoir, ma tante. Y a-t-il un endroit où je puisse déposer votre ami ?

Solitude

Dans sa chambre de Manchester, les yeux rivés au plafond, Luna se laissait de nouveau aller au sommeil.

La veille à l'aube, au milieu des marches, elle s'était arrêtée un moment et avait concentré, une fois encore, son esprit sur l'image de sa sœur. Elle avait essayé de lui dire qu'elle était là : saine et sauve. *M'entends-tu, Amber ?*

Ce soir, la mort dans l'âme, elle avait extorqué au guichetier un billet de train pour Londres sans date. La perspective d'un retour l'emplissait d'effroi. Elle n'avait pas osé demander un compartiment pour elle seule. Et elle ignorait ce qui l'attendait dans la capitale. En définitive, elle ne savait qu'une chose : trouver la chambre de sa sœur vide serait plus qu'elle ne pourrait supporter.

Amber ? Amber, je suis ici.

Au pays

Debout devant le hublot, Amber porta une main à son front. Le roulis lui donnait des nausées. Lucy avait prévenu : le *Majestic* allait essuyer un grain solide.

Assise près de son lit, la duchesse reposa son roman. Désemparée, la jeune fille sortit un mouchoir.

– Bram me manque.

– À moi aussi, ma chérie. À moi aussi.

Stoker n'était pas du voyage. Sa jambe s'était infectée. Son état était plus sérieux que les garous ne l'avaient d'abord pensé. Peut-être rentrerait-il par le navire suivant ou par celui d'après. « Le plus tard sera le mieux », songea la vieille femme.

– Il n'est pas coupable, n'est-ce pas ?

La duchesse adressa à son amie un sourire fatigué.

– Disons qu'il paie pour ses erreurs passées. Mais cesse de te tourmenter. Tout finira par s'arranger.

La vieille femme tenta de se replonger dans son roman ; ses pensées étaient embrouillées. Eluwak lui avait tout raconté. La chose sortie de terre. L'obélisque arraché. Le tremblement des arbres. Les hordes de chauves-souris, les ombres fuligineuses, les failles, les hurlements – le mouvement de panique : elle savait tout cela, mais l'entendre dire par un autre ravivait l'intensité de la vision. Elle se surprenait parfois à se demander si elle n'avait pas rêvé. Mais ce n'était pas le cas.

En vérité, les garous de Central Park avaient toujours soupçonné qu'une créature maléfique reposait, enfouie, dans les profondeurs de leur domaine. Sekhmet : l'ancêtre de l'ancêtre des Raskolnikov, vampire de deuxième blason enterrée par eux-mêmes, prisonnière d'un sortilège censément indestructible. Comme leurs ennemis, ils l'avaient crue à jamais endormie. Et les conséquences de leur négligence s'étaient avérées désastreuses.

Des arbres déracinés. Un sifflement assourdissant. Des balles tirées. Eluwak et les autres avaient bondi sur leurs pieds et s'étaient enfuis à toutes jambes au moment où la créature avait surgi des abysses dans un jaillissement de terre et de neige.

Lui et un ami n'avaient eu que le temps de traîner Stoker à l'écart. Quelques secondes auparavant, le jeune garou avait vu plusieurs des siens mourir sous ses yeux. Disparus, ses frères. Détruite, Awonn aux ailes de cristal.

En l'espace d'une minute, un chaos sanglant s'était emparé de Central Park. Des corps projetés dans les airs. Ordres affolés, courses éperdues, l'épouvante à l'état pur.

« Nous avons battu en retraite. » Eluwak avait fondu en larmes en prononçant ces mots. Une partie de l'observatoire avait été purement et simplement détruite ; ce qui avait frappé la tribu était une tragédie.

– À quoi pensez-vous ?

Amber s'était assise aux côtés de la duchesse. Celle-ci lui tapota la main. Il y avait encore certaines choses qu'elle n'avait pas dites à la jeune fille, parce qu'elle ne savait pas comment les dire et qu'elle ignorait si le moment était bien choisi. Tous ces secrets qu'elle gardait au fond d'elle-même !

Le fait, par exemple, que son premier mari avait été un lycanthrope avant de renoncer pour toujours à sa nature.

Le fait que ce lycanthrope fût le frère aîné du chef actuel de la tribu des Lenapi et, par voie de conséquence, l'oncle d'Eluwak – ce qui faisait d'elle sa tante par alliance.

– Lucy ?

– Au passé, répondit-elle.

Bah, elle trouverait bien le temps plus tard.

Lucy de Rasmussen avait cessé toute relation avec les garous de Central Park à la mort de son premier mari. Puis, progressivement, elle était revenue vers eux. On ne pouvait enterrer ainsi les temps anciens sans remords et prétendre qu'ils n'avaient jamais existé. C'était elle, bien sûr, qui avait conseillé à Stoker de retrouver Ciceley au cœur du parc. Parce qu'elle pensait qu'il dénicherait des alliés, là-bas. Malheureusement, elle n'avait pas trouvé la force de lui en révéler davantage. C'était ce qu'on appelait un mensonge par omission. Et ce mensonge avait failli coûter la vie à son ami.

– Vous aussi, fit Amber, vous me cachez des choses.

La duchesse rajusta une mèche de ses fins cheveux gris au-dessus de son oreille. Ce soir, ou demain, elle dirait tout à la jeune fille.

Le moment était venu.

Et elle s'occuperait de Stoker. Les garous, pour l'heure, veillaient sur lui. Il reviendrait en Angleterre quand elle se serait assurée que les Invisibles seraient prêts à l'accueillir sans rancœur. Elle devait travailler à cela.

Pour le reste, le fragment du Venefactor se trouvait entre de bonnes mains. Décision avait été prise de rentrer en Angleterre par le premier paquebot et de mettre immédiatement le cap sur Édimbourg où les recevrait l'ami commun de Holmes et de Stoker : le journaliste et romancier Sir Arthur Conan Doyle, que l'Irlandais avait dû avertir par câble.

« Et les autres ? avait demandé la jeune fille. Et ma sœur, et Sherlock ? » Oh, ils seraient prévenus, bien sûr. Ils arriveraient peu après.

– Lucy ? Tout va bien ?

La duchesse s'était levée et rajustait sa robe.

– Oui.

Elle pivota et adressa à sa jeune amie un sourire lumineux. L'éclat fatigué de son regard était une grâce très douce et très pure, décida l'aînée des Wilcox, une chose rassurante et fondamentalement nouvelle. Elle voulut ajouter un mot mais ne le fit pas. Malgré sa vaillance, elle ne s'était pas encore remise des récents événements.

Sekhmet.

Retournant le fragment du Venefactor entre ses doigts, elle contracta les mâchoires. C'était cet objet qui avait réveillé la vieille vampire. Tout cela la dépassait. Pour la première fois depuis bien longtemps, elle sentait le froid. Elle songeait à l'océan glacé, à cette chose qu'elle avait vue y plonger.

Dans le miroir de la salle de bains, où elle s'était enfermée, elle s'effraya de son propre reflet, de ses canines acérées, de la pâleur de ses traits.

À sa sortie, la duchesse l'attendait. Elle indiqua le fragment.

– Le garou ne t'a pas sentie.

– Quoi ?

– Quand il t'a cherchée, sur les injonctions de Stoker. Habituellement, les garous peuvent retrouver n'importe qui, à des miles et des miles à la ronde – excepté les fées, bien sûr. Mais toi, il ne t'a pas trouvée. Comme si tu avais disparu de la carte.

La jeune fille se détourna.

– Quelle conclusion en tirez-vous ?

– Aucune.

– Je ne suis pas une fée, Lucy. Je suis un vampire.

– Mais les garous sentent aussi les vampires. En temps normal.

– Comment savez-vous tout cela ? Vous parlez de ces créatures comme si vous étiez une spécialiste de la question.

– Je suis âgée, tu sais. J'ai vécu.

La jeune fille se mordit la lèvre et retomba sur son lit. La nuit d'avant, sur le bateau, elle avait rêvé de sa mère. Les détails étaient flous, mais elle se rappelait les fleurs, les lucioles virevoltantes, la lune mangée de nuages.

Et une voix, aussi. *Tu dois suivre ta route. Ouvrir ton cœur.*

Ce soir, c'était un autre rêve qui l'avait réveillée : elle avait cru voir sa sœur. La main de sa sœur tendue vers elle.

Oh, Luna ! Il lui fallait apprendre à reconnaître ses sentiments. À céder à cet amour qu'elle ressentait pour sa sœur, à y puiser sa force.

– Et toi, murmura la vieille dame sans lui jeter un regard, tu es différente.

– Différente comment ?

La duchesse s'abstint de répondre.

« Ouvrir ton cœur », songea Amber. De plus en plus, elle s'en rendait compte, elle avait besoin des autres. Qu'aurait-elle fait à New York sans Lucy ? Mais ce n'était pas seulement cela. Elle apprenait à s'accepter telle qu'elle était. Elle apprenait à être fragile, éphémère, dépendante.

Elle apprenait à avoir peur.

– Lucy ?

La vieille dame lui tournait le dos. Amber allait poser la question qu'elle redoutait entre toutes. Celle qui lui rappelait ce qu'elle fuyait.

– Lucy, pourquoi êtes-vous ici ?

La duchesse renifla.

– L'Europe me manque, répondit-elle sans trop savoir si c'était vrai. Ma vie d'avant. Rien ne me retient à New York. Mes trois maris sont morts. Je suis libre.

L'aînée des sœurs Wilcox hocha la tête.

– Je sais ce que c'est que de perdre ceux qu'on aime, lâcha-t-elle. Mais la vie peut vous rendre d'une main ce qu'elle vous a pris de l'autre, vous ne croyez pas ?

La vieille dame lui caressa la joue. Elle se rappelait ses jeunes années. Les invocations, les pentagrammes, les erreurs de jeunesse. Son premier mari. Le jour où il lui avait proposé de partir avec lui, dans la forêt, le jour où elle avait renoncé. Par peur. Parce qu'elle pensait ne pas mériter ce salut.

– Je suis ici à cause de toi, Amber. Parce que tu me donnes la force d'être celle que j'aurais dû être il y a des années – des décennies.

– Comment cela ?

La duchesse se releva.

– Nous entrons maintenant dans la tempête, fit-elle en se dirigeant vers la porte. Accroche-toi bien.

Une dernière lettre

Six heures du soir. Bientôt, Manchester se draperait dans un soyeux manteau d'étoiles. À son tour, Luna avait fini d'écrire. Aujourd'hui, pendant qu'elle dormait, la femme du tenancier, à qui on avait bien recommandé de ne pas la réveiller, avait glissé une enveloppe sous sa porte contenant un billet de cinq livres, un message succinct et un ticket de train pour Édimbourg, payé par Sherlock Holmes en personne, en compartiment de première classe hermétiquement clos.

Luna avait versé des larmes de soulagement en apprenant que sa sœur était bien en vie et se portait « comme un charme ». Cela signifiait aussi qu'elle était parvenue à entrer en contact avec elle, cette fois. Pareilles à des nuages, ses pensées désormais dérivaient et s'effilochaient sereinement.

Cher Wilfred,

De tragiques événements m'ont empêchée de reprendre la plume plus tôt. Je n'ai guère la force de fournir de plus amples explications. J'ignore même si écrire revêt le moindre sens. Je voulais juste t'informer que j'espère rentrer à Londres prochainement. As-tu eu le loisir de prévenir Sherlock et les autres ?

J'ai changé d'avis sur beaucoup de choses. Il serait intéressant d'en discuter. Peut-être pourrons-nous nous croiser, au détour d'Oxford Street ? J'en doute évidemment mais, ce soir, c'est une pensée que j'ai envie de chérir.

Ma sœur est en vie.

Je vais la rejoindre et révéler aux autres ce que j'ai appris, en espérant qu'il ne soit pas trop tard. Le reste, je suppose, peut attendre.

Des doigts de la jeune fille, le crayon se détacha et roula sur le parquet. Un bref sommeil s'était emparé d'elle. Dehors, des fiacres passaient et l'on faisait rouler des rideaux de fer. Le crépuscule envahissait la ville.

RETROUVAILLES

De son luxueux appartement de Princess Street, Sir Arthur Conan Doyle avait parfois l'impression de pouvoir étreindre sa chère Édimbourg rien qu'en écartant les bras. De la flèche grise du Scott Monument au château massif tapi sur sa colline, la perspective s'offrait en toute ampleur, claire, presque glorieuse. Cette nuit pourtant, la ville lui apparaissait sous une lumière différente. Lorsque le soleil avait sombré, entraînant le jour à sa suite, lorsque la palette mauve et gris de l'horizon s'était fondue en un noir de charbon, son humeur, pareillement, était devenue sombre comme le jais.

D'une pirouette, il se retourna vers ses hôtes. L'étroite pendule d'angle rythmait le silence de son battement obsédant mais personne ne paraissait s'en soucier. Assis sur le canapé, James Blackwood, Virgil Kurstanov et Friedrich Von Erstein attendaient la suite des événements. Dans la chambre attenante, fermée avec soin, Amber Wilcox dormait, étendue tout habillée sur le dos.

– Quand arrive le train ?

Friedrich lissait sa moustache avec impatience. Sir Arthur Conan Doyle rajusta son monocle et indiqua la pendule.

– Vingt-trois heures trente. C'est le dernier.

Les Invisibles opinèrent de conserve. Ils avaient rejoint Édimbourg trois soirs auparavant avec Sherlock, après que Doyle avait câblé à ce dernier un message des plus inattendus.

Amber arrive de New York dans deux jours. Stop. Accompagnée duchesse de Rasmussen. Stop. Stoker vivant mais à New York. Promet révélation mais demande impunité suspensive. Stop. Attend réponse en retour. Stop. Signé : Sir A. C. Doyle.

– Impunité suspensive ? avait hoqueté Virgil lorsque Sherlock était venu les trouver dans leur péniche. Je ne comprends même pas le sens de cette expression. Ce félon mérite une balle dans la peau, si vous voulez mon avis.

Le détective avait haussé les épaules.

– Remarque constructive, très cher. Mais je vous rappelle que nous ignorons tout des tenants et aboutissants de cette affaire. Impunité suspensive : je suppose qu'il demande simplement à être entendu par l'intermédiaire de cette duchesse – une amie, d'après ce que j'ai pu en apprendre – et que nous serions bien inspirés de réserver notre jugement dans l'attente. Après tout, qu'avons-nous à perdre ?

– Amber est saine et sauve, approuva James. Rien que pour cela, nous devons accorder une chance à cet homme.

Le chef des Invisibles et les autres avaient passé d'interminables soirées à conjecturer sur l'attitude de Stoker. Avait-il agi sous la contrainte ? Avait-il eu, dès le départ, l'intention de jouer double jeu ?

Deux nuits après la disparition d'Amber, Luna s'était évaporée à son tour sans laisser le moindre indice. Tout portait à croire qu'elle s'était lancée sur les traces de sa sœur. En vérité – et les Invisibles ne l'avaient compris que depuis peu –, il n'en était rien. Luna était partie avec d'autres objectifs en tête. Lesquels ? Là encore, Sherlock et ses amis en étaient réduits aux hypothèses.

Les réponses qu'ils étaient en droit d'attendre, cependant, n'allaient pas tarder à leur être livrées. Comme leur avaient été livrées, dans les grandes lignes, celles qu'ils espéraient d'Amber et de son accompagnatrice.

Immunité suspensive accordée. Stop. Gagnons Édimbourg dès que possible. Stop. Prière faire suivre informations supplémentaires. Stop. Signé : Sherlock Holmes.

Ils étaient arrivés dans la nuit et s'étaient rendus directement chez Doyle. Le journaliste leur avait ouvert sa porte. Derrière lui se tenait la duchesse.

– Où est Amber ?

– Elle dort encore, avait répondu son amie.

– L'histoire a intérêt à être convaincante, avait soupiré Virgil en entrant.

La vieille femme leur avait présenté sa main. À tour de rôle, les visiteurs s'étaient inclinés.

– Duchesse de Rasmussen. Une amie d'Abraham, et de la petite Amber. Je suis ici pour vous aider à comprendre. Rectification : je vous aiderai à comprendre si je le peux.

Sherlock avait souri.

– Amie d'enfance, hein ?

– J'ai connu Abraham tout jeune, en effet.

– Vous ne devez pas le regretter, avait ricané Virgil.

La duchesse lui avait rendu son regard avant de s'asseoir.

– Je suis ravie de revenir à Londres et de vous rencontrer. Abraham m'a beaucoup parlé de vous.

Sherlock s'était rendu directement au bar.

– Nous avons beaucoup parlé de lui aussi, rassurez-vous. Comment va New York ?

– New York se porte fort bien. Mais à y bien réfléchir, les choses les plus intéressantes se passent toujours en Europe…

Le détective inspectait une bouteille de vieux scotch.

– Tout dépend du sens qu'on veut bien donner au mot « intéressant ».

– … et la petite Amber avait le mal du pays, termina la duchesse.

Sherlock avait tiqué. La jeune fille lui manquait plus qu'il n'aurait voulu l'admettre. S'enfonçant dans le fauteuil le plus proche, il avait invité ses amis à prendre place comme s'il avait lui-même habité les lieux.

Doyle avait servi des *drinks*, et la discussion s'était engagée sur un rythme soutenu. Le détective avait rarement quitté la duchesse des yeux. Le personnage l'intriguait au plus haut point.

Plus tard, il était parti se promener avec elle dans les rues d'Édimbourg et ils avaient aussitôt sympathisé.

Partant du principe qu'il aurait fini par tout découvrir par lui-même, Lucy de Rasmussen lui avait raconté l'essentiel : l'histoire de son premier mari, sa rencontre avec Abraham, la traversée pour New York, Ciceley et la Golden Dawn, le tremblement de terre, Eluwak et le reste. Sherlock Holmes s'était contenté de hocher la tête. Dans le parc de Princess Street, sur le chemin du château, ils s'étaient assis, et la duchesse avait incliné la tête.

– Vous me semblez bien pensif.

Il plissait le front.

– Savez-vous comment ce brave Doyle me décrivait dans ses articles, au temps de ma superbe ?

Elle avait secoué la tête.

– Comme une machine. Une machine à penser.

Elle avait pouffé, puis s'était tue. Le détective était sérieux.

– Les machines ne ressentent pas, nous le savons bien. Toute ma vie, je l'ai passée à réfléchir. C'est sans doute ce que je fais le mieux. Mais ces deux jeunes filles…

– Amber et Luna ?

– Je me suis énormément attaché à elles, oui. Elles ont comblé un vide dont j'ignorais jusqu'à l'existence et quand vous avez prononcé ces mots, « la petite Amber », je…

Elle avait pris sa main dans la sienne.

– Je comprends ce que vous ressentez. La lumière, l'éclat doré de la jeunesse. Je veux la même chose que vous : les protéger.

Il avait souri, clignant des yeux dans les feux du matin. Il pensait à elles, que tout opposait en apparence. D'un côté, l'aînée : la colère et la fierté, l'ardeur juvénile, le goût de la rébellion, la joie féroce du présent ; de l'autre, la cadette : nostalgique et pieuse, à sa façon, raisonnable et discrète, secrètement passionnée, à n'en pas douter. Et chacune, songeait-il, pouvait aussi être l'autre.

Il avait soupiré.

– Il nous est parfois impossible de protéger ceux que nous aimons, avait-il repris. Si nous leur promettons, eh bien, c'est un mensonge. Luna a disparu et je n'ai rien fait pour l'en empêcher.

Le visage de la duchesse s'était assombri.

– Un regret ?

– Une constatation. Amère.

– Nous pouvons croire en ce que nous disons, avait lâché la vieille dame. Juste faire de notre mieux.

Ils s'étaient relevés et avaient paisiblement arpenté les allées. Après cela, ils n'avaient plus échangé un mot.

Une heure plus tard, la duchesse s'était employée, à quelques détails près, à narrer la même histoire aux Invisibles autour de la table de jardin de l'arboretum, sous la verrière caressée par le soleil qui dominait les toits de la ville et à laquelle menait un petit escalier métallique. Virgil avait paru s'apaiser.

– La Golden Dawn convoite le Venefactor, avait-il récapitulé à la fin, autant pour les autres que pour lui-même. Ses objectifs ne sont pas les mêmes que ceux de Dracula. C'est Dracula qui a envoyé Ciceley, et Stoker par extension, mais c'est bien pour la société secrète que travaillait Ciceley. C'est bien pour elle qu'il avait l'intention, une seconde fois, de trahir son maître.

La duchesse avait hoché la tête.

– Dracula a d'abord mandaté Rebecca. Ne la voyant pas revenir, il a lancé Ciceley sur ses traces. Amber l'intéressait, mais pas seulement comme monnaie d'échange ; il l'aurait probablement prise à son service ensuite. Tout aussi probablement, il aurait supprimé Ciceley dès son retour. À supposer que celui-ci eût trouvé le culot de revenir.

Occupé à tailler ses hortensias, ciseaux en main, Sir Arthur Conan Doyle s'était retourné.

– Combien existe-t-il de fragments du Venefactor ?

– Quatre, avait répondu James Blackwood. Nous avons fait

des recherches et nos informations ont été confirmées depuis. Celui que nous détenons est le troisième. Dracula en possède deux autres et recherche activement le dernier.

– Que veut-il en faire ?

– Le Venefactor est un artefact magique d'une puissance inégalable, avait repris Von Erstein. Selon la légende, il permet d'hypnotiser des dizaines de milliers de personnes en même temps. Son pouvoir réagit à l'eth'r et nous... nous n'en savons guère plus.

Le silence était revenu sous la verrière. À l'étage inférieur, Amber Wilcox dormait depuis près de quarante heures, le précieux talisman pressé sur sa poitrine.

Le soir suivant, elle s'était enfin levée et s'était mêlée à l'assemblée. Sherlock avait attendu à son chevet pour lui faire la surprise. Il y avait eu des embrassades, des effusions, quelques larmes vite ravalées. « Où est ma sœur ? » avait été la première question de la jeune vampire. Le détective avait secoué la tête. Il lui avait raconté : Luna Wilcox, disparue sans laisser de traces. Enquête en cours. Police sur les dents.

Amber avait porté une main à son front. À plusieurs reprises, sur le navire qui les ramenait en Europe, elle avait cru sentir un appel.

Luna était en vie, elle en était intimement convaincue.

Personne n'avait rien ajouté. Le petit groupe avait rejoint les Invisibles et Sir Arthur Conan Doyle au salon.

– Doyle a-t-il été correct avec toi ? avait demandé Holmes dans le couloir.

La jeune fille s'était inclinée.

– Un vrai gentleman.

– Curieux, avait observé Holmes, si nous parlons bien de ce mufle qui persiste à inventer des histoires sur mon compte alors même que ma carrière est terminée depuis des lustres.

– Je fais cela pour l'argent, avait précisé l'intéressé en se présentant. Mais je change la plupart des noms. Et Holmes touche dix pour cent.

Lui et les autres s'étaient acharnés à dérider Amber – en vain. Épuisée, mains tremblantes, la jeune fille ne pensait qu'à sa sœur. Ne possédait-on pas quelque indice, un embryon de piste ?

Cette nuit-là et la suivante avaient été consacrées à l'élaboration d'un plan. Le fragment du Venefactor pouvait-il être détruit ? Apparemment, il ne le pouvait pas. Par conséquent, il fallait le placer en lieu sûr.

Les discussions, animées, s'étaient poursuivies fort tard. Blackwood et les siens semblaient conserver à l'égard de Stoker des sentiments plus que mitigés. La duchesse insistait : l'homme avait agi contraint et forcé. Il avait toujours manifesté son intention de se rendre aux Invisibles dès son retour en Europe. La jeune fille avait approuvé.

– Bram a tout fait pour me protéger. Il n'est pas responsable.

Les autres avaient acquiescé pour la forme. Virgil avait soulevé une objection :

– Il aurait pu se rendre sans délai, tout nous avouer. Nous avions les moyens d'assurer sa protection.

Amber avait secoué la tête.

– Ciceley m'aurait enlevée de toute manière. Et personne n'aurait été là pour me protéger de lui.

Et puis, au matin de la seconde nuit, et tandis que les discussions s'enlisaient, nul ne parvenant à se mettre d'accord sur la marche à suivre, la jeune vampire était tombée en syncope ; du moins est-ce ce que Doyle et ses hôtes avaient supposé, l'espace d'une minute.

Pupilles dilatées, paralysée, la jeune fille avait essayé d'articuler un mot, mais était restée la bouche grande ouverte. La duchesse l'avait secouée.

– Ma chérie ?

Amber avait fermé les yeux, comme sous l'effet d'une insupportable douleur. Quand elle les avait rouverts, l'expression de son visage avait changé : une étrange sérénité l'habitait.

Elle avait balayé l'assemblée du regard.

– Luna m'a parlé.

Les autres l'avaient dévisagée, interdits.

– Luna m'a parlé, avait répété Amber d'une voix ferme. J'ai essayé de lui répondre. Elle se trouve à Manchester, dans un hôtel.

Blackwood s'était gratté la tempe.

– C'est...

– Elle m'a dit le nom. C'est l'*Old Goose*.

La jeune fille paraissait la première surprise de ce qui lui arrivait. Elle n'en était pas moins formelle. Il ne s'agissait pas d'une intuition : il s'agissait de paroles. Du reste, c'était la deuxième fois qu'un tel phénomène se produisait. Aux abords du pont de Brooklyn déjà, la voix de Rebecca avait résonné dans son esprit. C'était, disait-on, une question de sang compatible ; Luna lui avait déjà parlé de cela à propos d'Elizabeth.

Blackwood et les siens s'étaient montrés dubitatifs. Mais des câbles avaient été envoyés, et on avait procédé à des vérifications, qui avaient très vite permis d'établir qu'Amber disait la vérité : une jeune fille logeait bien à l'*Old Goose* de Manchester, dont la description correspondait en tout point à celle qu'en avait faite sa sœur.

On avait réservé un billet pour Luna. Un train de nuit, le train qu'ils attendaient tous désormais.

Peu après vingt-trois heures, Holmes, Virgil, Doyle et Amber descendirent Princess Street et se dirigèrent vers la gare d'Édimbourg.

Régulièrement, la jeune fille portait une main à son corsage. Le fragment du Venefactor, passé à une chaîne, diffusait une douce chaleur contre sa poitrine. Elle ne voulait laisser à personne le soin de le garder.

La duchesse de Rasmussen, elle, s'en était allée rendre visite à une vieille amie qui habitait près de la mer. Il avait été convenu qu'elle reviendrait plus tard dans la nuit. « Elle me manque déjà », remarqua Amber sans surprise.

Le train de Manchester était annoncé. Les dix minutes passées à l'attendre ressemblaient pour Amber à des heures interminables. Enfin, un hululement s'éleva dans la nuit et une splendide motrice jaune et noir s'engagea dans la gare en crachant des jets de vapeur.

Luna sauta sur le quai avant même que le train ne s'arrête. Elle avait aperçu Amber au bout de la voie. Un homme de main, payé par les Invisibles, se hâtait à sa suite. Il traînait derrière lui une malle toute neuve sur un chariot.

Les deux sœurs durent se retenir pour ne pas courir comme elles savaient désormais le faire. À les regarder, les pans de leur robe voletant dans leur sillage, on ne distinguait que deux jeunes filles parfaitement normales.

Elles se jetèrent dans les bras l'une de l'autre, retenant leurs larmes un temps puis ne les retenant plus. Elles étaient ivres d'amour et de soulagement.

– Dis-moi que tu vas bien, murmura Luna.

– Dis-moi que tu es partie pour une bonne raison, répliqua sa sœur. Je t'ai entendue, tu sais.

Elles sourirent toutes les deux à travers leurs larmes et repartirent main dans la main vers les trois hommes qui les attendaient.

La cadette désigna le Venefactor sur le corsage de sa sœur.

– Qu'est-ce que c'est ? Un bijou ?

– Je t'expliquerai.

Elle s'arrêta.

– Plus de séparation, n'est-ce pas ? Tu m'as tellement manqué

Luna secoua la tête avec véhémence.

– Plus jamais.

Sherlock, qui marchait à leur rencontre, n'eut que le temps d'ouvrir les bras : Luna avait lâché sa sœur pour se précipiter vers lui. Elle enserra sa taille. Doucement ému, il passa une main dans ses cheveux.

– Et le chat Watson ? (Il recula d'un pas, scruta son visage.) D'accord, plus tard.

La jeune fille avait ouvert la bouche. Elle la referma.

Au bout du quai, Virgil et Doyle patientaient en discutant. Ils relevèrent la tête quand les deux sœurs s'approchèrent.

– Luna, je te présente Sir Arthur Conan Doyle.

La cadette des sœurs Wilcox s'inclina.

– J'ai entendu parler de vous. Vous êtes le chroniqueur qui a suivi les aventures de Sherlock, n'est-ce pas ?

– Suivi, embelli, romancé.

– Cet homme est un poison, commenta l'intéressé. À cause de lui, tout le monde pense que mon raisonnement est infaillible et que je joue correctement du violon.

Luna opina.

– On ne peut pas mentir à ce point à ses lecteurs.

Il y eut des rires. Virgil broya l'épaule de la jeune vampire.

– Je suis content de te revoir.

– Je suis contente de vous revoir tous, répondit-elle. J'ai tant de choses à vous raconter.

L'Ombre de Dracula

Le temps tournait à l'orage. Debout sur le balcon de l'arboretum, ses doigts refermés sur la rambarde, Von Erstein inspirait profondément tandis que des éclairs illuminaient l'horizon de leurs colères sporadiques.

La silhouette du château, perché sur son promontoire, évoquait d'antiques gravures à l'eau-forte – un passé d'épées lourdes et de vents dévorants. Une cloche résonna au-dessus des toits. Virgil, Sherlock et Doyle n'allaient plus tarder à rentrer avec les deux jeunes sœurs Wilcox. De troubles pensées agitaient l'esprit de l'Invisible. Il songeait à Stoker. Que ferait l'homme, une fois revenu en Angleterre ? Retourner à Londres était hors de question. Il s'était mis à dos la Golden Dawn et Dracula.

Personne n'avait une idée précise de ce qui se passerait si le fragment du Venefactor tombait entre des mains ennemies, mais les perspectives étaient peu rassurantes. Les Invisibles connaissaient des mages à Venise susceptibles de détruire l'artefact, du moins Kurstanov le prétendait-il.

Venise, songea Von Erstein. Il n'y était jamais allé.

Il y avait aussi tous ces bruits qui entouraient le quatrième fragment. Au service des Invisibles, un bataillon de spécialistes épluchait en ce moment même les rapports et les arbres généalogiques des deux siècles écoulés, ainsi que toute une bibliothèque d'ouvrages ésotériques, à la recherche d'indices susceptibles de les mettre sur sa trace. Mais c'était chercher une aiguille dans une botte de foin, avait prévenu Blackwood. Les espoirs étaient ténus.

– Songeur ?

La tête de James venait d'apparaître au sommet de l'escalier. Il s'avança sur la terrasse, cheveux en bataille. Son écharpe voletait au vent ; il rajusta fermement sa veste. Von Erstein hocha le menton vers la ville enténébrée.

– J'essaie d'évaluer nos chances. Qu'attendons-nous ?

– Les instructions de Londres. L'affaire va être placée entre les mains de la Couronne. Le *Béhémoth* n'est plus visible nulle part. Quant à nos espions, cela fait une éternité qu'ils ne nous ont pas communiqué une information fiable.

L'autre opina.

– Quelles sont vos prédictions ?

Blackwood le regarda droit dans les yeux.

– La Golden Dawn a sans doute mis à prix la tête de Stoker. Nous allons être surveillés. Quant à Venise... Très mauvaise idée. Ces fanatiques sont partout.

– Et les sœurs ?

– Elles vont regagner Londres. Nous allons tâcher de veiller sur elles. Il serait préférable de ne plus les impliquer.

– Londres ? Mais si Dracula apprend le rôle qu'elles ont joué dans...

– Dracula a mieux à faire, croyez-moi. Et laissez-moi vous dire une chose : s'il lui prenait la fantaisie de les trouver, personne ne pourrait l'en empêcher. Elles ont beau être des vampires, elles ne sont rien face à lui.

Trois heures sonnèrent au-dessus des toits gris. Des lambeaux de brume se désintégraient aux abords du rocher.

Des ombres s'avançaient sur Castle Hill : deux jeunes filles et un homme, bras croisés dans le dos, pipe de bruyère aux lèvres. Leurs pas résonnaient sur le pavé. Ils étaient allés admirer le château, emplis d'un respect pensif. Puis ils avaient discuté, longuement, comme si le froid et la bruine ne les concernaient en rien. Ils avaient parlé du chat Watson, bien sûr, de sa disparition. De la promesse d'Elizabeth, qui ne serait jamais tenue. Était-il vrai que le corps de ce bon docteur ne gisait pas dans son cercueil ? Sherlock se montrait formidablement étonné. Il enquêterait dès son retour, elles pouvaient compter sur lui. Mais en l'absence du chat, les chances de redonner la vie à son vieil ami étaient nulles. Les sœurs Wilcox avaient soupiré de conserve. L'animal portait un collier avec une adresse ; c'était le seul espoir auquel elles pouvaient se raccrocher. Aux côtés du détective, elles redescendirent vers Princess Street *via* Lawnmarket.

La discussion porta ensuite sur l'ombre de Dracula. Un traître se cachait peut-être parmi les Invisibles ; les lettres de Sallingham semblaient l'attester. Sherlock, cependant, ne croyait pas à cette hypothèse. À ses yeux, il s'agissait d'une fausse piste, ou d'une méprise. Il pensait connaître les Invisibles depuis suffisamment longtemps pour savoir qu'aucun d'entre eux ne pouvait faire ainsi volte-face.

– Laisseriez-vous parler votre cœur ? hasarda Luna.

Il la serra contre lui en riant. La jeune fille avait raison : il devait prendre garde à ne pas s'amollir. Un traître ? Quoique l'idée lui répugnât, il se promit de mieux observer ses amis au cours des jours suivants.

Un banc solitaire se découpait sous la lumière d'un réverbère. L'homme y posa un pied et entreprit de bourrer sa pipe.

– Sherlock...

L'aînée des sœurs Wilcox désignait sa chaussure crottée.

– Oui, quoi ?

– Ce n'est pas très propre.

Le détective balaya quelques grains de poussière sur l'extrémité du banc et se laissa tomber comme une masse. Puis, écartant les bras sur le dossier, il souffla un rond de fumée vers le ciel.

Luna considérait les environs d'un air taciturne.

– Donc, vous êtes formel. Personne n'est venu vous avertir...

Elle parlait de Wilfred. Le détective lui adressa un regard désolé. La jeune fille s'efforça de sourire. Un instant, elle espéra qu'il ne lui était rien arrivé de fâcheux. Après quoi elle se renfrogna. Quelle sotte elle avait été ! Elle avait pensé à lui en imaginant qu'il lui rendrait la pareille. Et lui, tout simplement, il l'avait oubliée. Sherlock, qui avait noté sa mine, s'efforça de changer de sujet. Il s'adressa à Amber :

– Crois-tu que cette chose – Sekhmet – t'ait volontairement épargnée ?

L'aînée des Wilcox acquiesça. Elle revivait sa course folle, et le tremblement de terre qui s'était déclenché au passage du Venefactor.

– C'est le sentiment que j'ai eu, en effet. Et je ne me l'explique pas.

– Peut-être a-t-elle perdu le fragment de vue

– Qu'insinuez-vous ?

Holmes reprit une position plus conventionnelle.

– Soyons logiques. Pour que cette chose t'épargne, il lui aurait fallu un motif. Elle serait entrée en contact avec toi d'une manière ou d'une autre. Elle ne l'a pas fait : très certainement parce qu'elle ne savait même pas que tu existais. Tout s'est passé comme si elle ignorait que tu portais le fragment. Comme si elle ne l'avait jamais su.

– Elle le suivait, pourtant.

– Mais elle s'est jetée à la mer. Et le fragment était toujours en ta possession. Te souviens-tu du moment où ta… où Rebecca te l'a lancé ? Où ses palpitations se sont tues ?

La jeune fille hocha la tête.

– Est-ce que ce moment ne coïncide pas avec celui où les activités sismiques ont pris fin ? insista le détective. Où Sekhmet a cessé, en quelque sorte, de suivre le Venefactor à la trace ?

– Ce n'est pas exclu.

– Cela signifierait que ta présence a *occulté* celle du fragment. Comme si un voile avait été posé sur lui, le rendant invisible à ses yeux.

Amber s'installa à ses côtés, mains sur les genoux. Sekhmet s'était réveillée au passage du fragment, elle l'avait constaté par elle-même. Ensuite, elle s'était mise en chasse. Puis, mystérieusement, elle avait abandonné.

– Sherlock ?

Se détachant du réverbère où elle s'était adossée, Luna s'était approchée à son tour

– Je suis là, trésor.

– Qu'est-ce qui pourrait expliquer que ma sœur possède un tel pouvoir ? D'après ce qu'elle nous a raconté, le lycanthrope…

– Eluwak, rectifia Amber.

Sa sœur lui décocha un regard peu conciliant.

– D'après ce qu'en a dit Eluwak, reprit-elle, il lui a été impossible de retrouver Amber en humant ses vêtements. N'est-elle pas pleinement une vampire ?

Holmes laissa tomber sa pipe. Les deux jeunes filles le dévisagèrent avec surprise. Jamais il ne les avait habituées à pareille maladresse. Lestement, il la ramassa.

– Rentrons.

La vieille femme referma sa montre.

– La nuit tombe à New York. J'espère que Stoker se porte bien.

Assise sur le rebord de son lit, Luna l'interrogea du regard.

– Ne pouvez-vous pas le câbler ?

– J'ai essayé hier. Mais la transmission n'est pas passée. Un problème technique, m'a-t-on dit. Décidément, tu es aussi prosaïque que ton aînée.

Bras croisés dans le fond de la pièce, Sherlock Holmes les examinait tranquillement. Les deux sœurs se tournèrent vers lui.

La duchesse, qui avait compris, se leva.

– Vous avez à parler, n'est-ce pas ? Je vous laisse.

La porte se referma. Le détective se décolla de son mur et marcha jusqu'à la fenêtre. Il étudiait la rue.

– Dans les jours précédant l'enlèvement d'Amber, j'ai poursuivi mon enquête sur vos origines.

Elles ne répondirent pas. Il se retourna.

– Vous aviez trois et deux ans quand votre mère est morte, c'est bien cela ?

L'aînée approuva.

– Quels souvenirs avez-vous gardés d'elle ?

Luna ferma les yeux.

– Elle était douce, fit sa sœur. Très proche de nous, aimante, il me semble. Elle nous lisait des histoires.

– Je ne me rappelle presque rien, déclara Luna. Des berceuses, oui.

– Quoi d'autre ?

Les deux sœurs se dévisagèrent. C'était à peu près tout.

– Comment est-elle morte ?

– Tuberculose, répondit Amber sans ambages.

Luna acquiesça.

– C'est ce que notre père nous a dit.

– Qu'a-t-il ajouté à cela ?

– Qu'il l'aimait.

– Bien.

Holmes sortit sa pipe de sa poche et l'examina comme s'il la découvrait.

– Votre mère a vu le jour en Irlande. Isleen Wilcox, née Murray. Et avez-vous la moindre idée de ce que signifie Isleen en gaélique ?

Elles secouèrent la tête.

– Vision.

– C'est joli, murmura Amber.

– J'ai consulté les registres du mariage. Vos parents se sont mariés devant Dieu, vous devez le savoir. À Dublin. Les parents de votre mère, vos grands-parents, étaient déjà décédés au moment de leur union. Votre grand-père avait succombé à un arrêt du cœur. Votre grand-mère ? Tuberculose, elle aussi ; du moins est-ce ce que prétend son certificat de décès. J'ai voulu en savoir plus. Je suis allé rendre visite à Roise Murray, une tante de votre grand-père maternel. Vous ne la connaissez pas. Elle est très âgée mais elle a gardé toute sa tête. Et elle m'a certifié une chose étonnante avec beaucoup de véhémence : que votre grand-mère n'était pas morte de la tuberculose.

– De quoi, alors ?

– De la maladie de l'automne.

– La quoi ?

Amber était interloquée.

– C'est exactement la question que je lui ai posée. Elle s'est contentée de ricaner ; à ses yeux, je devais ressembler à un parfait crétin de la ville, obtus et sceptique par nature. De son côté, cette vieille tante m'a fait forte impression. Quasi centenaire, je vous l'ai dit, et maladivement superstitieuse. Par exemple, une écuelle de lait était posée sur le rebord de son balcon. Toujours est-il que nous avons bavardé encore quelque temps. Enfin, j'ai pris congé. J'étais... disons, plus qu'intrigué. De retour à Londres, je me suis rendu directement à la Bibliothèque royale et j'ai compulsé quantité d'ouvrages sur le folklore gaélique. Certains d'entre eux se sont révélés instructifs. On y mentionnait l'écuelle de lait, et plusieurs autres rituels. On y évoquait la maladie de l'automne, également. Elle y était décrite comme une affection touchant essentiellement les demi-fées.

Amber se frotta les bras.

– Je ne comprends pas.

– Certains humains possèdent du sang féerique dans leurs veines. C'est la formulation la plus simple.

– Autrement dit…

Il agita les mains en signe de dénégation.

– Je n'affirme rien. Je m'interroge. Il se trouve que le médecin qui a soigné la tuberculose de votre mère habite à Londres. Et qu'il a refusé de répondre à mes questions.

– Pourquoi ?

Luna s'était levée.

– Vous voulez connaître la raison qu'il a invoquée ?

– Oui.

– L'incrédulité. Il refuse de croire ce qu'il a constaté de ses yeux.

Amber se mit debout à son tour et, dans son dos, attrapa sa sœur par la taille.

– Vous divaguez.

– Je reconnais que cela soit difficile à concevoir, poursuivit Sherlock Holmes, imperturbable. Mais songez à la conclusion provisoire qu'un esprit étriqué pourrait tirer des faits que je vous ai exposés. Il n'est pas exclu que vous soyez *plus* que des vampires. Il n'est pas exclu que, au cœur même de vos veines, une autre nature interfère avec la première. Une nature que vous tiendriez…

– Taisez-vous !

Amber avait lâché sa sœur. Elle pointait un doigt accusateur sur le détective.

– Trésor, je veux seulement…

– Arrêtez d'enquêter sur nous, d'accord ? Qu'essayez-vous de nous dire ? Que notre mère possédait du sang féerique ? C'est absurde.

– Quand on y réfléchit posément, répliqua Holmes en soutenant son regard, cela expliquerait pourtant bien des choses : la facilité déconcertante avec laquelle vous assimilez vos pouvoirs. Votre absence d'odeur. Votre…

– J'ai dit : assez !

L'aînée des Wilcox posa sa main sur la poignée.

– Nous ne sommes rien de plus que ce que nous sommes, d'accord ?

Elle s'apprêtait à sortir. Holmes la retint par le bras.

– Vous n'êtes pas des vampires comme les autres. Affronte la réalité.

D'un mouvement brusque, la jeune fille se dégagea. La porte claqua dans son dos. Restée seule avec le détective, Luna se rassit précautionneusement.

– Je crois qu'elle a peur, vous savez.

Le détective s'approcha d'elle.

– Peur ?

La cadette détourna les yeux. Du tréfonds de son enfance, des images remontaient doucement. Un frisson de roses dans l'air du soir. La musique – six notes cristallines. Et ces mots : « le bal des fées ».

– Que vous ayez raison.

Un rai de lumière oblique tombait sur le parquet. Lentement, la poignée s'abaissa. Amber avait fermé les rideaux avec rage, sans prendre garde à leur ajustement. Allongée sur son dessus-de-lit, vêtue d'une simple chemise de nuit, elle avait laissé le sommeil faire son œuvre. Luna, qui avait longuement discuté avec la duchesse de Rasmussen, était allée dormir avec elle chez son amie.

Il était un peu plus de neuf heures du matin; une silhouette venait de pénétrer dans la chambre sur la pointe des pieds.

L'ombre se pencha sur la couche de la jeune fille. Le Venefactor était là, pendu à sa chaîne. Des doigts le dégagèrent avec délicatesse.

– James?

Amber avait ouvert les yeux et considérait l'Invisible avec hébétude. Refermant son poing, Blackwood tira sur la chaîne et la rompit. La jeune fille lui attrapa le poignet. L'homme la recoucha d'un uppercut, se dégagea; il voulut reculer. Amber bondit sur lui et ils tombèrent au pied du lit.

En un éclair, James sortit un pistolet de son pantalon et tint la jeune fille en respect.

– Balle en argent. Ne sois pas idiote.

Amber hésita. D'une main, l'homme tira le rideau. Un flot de lumière jaillit à travers la pièce: la jeune vampire battit en retraite avec un cri de douleur.

L'instant d'après, la porte s'ouvrait. Doyle, qui veillait dans le boudoir attenant, parut sur le seuil.

James Blackwood pointa l'arme sur lui.

– Ne bougez pas.

– Qu'est-ce que vous... ?

L'Invisible s'était relevé d'un bond.

– Reculez! Ne discutez pas!

L'homme obtempéra. Recroquevillée sur son lit, incapable de réagir, Amber luttait contre la lumière qui lui brûlait la peau.

Le vacarme avait attiré Sherlock Holmes. Blackwood surgit en poussant Doyle devant lui. Le canon de son arme était planté dans ses côtes.

– En arrière !

De son autre main, il tenait le fragment serré. James se tourna vers le détective.

– Ne tentez rien de stupide. N'appelez pas la police. Je veux simplement sortir d'ici sans tuer personne.

– Seigneur, commença Sherlock, vous n'êtes pas sérieux…

– La ferme !

Il passa devant le détective avec son otage et entra dans le salon. Friedrich, qui s'était assoupi dans un fauteuil, se leva d'un bond en se frottant les yeux.

– Vous, ouvrez-moi.

– Quoi ?

Holmes suivait à distance respectable. Une autre porte s'entrebâilla. Kurstanov apparut, vêtu d'une simple chemise blanche. Le détective lui fit signe de rester où il se trouvait. Pas à pas, James Blackwood et son otage progressaient vers la sortie.

Friedrich s'effaça.

– Dites-moi que vous n'êtes pas en train de faire ce que je crois que vous êtes en train de faire, balbutia-t-il en nouant le cordon de sa robe de chambre.

– Les temps changent, mon cher.

Il avait franchi le seuil.

– N'essayez pas de me suivre. J'emmène notre hôte avec moi. À la moindre anicroche, je lui loge une balle dans le cœur.

Doyle gémissait :

Vous me faites mal.

James ne lui prêtait pas attention. Il surveillait les autres.

– Cessez donc de prendre ces airs offusqués. Notre situation était sans espoir. Je suis un homme pragmatique. Je me range du côté du plus fort.

– Scélérat ! tonna Friedrich. Vous devriez...

L'autre leva son arme sur lui.

– Vous avez toujours été trop lyrique, mon cher. Et ce n'est qu'au nom de notre ancienne amitié que je m'abstiens de vous réduire au silence. Ce qui va se passer maintenant ne vous concerne plus. Sachez reconnaître votre défaite. Vous vous épargnerez des complications douloureuses.

Doyle à sa suite, il descendait les escaliers à reculons. Arrivé au rez-de-chaussée, il poussa la porte de l'immeuble. Un cab attendait.

– Montez.

Holmes et les autres s'étaient regroupés à l'entrée de l'appartement. Protégée par une couverture de laine, Amber se fraya un chemin parmi eux. Elle était hagarde.

Le détective l'attrapa par l'épaule.

– Trésor ?

– C'est ma faute, marmonna la jeune fille. Je ne me suis pas méfiée. Je n'aurais jamais pensé...

Elle s'apprêtait à descendre. Sherlock l'arrêta et lui releva le menton.

– Ce n'est la faute de personne. Ou bien c'est celle de tout le monde. Ta sœur m'avait mis en garde et j'ai ignoré l'avertissement. Je suis le détective le moins perspicace de l'univers. N'aie crainte : nous retrouverons Blackwood.

Contre le mur, Friedrich Von Erstein s'était laissé glisser.

– Ce n'est pas possible. Pas possible.

Virgil s'avança sur le balcon. L'attelage, qui filait à bride abattue sur Princess Street, tourna bientôt et disparut. L'Invisible serra les dents puis rentra et échangea quelques mots avec Sherlock.

Assise, cachée sous sa couverture, Amber se balançait d'avant en arrière.

– Pourquoi a-t-il fait ça ?

Virgil passa une main dans son ample chevelure blonde.

– L'ombre de Dracula. Il n'attendait qu'une occasion pour agir. Nous avons été si naïfs.

Sherlock les rejoignit.

– Le moment est venu de songer à un nouveau plan.

Friedrich lui emboîta le pas. Son expression s'était durcie.

– Nous n'avons plus le choix. Il nous faut trouver le dernier fragment avant eux.

– Mais comment ?

Tout le monde s'était rassemblé au salon. Le détective referma les rideaux d'un coup sec. Sur le sofa, Virgil se laissa tomber aux côtés d'Amber.

– Rentrons à Londres immédiatement, clama-t-il. Exigeons de Sa Majesté la tenue d'un conseil extraordinaire.

Friedrich émit un ricanement amer.

– Vous rêvez. Si vous croyez que la reine...

– Elle n'aura pas le choix non plus, répliqua Kurstanov en saisissant un coupe-papier sur le secrétaire pour en éprouver le tranchant. Nous lui raconterons tout et nous la placerons devant ses responsabilités.

Il balaya le petit groupe du regard. Amber s'était débarrassée de sa couverture et avait relevé la tête ; il aimait ce qu'il lisait dans ses yeux.

– Gentlemen, reprit-il, l'essentiel de nos efforts doit maintenant être concentré sur le quatrième et dernier fragment du Venefactor. Le moment est venu de déclarer publiquement la guerre à Dracula et aux vampires de Londres.

Épilogue

Fanny et William Hurley s'arrêtèrent un instant sur la grève. Au creux de la baie de Hastings, les flots dansaient mollement, promenant leurs reflets d'or.

Le jeune couple avait célébré son mariage peu de temps auparavant. Ivres d'un bonheur immaculé, les tourtereaux avaient décidé de passer quelques jours au bord de la mer avant de rentrer à Londres.

L'homme prit la main de la femme dans la sienne.

– Quel merveilleux spectacle, n'est-ce pas ?

La jeune épouse hocha la tête.

– Je n'en connais pas de plus beau, William. Promettez-moi que nous reviendrons ici un jour…

– Lorsque nous aurons des enfants ? C'est une idée splendide, ma chérie. On raconte que l'air marin est excellent pour les bronches.

Fanny posa sa tête sur son épaule. Ils reprirent leur chemin. Le sable crissait sous leurs pieds. Derrière les falaises majestueuses, le soleil avait disparu, et une brise discrète courbait les herbes hautes. Le jeune homme cligna des yeux vers les sommets.

– Le vent se lève. On dirait que…

– William ?

Face au large, son épouse s'était figée. Une énorme vague se dirigeait droit sur la baie.

– Ça par exemple…

Le jeune couple commença à reculer. La vague progressait, furieuse, anormalement sombre. Que signifiait ce prodige ? Ils ne l'avaient même pas vue se former. Ils se mirent à courir. Ils étaient trop lents.

La masse d'eau s'abattit sur la grève dans un grondement fracassant. Les deux jeunes mariés se trouvaient assez loin du bord. Elle monta jusqu'à leurs genoux et les renversa. Mais elle ne les submergea pas.

Fanny, que le reflux menaçait cependant d'emporter, attrapa *in extremis* la main que lui tendait son mari. Lui-même s'était accroché à un rocher.

Crachant et toussant, les deux jeunes gens se redressèrent tant bien que mal. Ils étaient trempés de la tête aux pieds.

– Seigneur, William, j'ai bien cru…

Les mots de la jeune femme moururent sur ses lèvres. La vague aurait dû refluer. Elle ne l'avait pas fait.

Son mari, hypnotisé, trébucha en reculant et se releva. Restée seule, la jeune femme laissa l'eau bouillonner autour de ses chevilles.

Puis, sans un mot, elle s'écroula.

William criait quelque chose. L'eau avait rampé sur le corps de son épouse telle une créature de poix visqueuse. Elle s'insinua dans sa bouche. Plaquée sur le sable par une force invisible, la jeune femme sentit un torrent d'eau cendreuse se déverser dans sa gorge.

L'homme était tétanisé. En quelques secondes, le corps de son épouse avait gonflé et s'était transformé en une chose nouvelle.

Peu après, Fanny Hurley se releva et risqua quelques pas. Puis elle pivota vers celui qui avait été son mari.

Elle ne connaissait plus son nom. Elle ne connaissait plus rien. Mariage, maison à Londres, vacances au bord de la mer : tout avait été effacé. Et son visage lui-même s'était creusé de rides profondes.

Une peau noire. Parcheminée.

Des lèvres sèches, presque exsangues.

Horrifié, William Hurley trouva la force de s'écarter. Avec une vigueur maléfique, la créature s'avança sur la grève et se dirigea droit vers la falaise. De sa silhouette, il émanait une impression de puissance blasphématoire. Comme s'il s'était attendu à voir réapparaître ailleurs la jeune femme qu'on lui avait volée, son époux se tournait de tous côtés. Lorsque la créature luisante fit volte-face une dernière fois, son visage avait changé encore. Il exprimait dorénavant un mélange de sagesse et de colère plusieurs fois millénaires. « Une lionne », songea le jeune homme. Une lionne dont le regard sans âge allait le marquer pour le restant de ses jours.

Attablé devant une assiette de potage, James Blackwood reposa sa cuillère et claqua des doigts. Un maître d'hôtel s'empressa.

– Monsieur ?

– J'avais demandé que les horaires du navire pour la France me soient confirmés.

– Ils l'ont été, monsieur. Le bateau partira demain matin à neuf heures. Votre cabine a été réservée en première classe, conformément à vos instructions.

L'homme hocha la tête. Il n'avait presque pas touché à son dîner. Trop de pensées agitaient son esprit. Se pinçant l'arête du nez, il s'efforça de les trier.

Le comte Dracula l'attendait dans un manoir loué par ses soins, à une vingtaine de miles de Paris. De là, Blackwood coordonnerait les manœuvres des quelques agents qui lui étaient restés fidèles pour réduire les efforts des Invisibles à néant.

Deux autres vampires les rejoindraient par la suite. Blackwood ne les avait jamais vues, autant qu'il s'en souvienne, mais il connaissait leurs noms – Saphyr et Urania – et il savait de quoi elles étaient capables. Le comte avait parlé d'une machine dérobée à la Golden Dawn, une machine qui devait permettre, pour peu qu'un esprit suffisamment puissant parvienne à la contrôler, de localiser le quatrième et dernier fragment du Venefactor. Tout n'était plus qu'une question de semaines, ou de jours.

Dépliant le journal du soir posé sur la chaise voisine, Blackwood parcourut nerveusement les gros titres. La mort de Lord Sallingham y était encore évoquée. Un accident d'aérostat, en plein milieu d'une réception spirite. Le mystère restait entier, concluait le journaliste.

Blackwood sourit. Décidément, l'honnête sujet d'Angleterre n'avait jamais rien compris au monde infra-sensible. Il ne savait que courber l'échine et prononcer le mot « destin ». Il avait besoin d'un berger. D'un maître.

La mort de Sallingham et les révélations de Luna ne changeaient rien. Qui croirait aux sornettes d'une enfant? Certainement pas la reine, conclut l'homme avec un sourire sinistre. D'autant que Sa Majesté avait été prévenue. Blackwood avait savonné la planche.

Au fond, il ressentait de la pitié pour ses anciens amis et les malheureuses sœurs Wilcox. On ne pouvait leur reprocher de défendre la paix et la justice. La paix et la justice étaient la substance des âmes faibles.

Une vieille femme. Un enquêteur à la retraite. Une poignée de vieillards mélancoliques. Deux jeunes filles presque innocentes. «Mon Dieu, songea l'ancien Invisible avec une satisfaction cruelle. Réalisent-ils à quel point ils n'ont aucune chance?»

Repoussant son assiette, il se leva et laissa tomber sa serviette sur la table avant d'adresser un bref signe de politesse aux autres convives. Une image lui traversa l'esprit: celle de Sir Arthur Conan Doyle attaché sur sa chaise au fond d'une cabane perdue du Sussex. Il lui avait laissé une chance. Il n'était pas un meurtrier.

Peu à peu, le restaurant se vidait. Blackwood s'engagea dans les escaliers et s'arrêta à mi-chemin.

Un pressentiment l'avait saisi, qui se dissipa presque aussitôt.

Introduisant sa clé dans la serrure de sa porte, l'homme s'avança sans prendre le soin d'allumer la lumière.

Il se figea.

Allongée sur le flanc, une silhouette tournait la tête vers lui, tellement calme et silencieuse qu'il crut d'abord qu'il s'agissait d'une statue. Mais aucune statue, réalisa-t-il, n'avait les yeux qui brillaient dans le noir.

À tâtons, il alluma la lumière. Et recula.

La créature qui venait de se redresser sur sa couche était si vieille et si menaçante qu'elle ne paraissait pas le moins du monde réelle.

Le réseau de rides, de nerfs et d'ombres qui sillonnait sa figure témoignait d'une force issue du fond des âges. La tête était celle d'une lionne, animée d'une diabolique malice.

Les doigts de James Blackwood lâchèrent la sacoche qui contenait le fragment. Le regard de la créature était braqué sur lui. Une grimace effrayante déforma ses traits. « Convoitise », songea l'homme confusément. Mais on lisait aussi une sorte d'amusement dans ses yeux : la joie d'un prédateur de retour sur son terrain de chasse après une trop longue absence.

Lentement, le bras de la lionne se tendit et ses doigts se déplièrent. Sa voix cingla comme un coup de fouet assené en plein désert :

– Donne.

Sekhmet était revenue.

À suivre...

L'AUTEUR

Né en 1972 en région parisienne, Fabrice Colin publie ses premiers scénarios de jeux de rôle alors qu'il est encore au lycée. En 1997, une rencontre avec un éditeur de fantasy le convainc de s'essayer à la fiction. En parallèle, il travaille pendant quelques années pour un magazine de jeux vidéo.

Auteur de très nombreux romans pour adultes et pour adolescents, il écrit également des scénarios de bandes dessinées et des pièces radiophoniques pour France culture. Fabrice Colin vit à Paris avec sa femme et leurs deux enfants.

Le papier de cet ouvrage est composé de fibres naturelles, renouvelables, recyclables et fabriquées à partir de bois provenant de forêts plantées et cultivées expressément pour la fabrication de la pâte à papier.

Mise en pages : Chita Lévy

Loi n° 49-956 du 16 juillet 1949
sur les publications destinées à la jeunesse
ISBN : 978-2-07-063248-0
Numéro d'édition : 173766
Numéro d'impression : 99802
Dépôt légal : mai 2010

Achevé d'imprimé en France par CPI Firmin-Didot